LES FILLES QUI NE MOURAIENT PAS

Kiran Millwood Hargrave

LES FILLES QUI NE MOURAIENT PAS

Traduit de l'anglais (Grande-Bretagne)
par Anne Delcourt

Michel Lafon

Titre original : Deathless Girls

Publié pour la première fois en Grande-Bretagne
par Hodder & Stoughton, 2019

118, avenue Achille-Peretti
92521 Neuilly-sur-Seine Cedex

Loi n°49-956 du 16 juillet 1949 sur les publications destinées à la jeunesse.

Pour Sarvat et Daisy,
mes sœurs de cœur

GLOSSAIRE

Aurar	Orfèvre
Biserică	Église
Boyar	Seigneur
Demoni	Démons
Dragă	Chéri, chérie, cher, chère
Gheață	Glace
Iele	Esprits des bois, Dames des bois
Lăutari	Chanteur, chanteuse
Strigoï	Mort-vivant
Ursar	Montreur, montreuse d'ours
Voïevod	Prince

LE REBOND

Ici, il existe une période qu'on nomme le rebond.

Après que les Installés ont extrait leurs moissons de la terre, qu'ils les ont liées et engrangées dans des greniers sombres, où les chats les protègent des rats, une fois relâchés des maisons exiguës dans lesquelles ils ont trompé la faim et l'enfermement en se battant, en s'accouplant et en dormant. Après que la ronde des saisons a enflammé les arbres d'or rouge dans le froid, que la terre ridée par le gel a durci sous les semelles. Après la venue de la neige qui s'abat sur tout telle une épaisse couverture, ouatant les montagnes et déclenchant la douce furie des avalanches, se nichant jusque dans les fissures des rochers qu'elle fait éclater comme les graines profondément enfouies dans la terre figée. Après la fonte et la bascule sur une autre année, après tout cela, vient le rebond.

Les premiers moments verts de la prochaine moisson, la montée du lent travail qui a repris sous la terre en dégel. Pour les Installés, c'est l'annonce du labeur à venir, toujours le même, aussi certain que les saisons. Pour nous, c'est le moment de se remettre en route.

Le rebond venait à peine de commencer cette année-là quand les soldats franchirent l'étroit col dans la montagne, la gravirent à travers les arbres aux troncs cuivrés et gagnèrent cette terre sur laquelle nous vivions sans chercher à la posséder. Ils arrivèrent lors d'un début, en amenant avec eux la fin.

1

Kizzy vit les flammes avant moi. Elle était toujours la première pour tout. Je suis sorti du ventre de mamă huit minutes avant elle, mais je n'ai jamais cessé de me faire distancer depuis.

C'était la fin de l'après-midi. Nous fouillions la terre à l'ombre d'un grand chêne, la peau piquetée par les aiguillons de lumière dorée qui filtraient à travers son feuillage. Nous cherchions des champignons, ces petits champignons blancs aux pieds fins comme des jeunes bouleaux.

Le lendemain, nous aurions dix-sept ans. Ce serait notre jour de prédiction, celui où la Vieille Charani ouvrirait nos paumes sur ses mains noueuses pour nous apprendre ce que renfermait la suite de nos vies.

L'attente m'agaçait les nerfs de la tête aux pieds, comme si du verre pilé s'était mêlé au sang dans mes veines. Kizzy, elle, ne tenait plus du tout. Je la sentais qui vibrait d'excitation en cassant les tiges des champignons. Il faut dire qu'elle vivait depuis des mois, des années, depuis toujours, avec la conviction de ce que serait sa vie. Nous étions nées sous une lune rouge, et si les Installés voyaient cela comme un mauvais présage, c'était considéré comme une chance chez nous. Mais comment savoir ? C'était si rare que je n'avais jamais entendu parler d'un autre enfant né dans ces circonstances, encore moins de jumeaux.

Les deux étaient possibles ; peut-être pouvait-il s'agir tantôt d'une malédiction, tantôt d'une bénédiction. Je me demandais souvent si cela signifiait que l'une de nous était maudite et l'autre, bénie. Kizzy estimait clairement entrer dans la deuxième catégorie. Le matin, elle se réveillait après avoir rêvé, le visage détendu et illuminé – serein –, et disait : « Je l'ai encore vu, Lil. »

Pas « rêvé ». *Vu.*

Elle avait toujours été sûre aussi d'avoir le don, comme la Vieille Charani, bien qu'il ne soit pas courant d'avoir plus d'une Voyante dans un même campement. Les jours de prédiction ne sont jamais plus puissants que le jour de notre naissance, mais les Voyantes peuvent lire l'avenir d'une personne pendant tout le cycle lunaire qui suit. Les Installés croient que tous les Voyageurs possèdent ce don, mais la Vieille Charani dit que c'est le plus rare des destins : « Beaucoup de gens peuvent déchiffrer les autres. Mais très peu savent déchiffrer leur avenir. »

Il n'empêche, je n'aurais pas été surprise que Kizzy ait une part du don de la Vieille Charani. Dans son sens le plus général, il consiste à en savoir plus, à en voir plus que les autres. Et ma sœur a toujours remarqué des choses qui m'échappaient.

Elle était certaine de devenir une *ursar*, une montreuse d'ours, comme mamă. Si Charani confirmait son don, alors notre prochain voyage nous conduirait à travers les régions les plus hautes des montagnes, et Kizzy s'en irait avec mamă pour aller voler un ourson dans une grotte sombre. Elle le dresserait comme mamă avait dressé Albou, son ours, et accomplirait son destin comme elle faisait toute chose : avec une facilité frôlant la témérité.

Et moi dans tout cela ?

Je supposais que ma place resterait la même que toujours : derrière Kizzy. Avec un peu de chance, je deviendrais peut-être une *ursar* moi aussi. Toutes les femmes de notre famille le sont depuis le début de notre histoire. Autrefois je croyais que c'était à cause de cette affinité transmise par le sang qu'Albou m'écoutait et m'obéissait quand mamă nous aidait à nous entraîner ; mais je pense maintenant qu'il le faisait plus par loyauté envers mamă qu'envers moi. J'adore cet ours, sa fourrure blanche et moelleuse – une rareté très prisée –, que nous brossons chaque jour, l'éclat de ses doux yeux bruns au bout de son long museau, le fait que mamă l'ait débarrassé de toute sa férocité naturelle à force de câlins. Mais il n'existe pas de compréhension profonde entre nous, pas de lien puissant qui nous unisse comme une ligne d'or étincelante.

Dans mes moments les plus fous, les plus secrets, je rêvais de devenir une *lăutari*, une chanteuse. Kizzy disait que ma voix est plus douce que celle de n'importe quel oiseau, mais c'était seulement par gentillesse. Je n'avais jamais eu d'autre juge, puisque je n'avais jamais chanté pour personne d'autre qu'elle. Un jour, elle m'a tirée jusqu'à mamă en exigeant que je chante devant elle, mais ma voix était restée coincée dans ma gorge comme un morceau de pain trop gros.

C'était peut-être aussi bien, car le mieux que puisse espérer une *lăutari* est de vivre à la cour d'un *boyar*, or ce sont des endroits violents, bien plus dangereux que la forêt pour les Voyageurs. Cela dit, pires encore sont les *voïevodzi*, les princes qui se partagent ce pays entre eux.

Le pouvoir a fait d'eux des animaux. Une histoire raconte qu'un *voïevod* de Valachie du Nord avait un faible pour les jeunes Voyageuses douées d'un talent artistique. Elles l'appelaient le Dragon, et il les obligeait à chanter jusqu'à ce qu'elles aient épuisé leurs dernières forces. Les plus jolies ne devaient pas seulement se produire devant lui : il abusait d'elles avant de boire leur sang, et avait ainsi gagné l'immortalité. Cela ressemble à un conte, mais la Vieille Charani disait que toutes les histoires prennent racine dans la vérité, même si celle-ci est profondément enfouie.

Enfin, mon envie de devenir une *lăutari* n'était sans doute qu'un rêve. Même le fait d'être une *ursar* risquait fort d'être hors de ma portée et je deviendrais sans doute cordonnière, ou menuisière, comme tous ceux qui n'ont pas de don particulier et qui doivent apprendre un travail.

Ce jour-là aurait dû être celui de notre départ. Les marchepieds auraient dû être repliés à l'intérieur des roulottes, les volets, attachés, les chevaux, sellés, et Albou et Dorsi, l'ours d'Erha, enfermés dans leur cage de voyage. Mais en l'honneur de notre jour de prédiction, mamă avait demandé à la Vieille Charani si nous pouvions rester jusqu'au surlendemain pour avoir le temps de préparer notre plat préféré, des champignons à l'ail et aux petits oignons verts piquants. La Vieille Charani aurait refusé cette requête à n'importe qui d'autre. Mais personne ne disait non à mamă. Elle partageait cela avec ma sœur.

Le tablier de Kizzy était rempli, nous avions cueilli les champignons en les cassant à la base de la tige pour laisser leurs racines, afin qu'elles nous nourrissent de nouveau à notre prochain passage. Pourtant, nous n'avions traversé cette vallée qu'une seule fois auparavant, quand nous étions encore dans le ventre gonflé de mamă. Mais nos vies suivent la lenteur du cycle des saisons. Nous essayons de ne pas laisser de traces, de ne prendre que ce dont nous avons besoin.

Mon propre tablier était taché par les petites mottes de terre qui collaient aux racines. J'avais beau faire, je n'arrivais pas à casser les tiges proprement, c'était un petit massacre chaque fois.

– Tu aurais dû prendre un couteau, me dit Kizzy avec un soupir en se penchant pour en cueillir un autre.

– Tu n'en as pas pris, toi.

– Mais moi, je ne me ronge pas les ongles jusqu'au sang.

Elle déposa le champignon délicatement dans son tablier débordant et me présenta sa main d'un geste vif.

Arrondis comme des croissants de lune, ses ongles pâles et brillants ressortaient sur la peau brune et lisse de ses doigts. Comment pouvaient-ils être aussi propres après tout un après-midi passé à gratter la terre ? Je cachai les miens en fermant les poings. Mes mains à moi se terminaient par des griffes déchiquetées et ressemblaient plus aux grosses pattes rêches d'Albou.

Kizzy inspecta le contenu de mon tablier.

– Mais, Lil, tu as pris un calice de la mort !

Elle me désigna un champignon d'une teinte plus verte que les autres, moucheté, non pas de terre comme je l'avais cru, mais de taches gris sombre. La différence était si subtile qu'elle m'avait échappé, mais Kizzy l'avait vue aussitôt, bien sûr.

– Jette-le tout de suite !

Je le pris, mais tandis qu'elle se penchait pour ramasser un autre champignon, je le glissai dans ma poche, juste pour me prouver que je pouvais faire ce qu'il me plaisait.

En relevant les yeux, elle vit mon air récalcitrant et me donna un petit coup de coude dans les côtes.

– Ne le prends pas comme ça, Lil. On a déjà de quoi préparer deux repas pour tout le campement.

J'examinai ma maigre récolte, les petites racines qui séchaient tristement dans leurs tombes terreuses.

– Regarde, il suffit qu'on partage, insista-t-elle en déversant la moitié de sa cueillette dans mon tablier.

J'aimais ma sœur à la folie, mais je la détestais lorsqu'elle était gentille avec moi.

– Bon, toujours pas de champignons des *iele*, reprit-elle avec un soupir. Allez, rentrons.

Kizzy était obsédée par l'idée qu'un jour elle tomberait sur un carré de terre béni par les esprits des bois. Leurs champignons donnaient des visions à ceux qui les mangeaient.

Notre campement se trouvait à mi-hauteur de la vallée. La Vieille Charani privilégiait par-dessus tout les endroits où seuls les oiseaux se trouvaient plus haut que nos roulottes. Mais les oiseaux, eux, n'avaient pas besoin de se tordre les chevilles dans les éboulis, ni de transporter des ours, ni de marcher pour trouver de l'eau, et ses rêves d'altitude étaient tempérés par les contraintes matérielles.

La forêt profonde, où l'on trouvait les champignons et autres végétaux qui se nourrissaient de l'ombre, avait été creusée dans la montagne par une rivière qui coulait jadis avec la vigueur et l'éclat d'un couteau. Son flot était maintenant lent et régulier, et léchait les rochers qu'elle avait autrefois soulevés de terre. Si la Vieille Charani avait été une rivière, elle serait restée vive et tranchante jusqu'à la fin, sans jamais fléchir.

Nous avions accompli la descente en ligne droite, glissant sur les talons dans nos fines chaussures de cuir. Kizzy avait ri comme une gamine sur tout le long de la pente, tandis que je serrais les dents pour ne pas me mordre la langue. Le retour ne serait pas si facile, et c'était précisément ce pour quoi nous avions choisi ce chemin-là.

S'il avait été plus praticable, mamă nous aurait fait emmener Kem. Notre petit frère avait dix ans de moins que nous et un caractère silencieux et tourmenté. En cela, nous nous ressemblions autant que Kizzy ressemblait à mamă. Mais, à la veille de mes dix-sept ans, j'étais déjà presque une femme, et l'existence de ma sœur jumelle m'épargnait la solitude et le sentiment d'abandon que nous infligions à Kem en tant qu'aînées. Kizzy et moi, on s'asseyait front contre front, pour parler ou pas, et notre petit frère nous observait en silence avec ses yeux ronds de hibou.

Même les enfants de son âge l'ignoraient, parce que sa gravité les mettait mal à l'aise. Albou, qui, comme lui, était le plus jeune de sa portée avant que mamă ne l'en arrache pour le dresser, était son seul ami.

En sortant des ombres mouvantes de la clairière, j'arrachai les crosses bien serrées de quelques jeunes fougères que je fourrai dans ma poche. Mamă les préparerait en friture pour Kem. Je détestais cela, mais il adorait leur amertume.

Kizzy était déjà en train de disparaître derrière les troncs, un peu penchée en avant, les yeux dirigés droit devant elle. Elle était plus grande que moi et son corps avait déjà ses douces courbes définitives, qui attiraient les regards de Fen et des autres garçons. Mais elle était agile et avait le pied sûr des félins.

Elle s'arrêta sur le premier plat et m'attendit en chassant les mouches qui vrombissaient autour d'elle. Elle transpirait à peine quand je la rejoignis. Puis elle cala son pas sur le mien en tenant son tablier devant elle comme un plateau, sans jamais trébucher. Elle était dans son élément dans la forêt, beaucoup plus que moi.

La Vieille Charani appelait cela de la grâce – « que l'on a en naissant ou pas ».

Mais pourquoi, moi qui étais née sous le même ciel, ne l'avais-je pas reçue aussi ? Kizzy avait de la grâce, et sans doute aussi le don. Moi, j'étais embarrassée de tout, le monde était à la fois trop rugueux et trop abrupt pour moi.

C'était douloureux de grandir, et, plus encore, de grandir en m'éloignant d'elle toujours davantage. De réaliser que nous développer dans le même corps n'impliquait pas que nous soyons formées de la même façon. Et après notre jour de prédiction, notre enfance prendrait fin pour de bon.

Tout en marchant, j'observai Kizzy à la dérobée. Son profil était le même que le mien mais, de face, nous étions différentes. Sa bouche et ses joues étaient plus pleines, ses hanches, plus larges, son ventre, doucement arrondi. Elle portait un corset de notre mère sur son haut violet, alors que je n'en avais nul besoin. Ma poitrine était aussi plate que celle de Kem sous ma robe en coton.

Elle battit des paupières et un sourire flotta sur son visage.

– Qu'est-ce que tu regardes ?

– Tu as de la terre sur le nez, inventai-je.

Elle se frotta avec son poignet en s'étalant de la terre sur la figure.

– Et là ?

Je hochai la tête, avec un sentiment de rancœur amer comme les crosses de fougères.

À environ dix minutes du campement, elle s'arrêta de nouveau, si brusquement que je pilai et qu'une partie des champignons qu'elle m'avait donnés s'échappèrent de mon tablier.

– Mais Kizzy, qu'est-ce que…

– Tu ne sens pas ?

Elle renifla l'air, comme Albou lorsqu'il surprenait l'odeur d'un loup aux alentours du campement, et je perçus le goût métallique de sa peur sous ma langue.

Puis, inspirant à fond, je le sentis à mon tour. Quelque chose qui me râpa le fond de la gorge.

De la fumée.

– C'est un feu, dis-je. Mamă a dû en allumer un pour le ragoût.

– L'odeur n'est pas normale. Ce n'est pas juste du bois qui brûle…

Elle se remit en marche, plus vite cette fois, en faisant tomber les champignons de son tablier.

– Et il y a quelque chose de bizarre dans la forêt. Où sont passés les oiseaux ?

Je courus pour la suivre et, un moment plus tard, un bruit rompit le silence absolu, un mugissement inhumain qui me heurta la poitrine comme une pierre.

Albou. Albou qui poussait un grondement de douleur.

2

Kizzy lâcha sa jupe et les champignons s'éparpillèrent par terre comme des osselets. Elle me tendit la main.

– Viens !

J'étais incapable de bouger, et même de lâcher mon tablier. Je n'avais jamais entendu Albou émettre un cri pareil, pas depuis les tout premiers jours, quand il appelait sa mère. Mais ce n'était qu'un bébé alors, et ses gémissements faisaient pitié. Alors que ce cri-ci était terrible, effrayant. J'avais l'impression qu'il me transperçait la poitrine pour m'agripper le cœur.

– *Allez !*

Kizzy me tira vivement en avant et je suivis, comme toujours, en écrasant les champignons sous mes pieds, la poitrine oppressée et les jambes raides, entraînée par ma sœur toujours plus près de ces bruits que tout mon être me commandait de fuir.

Parce que, maintenant, ce n'était plus seulement Albou qui criait.

Nous arrivâmes en bordure du campement, qui restait normalement invisible même de près, masqué par les branches et les broussailles. Mais là, on ne pouvait pas le manquer. Kizzy poussa un cri et je me forçai à regarder.

Des flammes plus hautes et plus féroces que celles de la plus ardente fournaise s'élevaient tout autour du campement, étrangement teintées de bleu et de violet. Au premier regard, je les pris pour des *iele*, les esprits du vent et des bois qui dansent dans les feux en les fouettant pour les attiser. Mais je clignai des paupières, les yeux irrités par la fumée, et je vis mon erreur.

C'était bien, bien pire.

La roulotte de la Vieille Charani était en feu. La peinture bouillonnait et perdait ses pigments, teintant la fumée d'un vert vénéneux.

Et un homme que je ne connaissais pas, au visage blanc et à la barbe rouge sang qui s'étalait sur ses vêtements noirs, portait une torche sur les roues délicatement gravées, la maintenant collée à chacune jusqu'à ce qu'elle s'embrase avant de passer à la suivante.

Je reculai instinctivement vers le couvert des arbres, mais Kizzy s'élança droit sur l'homme et fit tomber la torche de sa main. Il fit volte-face, et je vis qu'il ne portait pas de barbe mais une écharpe rouge qui lui couvrait le nez et la bouche, comme un bandit. Les extrémités étaient croisées et nouées en travers de sa poitrine.

Les pensées se bousculaient dans mon esprit suffoqué. Voulait-il nous voler ? Ignorait-il que nous ne possédions rien de valeur ?

Le monde autour de moi retrouva ses contours nets lorsqu'il donna un coup de pied à Kizzy comme on frappe un chien. Elle roula par terre dans les cendres et frappa ses habits qui commençaient à fumer. *Allez, Lillai, réveille-toi !*

Arrachant une branche, je bondis en avant sans me laisser le temps de réfléchir. Alors que l'homme brandissait sa torche pour la jeter sur Kizzy, je la repoussai avec la branche et, bien qu'il fût beaucoup plus fort que moi, mon coup porta assez pour lui faire lâcher prise. Il rugit tandis que je laissais tomber la branche, le poignet douloureux. J'aidai ma sœur à se relever.

La torche de l'homme avait embrasé le sol à ses pieds et nous nous éloignâmes en trébuchant, protégées quelques instants de son attaque par les flammes qui nous séparaient. Tandis que nous nous écartions des roulottes en feu, le vent projeta un nuage de fumée vers le ciel, dégageant la vue sur le campement.

Le cercle des roulottes embrasées grouillait d'hommes en noir portant des écharpes écarlates. Ils agitaient de longs bâtons brillants qu'ils abattaient sur des tas de vêtements au centre du périmètre. Kizzy poussa un grondement, et je réalisai un peu après elle que ce n'étaient pas des bâtons, mais des sabres. Soudain, une main sortit d'un tas de vêtements et tout devant mes yeux se mit à se dérouler au ralenti, dans une pesanteur de cauchemar.

Une main fine et brune, osseuse et nouée par l'âge, attachée à un poignet délicat. Une main qui, toute ma vie, m'avait dispensé bontés et punitions. Une main qui, demain, aurait dû prendre la mienne et me montrer mon destin.

La main de la Vieille Charani.

Elle retomba tandis que le sabre s'abattait encore, et encore, dans une horrible cadence répétitive et incessante, jusqu'à ce qu'elle ne bouge plus. Dika et Erha gisaient par terre à côté d'elle, et toutes trois portaient des entailles du même rouge écarlate que les écharpes des hommes.

Kizzy voulut s'avancer, mais je la retins.

– Kizzy, il faut qu'on retrouve mamă et Kem !

Nous nous forçâmes à détacher le regard des corps pour les chercher des yeux. À l'autre bout du campement, où étaient enfermés les ours, Albou était dressé sur ses pattes arrière. Sa fourrure était zébrée de cendres et roussie par endroits. De grosses gouttes de sang coulaient de son museau par terre. Il battait l'air de ses pattes en visant les bras des hommes. Ses longues griffes aussi étaient maculées de sang, et plusieurs hommes rampaient par terre pour se mettre à l'abri.

Mais d'autres avançaient sur lui en brandissant leurs sabres. À côté de lui gisait un tas de fourrure sombre et ensanglanté. Dorsi était mort, et les assaillants s'approchaient d'Albou.

– Il est toujours attaché à son pieu ! s'écria Kizzy. Où est mamă ?

La première chose qu'aurait faite mamă si Albou avait été menacé aurait été de le libérer pour lui permettre soit de fuir, soit de se battre sans entraves. Il était sans conteste notre meilleur guerrier.

Puis, dans un même mouvement pour une fois, nos regards suivirent le cercle des roulottes en feu et nous découvrîmes notre foyer en même temps, que les flammes dévoraient plus vite que tous les autres.

– Mamă ! Kem !

J'eus la sensation que le cri de ma sœur m'arrachait la gorge.

Elle courut à la roulotte et je la suivis, mais il était trop tard. Une grosse planche barrait la porte, que nous ne fermions jamais. La cruauté de cette image me fit vaciller.

Les hommes les avaient enfermés à l'intérieur.

Les volets étaient déjà réduits en cendres, les rideaux, consumés. Ces rideaux avaient été teints en mauve avec des baies de sureau et brodés de formules de bénédiction. Le lit de mamă se trouvait juste dessous. Lorsqu'elle se levait à l'aube pour nourrir Albou, je me libérais de l'étreinte étouffante de Kizzy, j'allai m'allonger dans ses draps frais et je passais le tissu fin des rideaux sur mon visage pour respirer les odeurs de cuisine, d'herbes et de mamă entremêlées.

Kizzy tournait autour des flammes, tantôt s'approchant, tantôt les esquivant pour atteindre la porte. Mais à la vue des volets et des rideaux disparus, je sus. Avec la même évidence que j'aurais reconnu le visage de ma sœur ou mes propres mains.

Mamă et Kem étaient morts.

La douleur me porta un coup au ventre et je me pliai en deux, en me retenant de m'effondrer. Ils étaient morts piégés, sans même pouvoir se battre pour survivre. Sans même pouvoir lever les yeux une dernière fois vers le ciel. La rage s'embrasa en moi comme une flamme dévorante.

Mamă et Kem étaient morts.

Mais pas Albou.

Me redressant, je pris la hache de mamă fichée dans son bloc près de la roulotte. Les hommes me tournaient le dos, occupés à esquiver les coups de griffes d'Albou. Je levai la hache.

L'un des hommes blessés qui s'éloignaient en rampant cria un avertissement, et un autre se retourna à temps pour voir la hache arriver sur lui. Il fit un bond de côté en alertant ses compagnons. Les hommes s'éparpillèrent avant de fondre sur moi pour m'encercler comme un nuage de mouches noires. Mais le temps qu'ils se dispersent, j'avais réussi à atteindre Albou.

Il les maintint à distance pendant que je visais la chaîne qui le reliait au pieu. Deux coups frappés à toute force, et l'ours fut libre. Se dressant de toute sa hauteur, il fit voler la chaîne en fouettant l'air. Ses griffes s'abattirent sur les joues d'un homme dont jaillit une gerbe de sang.

Alors qu'Albou se cabrait, je vis ce sur quoi il s'était tenu replié : une petite boule secouée de tremblements.

Je me jetai entre ses pattes, le cœur battant à tout rompre, et tirai mon frère par l'épaule en tremblant de soulagement.

– Kem !

Il eut une réaction de recul.

– C'est moi, dis-je. Il faut qu'on parte !

Il leva sur moi ses yeux de hibou pleins de larmes, mais tandis que sa main noire de suie se tendait vers moi, un bras se replia comme un crochet autour de ma taille et me tira violemment en arrière.

Lâchant la hache, je vis Kem serrer le poing de toutes ses forces. Albou bondit en avant, prêt à frapper, mais mon frère était maintenant à découvert. Je tendis mes mains vers l'ours, comme je le faisais pendant le dressage. Il y appliqua son museau humide, ses narines dilatées remplirent mes paumes et je sentis son souffle brûlant.

– Kem ! Emmène Kem ! Pars !

Albou n'hésita pas. Attrapant mon frère comme il l'aurait fait d'un saumon, il le jeta sur son dos massif et les mains de Kem s'agrippèrent à sa fourrure. Les hommes levaient déjà leurs sabres pour frapper. Mais, poussé par la peur et la fureur, Albou se retourna et s'enfuit du campement ravagé pour s'enfoncer dans les profondeurs de la forêt.

Quelques hommes s'élancèrent derrière lui, mais celui qui m'avait capturée les arrêta.

– Laissez-le ! lança-t-il. Occupez-vous des filles.

Les mains couvertes du sang du museau d'Albou, je fis un vœu en direction de la forêt pour qu'il ne soit pas gravement blessé.

L'homme me jeta dans le chariot à barreaux des ours. Il empestait la sueur et le sang. Je retombai sur quelque chose de mou : Morsh, le fils de Dika. Il lâcha un cri aigu quand je lui écrasai la jambe et je m'écartai en bredouillant une excuse.

Mais il ne fit que se recroqueviller davantage, agité par les sanglots. Alors que je cherchais Kizzy des yeux, je vis que pas un des survivants enfermés dans la cage n'avait plus de seize ans, à l'exception de Fen, dont le jour de prédiction avait eu lieu trois semaines plus tôt. Un bleu dessinait une drôle de tache sur sa joue, dans les mêmes tons bleus et violacés que la roulotte de la Vieille Charani.

Je n'eus pas la force de regarder, mais je savais que nos pères et nos mères, nos sœurs et nos frères aînés gisaient morts dans le cercle des roulottes calcinées, ou brûlés vifs à l'intérieur. L'odeur me remplissait les narines : un mélange de fumée de feu de bois et de quelque chose de plus douceâtre, comme de la viande. Je ravalai la bile qui me montait à la gorge.

– Mamă, mamă.

Les murmures de Morsh sortaient en boucle de ses lèvres, comme des prières. Il avait le visage couvert de morve et de suie. Je posai doucement la main sur son épaule.

– Tu as vu Kizzy, Morsh ?

Il recula sans cesser de marmonner.

– Quelqu'un a vu Kizzy ? demandai-je aux autres.

Je sentis la terreur me gagner, une espèce de froid mordant comme un pieu glacé qui s'enfonçait dans ma poitrine. L'avaient-ils tuée, elle aussi ? Nous étions grandes pour nos dix-sept ans et elle avait plus de formes que moi. Et je l'avais vue défigurée par une telle rage ! Ils avaient pu lui donner plus que son âge…

Fen rampa jusqu'aux barreaux. Lui aussi avait les traits tirés par l'inquiétude. Il aimait ma sœur, même s'il ne se l'était sûrement jamais avoué. Lorsque la Vieille Charani avait plaqué sa paume ridée sur la sienne trois semaines plus tôt et lui avait annoncé qu'il deviendrait un *aurar*, un orfèvre, et qu'avant la fin de l'année une femme glisserait un anneau de promesse à son doigt, ses yeux bruns s'étaient aussitôt tournés vers Kizzy.

– Là-bas ! s'exclama-t-il en pointant du doigt à travers les barreaux. Elle est vivante !

Je l'entendis avant de la voir. Jetée sur les épaules de deux hommes, elle hurlait comme un *demon* et se débattait en se tordant, en mordant et en crachant. Elle résistait encore lorsqu'ils la jetèrent dans la cage.

L'un des deux hommes était celui qui m'avait capturée ; son visage était maintenant couvert de griffures. Puis je vis qu'ils avaient lié les poignets de Kizzy avec l'une de leurs écharpes écarlates et je fus fière d'elle, tout en ayant honte de m'être laissé prendre aussi facilement.

L'homme cracha sur elle en refermant la porte de la cage et elle se redressa à genoux pour riposter, en se cognant le visage contre les barreaux métalliques.

– Kizzy. Kizzy, calme-toi, dis-je malgré ma propre peur.

Elle se retourna. Ses cheveux noirs étaient poisseux de sang, et l'expression de son beau visage mat, aussi agitée que celle d'un loup acculé.

– Kisaiya.

Seule mamă nous appelait parfois par nos nŏms complets. Ses yeux se concentrèrent sur moi.

– Regarde-moi.

Je levai la main vers elle en écartant les doigts. Nous faisions cela depuis toujours en joignant le bout des doigts, pour passer un serment, ou pour nous calmer l'une l'autre. Ce geste était si naturel que je me demandais parfois si nous ne le faisions pas déjà dans le ventre de mamă. À défaut de pouvoir tendre la main pour toucher la mienne, Kizzy posa le front sur ma paume. Je me penchai pour déposer un baiser dans ses cheveux. Elle avait le goût écœurant de la fumée douceâtre.

Elle commença à gémir. Les autres reculèrent, même Fen, mais je la pris dans mes bras.

Elle se laissa aller de tout son poids contre moi et je baissai les yeux sur ses mains attachées. Ses doigts, ses beaux doigts soignés, étaient brûlés et à vif, les croissants bien nets de ses ongles, réduits à des petites lunes de sang.

– Pourquoi ? se lamenta-t-elle. Pourquoi ?

Dans le campement derrière nous, plus rien ne bougeait, en dehors des flammes qui continuaient à lécher les arbres. Mes bras luisaient de sueur sous la chaleur infernale. Mais je ne desserrai pas mon étreinte autour de Kizzy.

Les hommes montèrent sur nos meilleurs chevaux. Je vis la vieille mule bien-aimée d'Erha qui agonisait en tressaillant dans la poussière.

– Où nous emmènent-ils ? demanda Morsh, les yeux brillants de panique. Où va-t-on ?

– Ce sont des hommes des *boyars*, dit Fen. Regardez leurs écharpes.

Je revis la Vieille Charani portant l'écharpe faite de son propre sang, et je fermai les yeux pour chasser cette image. Ma gorge était à vif à cause de la fumée et de mes cris.

– Des soldats ? demandai-je.

– Ou des collecteurs d'esclaves.

– Mais où nous emmènent-ils, maintenant ?

Fen ferma les yeux et une larme traça une ligne sur sa joue couverte de suie, faisant luire son bleu, dont je réalisai maintenant qu'il avait la forme du plat d'un sabre.

– Là où ils voudront.

Le chariot se mit en branle. Peu après, la forêt se referma sur le campement, sur tout ce que nous avions toujours connu, comme une main puissante qui refermerait un livre.

Tandis que la fumée s'estompait au loin, je sortis les crosses de fougère de ma poche pour les distribuer. Crues, elles étaient plus acides encore, mais personne ne refusa à part Kizzy.

Le calice de la mort était toujours dans ma poche. Je songeai à le glisser dans ma bouche et à l'avaler. Au départ, le champignon faisait transpirer et voir des couleurs vives, avant de vous nouer la gorge et d'arrêter le cœur. Mais Kizzy était toujours recroquevillée sur mes genoux, et je chassai cette idée.

Puis je regardai la forêt défiler autour de nous, comme si c'était elle qui bougeait, que c'étaient ses grands troncs protecteurs et leurs gros nœuds ronds comme des yeux pleins de sagesse qui s'éloignaient de nous. Je continuais à sentir la fumée qui avait tué notre mère, dans l'air, et sur ma peau, et dans les cheveux de ma sœur.

Alors je pensai à Albou, avec mon frère pris dans sa fourrure comme une graine, et je priai pour que les arbres les gardent à l'abri dans leurs bras et les emportent très loin d'ici.

3

Le chemin était cahoteux, plongé dans l'ombre par les feuillages impénétrables de chênes et de hêtres. Les branches minces des mélèzes éraflaient les parois du chariot et nous aspergeaient d'aiguilles. Je les ôtai des cheveux de Kizzy, toujours à demi allongée dans mes bras. Son regard fixe passait à travers moi, et même à travers les épaisses frondaisons, et semblait se porter plus loin que les étoiles. J'aurais voulu la suivre là-bas, dans cet inconnu lointain. N'importe où aurait mieux valu qu'ici.

Deux hommes chevauchaient derrière le chariot. Ils avaient abaissé leurs écharpes, montrant leurs visages à découvert. Ils étaient pâles comme des fantômes dans le crépuscule, mais je voyais le sourire de leurs âmes noires sur leurs figures dès que j'avais la mauvaise idée de croiser leurs regards. Alors je collais mon dos aux barreaux et leurs yeux me transperçaient la nuque.

Dès que l'obscurité nous eut enveloppés, je cherchai à tâtons l'écharpe qui liait les mains de Kizzy. En la dénouant, je m'aperçus que ce n'était pas une écharpe de soldat, mais le tissu violet avec lequel la Vieille Charani empêchait ses longues boucles grises de tomber sur son front. Il était moucheté de taches de sang.

Je le gardai, jusqu'à ce que Kizzy me le prenne pour attacher ses propres cheveux, en grimaçant de douleur à cause des brûlures sur ses mains. Puis elle se rallongea sur mes genoux, muette comme la poussière.

Je restai repliée sur elle en laissant mes cheveux imprégnés de fumée retomber sur son visage, dans l'espoir de la masquer aux regards. Elle plaisait aux Installés encore plus qu'aux garçons du campement, mais il s'y mêlait toujours chez eux quelque chose de plus dangereux. Il y avait comme un éclat dur et métallique dans leur désir.

Fen aussi percevait la menace. Il avait collé son large dos à côté du mien et gardait le visage à demi tourné vers les cavaliers pour les épier du coin de l'œil. Le bleu sur sa joue s'intensifiait, presque aussi rouge et violet que le foulard de la Vieille Charani.

Nous avions vite renoncé à nous parler. À chacune de nos tentatives, les hommes avaient passé violemment les fourreaux de leurs sabres à travers les barreaux. Ils nous insultaient en même temps, avec des mots que j'avais déjà entendus dans les villages des Installés : « Tziganes », « rétameurs », ou pire.

Un silence accablé pesait sur nous comme un linceul. Même Morsh avait cessé de pleurer. Il restait enroulé comme un escargot arraché à sa coquille et Girtie, la fille aînée d'Erha, gardait le bras autour de ses épaules. Cette image raviva mon inquiétude pour Kem. Mais je savais qu'il était sûrement plus en sécurité avec Albou que dans cette cage. À l'abri de ce que nous réservait le bout de ce voyage.

Je ne connaissais pas ce chemin. Ce n'était pas celui par lequel nous étions arrivés dans la forêt, ni le trajet que nous aurions dû suivre ensuite. Au lieu de monter plus haut dans les montagnes, nous redescendions dans une vallée plus basse. Mais, faute de distinguer le ciel, je ne pouvais pas déterminer notre direction.

Je ravalai le goût acide qui me monta soudain à la gorge. S'il n'y avait pas eu Kizzy et moi, notre jour de prédiction et le ragoût de champignons, le clan aurait dû se mettre en route ce matin-là. Mais à cause de nous, nos roulottes étaient réduites en cendres et nos familles, décimées ou dispersées aux quatre vents.

Je me frottai les yeux, et Fen me toucha doucement le poignet. Sa chaleur, d'une douceur presque insupportable sur ma peau dans le froid de la nuit, me fit sursauter.

– Tu devrais dormir, murmura-t-il presque sans remuer les lèvres.

– Toi aussi.

Mais les lieues défilaient et nous ne dormîmes ni l'un ni l'autre, contrairement aux hommes qui somnolaient derrière nous sur leurs chevaux volés. Dans mes bras, les yeux de Kizzy étaient deux grands cratères noirs sans fond.

La forêt était remplie de bruits nocturnes, de mouches piquantes qui vrombissaient autour de mes oreilles et d'yeux luisants qui nous épiaient depuis les ombres. Je priai pour que des ours surgissent et jettent les hommes à bas de leurs montures. J'en appelai aux *iele* pour attaquer les assassins de nos familles et les venger. J'aurais encore préféré être à la merci des bêtes sauvages et des esprits que de ces gardes aux yeux pâles.

La tête de Fen roula sur mon épaule. Le regard perdu de Kizzy se recentra sur son visage, et je fus gênée de la voir l'observer avec une telle intensité. Alors je relevai la tête mais, contrairement à ma sœur, je ne vis pas plus loin que les branches qui passaient au-dessus de nous.

Le moment le plus noir de la nuit était déjà passé quand les arbres se clairsemèrent. Enfin le soleil se leva, découpa des lanières de lumière sur nos visages tachés de larmes. Je fis rouler mes épaules et mon cou raidis, dont les craquements me firent grimacer. Fen se réveilla en sursaut et Kizzy se hâta de se redresser en détournant les yeux, tandis que le jour appelait les corps endormis et que nos amis commençaient à remuer.

Derrière nous, les hommes ronflaient toujours, et Kizzy ne prit pas la peine de baisser la voix pour demander en regardant autour d'elle :

– Où sommes-nous ?

Fen haussa les épaules.

– On n'est jamais descendus aussi bas dans les collines.

– Je pense qu'on va vers le nord, dit Girtie. Regardez le soleil.

Pour les Installés, cela aurait impliqué un autre genre d'informations : la proximité d'un village qu'ils connaissaient, ou le nom du *boyar* dont on venait de traverser le domaine. Mais pour moi, pour nous, la terre ne comptait que par ses éléments naturels : les forêts, les rivières, les montagnes, la mer. Ici, des mines d'étain. Là, des mines d'or. Des loups, des ours, des sangliers. Le Nord était plus dangereux, plus traître pour notre peuple. On y trouvait des esclavagistes, et le *voïevod* qui aimait les filles aux talents artistiques. Toutes nos histoires sur le Nord étaient teintées de peur et d'avertissements.

Je me dressai sur mes genoux en me cambrant pour m'étirer. La main avec laquelle j'avais soutenu la tête de Kizzy était tout engourdie et je la secouai pour rétablir la circulation, la peau piquetée par des dizaines de minuscules épingles.

Ma vessie était pleine et gonflée, et Girtie me passa un seau sans rien dire. Je me tins aux barreaux. Le bruit de mon urine qui coulait fit monter le feu de la honte à mes joues, mais personne ne rit, ne se moqua, ni ne regarda. Heureusement, les hommes dormaient encore.

Je laissai retomber ma jupe et Kizzy vida le seau à travers les lattes du plancher. Des trous commençaient déjà à apparaître dans le mince voile d'intimité qui nous avait toujours tenus à distance les uns des autres, déchiré par les hommes aux écharpes écarlates.

Nous traversions maintenant une autre vallée, moins profonde, entourée de collines boisées aux pentes douces. Ici, le chemin était bien battu, marqué par d'innombrables empreintes de pas et de sabots. Et à mesure que les heures passaient, nous commençâmes à croiser des gens qui voyageaient dans l'autre sens, ou des petits convois qui dépassaient notre lourd chariot.

Personne ne nous adressait la parole, ne nous accordait le moindre regard de compassion ni ne posait de questions aux hommes. Peut-être ces Installés étaient-ils habitués au spectacle de Voyageurs enfermés dans des cages, à moins qu'ils n'aient été intimidés par les écharpes écarlates des esclavagistes.

Nos ravisseurs, qui venaient de se réveiller, arboraient presque autant de meurtrissures que nous. J'étais particulièrement fière de celles infligées par Kizzy : de profondes griffures, qui couraient en diagonale du front au cou de notre assaillant en passant par un œil. Elles suintaient un liquide transparent, et sa paupière restait fermée. Il dénuda des petites dents jaunes en me surprenant en train de le regarder, et je me déplaçai de manière à lui masquer de nouveau la vue de ma sœur.

Finalement, les douces ondulations des collines firent place à la plaine quadrillée de champs. Nous devions approcher d'un lieu de vie, et un grand. La terre noire était labourée de sillons bien droits aussi loin que portait le regard : des lieues et des lieues de terre fouettée, fauchée et battue jusqu'à la soumission.

Ici et là s'élevaient des moignons de troncs noircis, coupés presque au ras du sol, dont les racines étaient trop enfouies pour être arrachées. Les Installés les avaient recouverts de goudron, mais les racines poussaient toujours sous la surface, s'agrippant à la terre qui était avant tout la leur, et qui le redeviendrait, bien après que les hommes qui avaient abattu les arbres seraient retournés à la poussière.

Certains avaient la peau sombre comme nous, et des cheveux ondulés qu'on ne voyait jamais chez les Installés. Mais même eux ne nous regardaient pas. Je supposai qu'il s'agissait d'esclaves. Car quel Voyageur pourrait choisir une telle vie ?

Kizzy pressa ses joues sur le métal froid des barreaux pour les regarder ramasser leurs outils et se mettre à travailler la terre, encore scintillante de gel.

– Mais pourquoi ne se servent-ils pas de leurs outils pour attaquer ? demanda-t-elle tout bas. Qu'attendent-ils pour les mettre en pièces ?

La fièvre qu'il y avait dans sa voix m'ébranla.

Bientôt, des maisons apparurent le long de la route, et tandis que celle-ci contournait une petite butte, je découvris notre destination : une colline fortifiée, aux flancs tapissés d'habitations.

Au sommet, à la fois ridicule mais menaçant, il y avait un château. Je n'avais jamais rien vu d'aussi imposant, à l'opposé des maisons tristes que nous avions passées jusque-là. Les aiguilles noires de ses tourelles perçaient le ciel en se détachant sur les nuages, pointues comme des crocs fichés sur des gencives grises. Un drapeau noir, traversé en diagonale d'une bande écarlate, flottait sur la plus haute tour. Ainsi, Fen avait deviné juste : les esclavagistes étaient bien les hommes d'un *boyar*.

À mesure que nous approchions, je distinguai d'énormes silhouettes en position accroupie en haut des murs. Je ne fus pas la seule à les remarquer.

– Des *demoni* ! gémit Morsh en les désignant du doigt.

– Ce ne sont que des statues, rectifia Fen, qui semblait néanmoins un peu troublé, lui aussi.

Il avait raison. Mais elles étaient si réalistes, et la lumière grise, si maigre, qu'elles semblaient prêtes à bondir de leur perchoir d'une minute à l'autre pour fondre sur nous. Je croisai les doigts que je levai vers elles pour conjurer le sort, le souffle coupé.

Mais avant que nous ayons atteint les murs, le chariot s'immobilisa avec une secousse. Je détournai mon attention du château et des statues pour regarder autour de moi. Nous nous étions arrêtés au bord de la route au milieu des champs, devant un grand bâtiment en pierre aussi long que cinq caravanes mises bout à bout.

C'était une belle bâtisse à l'origine : on voyait des restes de peinture bleue sur la porte, dont le bois était gravé là où il n'avait pas pourri. Mais il était évident que plus personne ne l'entretenait depuis longtemps.

Jamais nous n'aurions laissé nos foyers tomber dans un tel état de délabrement. Chez nous, les rideaux tachés étaient remplacés, les ourlets recousus, et les accrocs raccommodés dès leur apparition. Nous étions fiers des endroits où nous vivions, et je me dis que le propriétaire de cette maison avait de quoi avoir honte.

Les hommes approchèrent du chariot, sabre au poing.

– Tiens-toi prête, me chuchota Kizzy.

– Prête pour quoi ?

Mais elle ne me répondit pas. Elle montra les dents à celui qui portait les marques de ses ongles sur la figure et il frappa les barreaux du plat de sa lame, comme les Installés frappaient la cage d'Albou avec des bâtons dans le but de l'énerver, avant que mamă ne les chasse.

Mamă. Le souvenir de la roulotte en flammes me fit un coup au cœur.

Le souffle coupé par cette pensée, je ne réagis pas assez vite pour arrêter ma sœur. À l'instant où ils ouvrirent la cage, elle bondit dans un grand battement de ses jambes brunes, rapide comme l'éclair.

Mais le sommeil avait revigoré l'homme à la balafre. Il se montra plus rapide que moi, et même que Kizzy. L'attrapant par la taille, il la jeta à terre et l'immobilisa en posant sa botte sur ses longs cheveux, noués par le foulard de la Vieille Charani.

L'un de ses acolytes posa à son tour son pied sur son poignet et se mit à hululer et à la railler tandis que les coups de pied de ma sœur faisaient remonter sa jupe sur ses cuisses. J'esquissai un mouvement en le voyant se baisser pour pincer Kizzy au-dessus du genou, mais Fen avait déjà sauté du chariot.

– Laissez-la !

Il fut récompensé par un direct dans la mâchoire, mais les hommes relâchèrent assez leur étau sur Kizzy pour qu'elle puisse se relever en lissant sa jupe. Le corset de mamă était de travers et je brûlais de l'ajuster, de le remonter. Et de mettre l'autre œil du balafré hors d'usage d'un nouveau coup de griffe.

– Les biens souillés se vendent pas, de toute façon, cracha-t-il en la repoussant dans le chariot.

J'attirai ma sœur vers moi. Des gouttes de sang perlaient sur son crâne là où s'étaient arrachés des cheveux pendant qu'elle avait tenté de se libérer.

– Mais recommence ça une fois, et chacun de tes amis aura droit à une cicatrice pour aller avec celle que tu m'as faite.

Alors que Fen faisait mine de nous rejoindre, le soldat le tira violemment en arrière.

– Toi, tu restes là. Et toi, et toi, et toi… dit-il en désignant Morsh et les deux autres garçons de la pointe de son sabre, vous descendez aussi.

Morsh se tourna vers Girtie, qui jeta un coup d'œil terrifié sur l'arme. D'un signe de tête, elle lui fit signe d'obéir, mais ne trouva pas la force de croiser son regard lorsqu'il sauta à terre, suivi des deux autres. Puis la porte de la cage se referma et les quatre garçons s'alignèrent dehors.

L'un des soldats ressortit du grand bâtiment en pierre accompagné d'un petit homme corpulent qui me fit penser à un blaireau, avec ses cheveux gris, sa longue figure et ses petits yeux noirs.

– Bonjour, capitaine Vereski. D'où viennent ceux-là ?

– Des collines de l'Ouest, répondit notre ravisseur.

– Ils viennent de plus en plus près, dit l'homme avec une mimique d'approbation. Nous aurons bientôt des réserves régulières.

Puis il passa lentement devant les garçons, en faisant tourner leurs têtes à gauche, puis à droite, en tirant sur leurs lèvres de sa main crasseuse pour examiner leurs dents et en leur faisant tirer la langue. Fen se tenait bien droit, mais je vis ses jambes trembler légèrement et ses doigts crispés dans son dos quand l'homme s'approcha de lui. Kizzy glissa la main à travers les barreaux pour caresser sa paume. Il arrêta de trembler.

L'homme à la tête de blaireau hocha la tête.

– Vingt.

– Cinquante, répondit le capitaine.

– Vingt-cinq.

– J'en obtiendrai davantage au château.

– Certainement pas.

Je sentis la nausée me prendre à la gorge. Ils marchandaient le prix de Fen et des autres comme ils l'auraient fait avec du bétail.

– Quarante, répliqua le capitaine Vereski. Ou je m'en vais.

– Quarante si vous me mettez celle-là en plus.

Il désigna Kizzy d'un coup de menton. Fen se raidit, mais notre ravisseur secouait déjà la tête.

– Celle-là fait partie d'un lot, regardez. Malovski est toujours à l'affût de nouveautés.

Le capitaine me montrait du doigt et j'eus un mouvement de recul. C'en était fini de mon invisibilité.

L'homme réagit par un petit sifflement connaisseur.

– C'est le *boyar* Valcar qui va être content.

Leur discussion était ignoble. Des brutes sans vergogne. J'aurais voulu hurler, ou pleurer, mais je me contentai de baisser la tête. Puisque je ne pouvais pas parler, je voulais faire le silence en moi, créer un vide qui ne sentirait rien, devenir rien, ou bien une *Ielă*, un esprit du vent et des bois capable de se glisser à travers ces barreaux et de s'enfuir dans la forêt. Mais plus les hommes nous dévisageaient, plus ma substance me semblait compacte. Alourdie par l'impossibilité de m'échapper.

– Trente, dit le Blaireau. C'est ma dernière offre.

Ils se serrèrent la main, comme font les Installés lorsqu'ils négocient du grain ou du bétail. Morsh s'était remis à pleurer. J'aurais voulu avoir le courage de tendre la main vers lui, comme Kizzy l'avait fait pour Fen, mais mes bras étaient pesants et inertes comme des troncs abattus. Les soldats menèrent les garçons en troupeau dans la bâtisse, les doigts sur la garde de leurs sabres.

Seul Fen se retourna pour chercher quelqu'un des yeux. Suivant son regard, le capitaine Vereski surprit l'échange entre Kizzy et lui, comme s'ils s'étaient étreint les mains. Un sourire sombre lézarda son visage, et du sang et de la lymphe coulèrent sur sa joue.

Puis il s'approcha des barreaux pour jeter à la figure de ma sœur :

– Encore un coup comme ça (il désigna ses griffures), et ce sera fini pour celui-là. (Il montra Fen qui disparaissait par la porte.) Compris ?

Puis il longea le chariot sans attendre sa réponse et sauta sur le siège à côté du conducteur.

Je pris la main de ma sœur. Si elle tremblait, il n'y avait pas de traces de larmes sur ses joues rondes. La colère rendait son visage lisse et sombre comme de la pierre polie. On aurait dit une magnifique statue, plus délicate que toutes celles qui coiffaient les murs du château, et bien plus féroce.

Laissant mon bras contre le sien, je sentis quelque chose passer d'elle à moi, un peu de son énergie, de sa fureur. Tandis que la porte se refermait sur les garçons et que le chariot se remettait en route, cette colère se lova dans mon cœur et le changea un peu en pierre à son tour.

4

Je ne fus pas la seule à conjurer le diable en croisant les doigts lorsque nous franchîmes la porte du château sous les *demoni* qui veillaient en haut des murailles. Vus de près, ils étaient moins effrayants : des loups ailés, des hommes aux figures grotesques et aux griffes longues comme les sabres des soldats.

Nous n'étions plus que huit, rien que des filles. Je les connaissais toutes depuis ma naissance ou la leur, mais la peur avait dressé des barrières entre nous. Je n'arrivais pas à croiser leur regard. Laquelle serait la prochaine à partir ?

Je laissai mon bras contre celui de Kizzy, absorbant sa chaleur et sa colère. Je n'avais pas aimé les paroles de l'esclavagiste à propos d'un « lot », mais je m'accrochais au maigre espoir que cela nous permettrait de rester ensemble. Ensemble, quel que soit le sort qui nous attendait.

Le chariot atteignit le pied de la colline et commença la montée vers le château. Le ciel gris s'éclaircissait, et je vis que les tours pointues étaient coiffées de tuiles rouges contrastant avec la pierre noire. L'édifice était perché sur un grand plateau de roche bosselé, de sorte que ses murs semblaient en surgir tel un arbre effrayant.

La route tournait autour de la colline comme une spirale, taillée dans la roche brute. Les maisons étaient plus soignées à mesure que nous approchions, aussi grandes que celle du Blaireau mais mieux entretenues, et les gens étaient mieux habillés. Ces Installés-ci étaient plus riches et n'avaient pas à travailler dans les champs pour vivre. Ils avaient sans doute leurs propres esclaves pour tenir la maison ; les femmes avaient les joues pâles – une pâleur encore renforcée par leurs tenues entièrement noires –, comme si elles ne travaillaient jamais à la lumière du soleil, et elles portaient des gants en cuir fin dans divers tons de rouge.

Cela devait être la mode ici : de l'écarlate sur du noir. Soudain, l'image du sang jaillissant sur une peau sombre surgit sans crier gare dans ma tête, et je posai le front sur mes genoux pour apaiser mon vertige.

À mi-chemin de la colline, sur laquelle le château se dressait comme un nuage d'orage, nous nous arrêtâmes de nouveau, devant une maison aux volets rouge sang. Cette fois, nous reculâmes en bloc vers le fond de la cage en nous blottissant les unes contre les autres. Le capitaine Vereski approcha, en gardant un œil méfiant sur Kizzy. Mais sa menace de s'en prendre à Fen semblait avoir marché : elle ne tenta pas de s'enfuir lorsqu'il tira le verrou. Pourtant, il me sembla bien que le regard furieux de ma sœur inquiétait Vereski presque autant que si elle s'était jetée sur lui avec des cris aigus.

– Descendez.

Comme personne ne bougeait, il frappa les barreaux du plat de son sabre, plus fort que les fois précédentes. Toute la cage résonna et la vibration me fit grincer des dents.

– Maintenant !

Girtie lâcha un gémissement, mais se mit à ramper vers les marches du chariot. Nous la suivîmes et je trébuchai en sautant à terre, les jambes engourdies par les longues heures passées à demi pliée dans la cage. L'air était malsain ici après la douce odeur de sève de la forêt, et stagnant, sans brise pour le purifier.

Nous nous alignâmes le long du chariot, garé presque contre la façade, et dûmes nous plaquer contre les barreaux pour faire de l'espace à Vereski. Il s'arrangea cependant pour passer tout près de nous en frôlant nos jupes avec sa jambe. Je sentis l'odeur âcre de la fumée et de sa crasse lorsqu'il s'approcha de moi.

Vues de près, les plaies de son visage avaient encore plus mauvais aspect, et je me demandai si la terre des champignons ne s'était pas amassée sous les ongles de Kizzy. Je m'imaginais écrasant le calice de la mort entre mes doigts et le frottant sur sa figure.

– Qu'est-ce qui t'amuse, toi ? me demanda-t-il.

Ses mots m'atteignirent portés par une haleine chaude aux relents d'acide et de viande pourrie.

J'effaçai l'expression traîtresse de mon visage et retins mon souffle jusqu'à ce qu'il soit passé. Je me félicitai de voir qu'il ne s'attardait pas devant Kizzy, même s'il nota clairement ses mains détachées et son regard meurtrier. Posément, il continua à remonter notre rangée.

Il s'arrêta devant Reeni, la plus jeune, et leva une main gantée qui remonta de son menton jusqu'au lobe de son oreille. Un frisson nous parcourut toutes. Un muscle tressaillait dans la mâchoire de Reeni. Elle se retint de pleurer et je fus fière d'elle : montrer de la faiblesse devant cet homme, c'était faire humer l'odeur du sang à un loup.

Il frappa à la porte rouge.

– Bien ! nous lança-t-il. Malovski va arriver. On ne crache pas, on ne griffe pas et on ne parle pas.

Son regard pénétra ma sœur.

Jusqu'ici, le choc nous avait maintenues dans son étau anesthésiant, mais là, alignée avec les autres comme les garçons un peu plus tôt, je commençais à éprouver les attaques de la panique, comme si je me trouvais au bord d'un gouffre. Puis nous attendîmes, assez longtemps pour que mes pensées s'emmêlent et s'épuisent à force de se bousculer. Je n'éprouvais plus qu'une sorte de nervosité bourdonnante qui m'empêchait de me concentrer sur quoi que ce soit. J'étais physiquement anéantie par le chagrin, courbatue, et à vif, comme si j'avais été battue en même temps que Kizzy.

Au bout d'un long, très long moment, la porte s'ouvrit et une femme sortit.

– Madame Malovski, ronronna Vereski en s'inclinant.

Il lui tendit sa main pour l'aider à descendre les marches, mais elle ne la prit pas.

Si l'homme de la maison des champs était un blaireau, Mme Malovski était un renard. Très mince, comme moi, et aussi petite que Reeni, elle portait une longue robe écarlate à col haut, resserrée à la taille par une ceinture noire, en reflet inversé de l'uniforme de Vereski. Elle avait des yeux sombres et perçants ourlés de cils noirs. Son visage était pointu et très pâle, rehaussé par deux plaques de rouge sur les pommettes et un trait écarlate sur la bouche qui lui donnaient un air fiévreux.

Elle posa les yeux sur nous en pinçant ses lèvres fines, qui ne furent plus qu'une entaille rouge.

– Des Tziganes ?

– Comme vous me l'avez demandé, répondit le capitaine Vereski en se redressant.

– Je ne vois pas d'ours.

– Ils étaient vieux, madame. Des sacs d'os.

La femme lâcha un grognement irrité.

– Je pourrais en dire autant de celles-là. Je pensais avoir été claire : le *boyar* Valcar s'intéresse particulièrement aux ours. Vous savez comme moi que les siens ne tiennent presque plus debout. Et ce n'est pas une façon de parler, après les combats contre les chiens de la semaine dernière.

J'aurais voulu pouvoir me boucher les oreilles avec de la cire. À cause non seulement de ce qu'elle disait, mais surtout de la façon dont elle le disait : avec autant d'insouciance que si elle se plaignait du prix du blé. J'en fus presque soulagée de la mort de Dorsi, si tel était le sort qui l'attendait. Mon cœur s'allégea à la pensée d'Albou et de Kem, libres dans la forêt. Le magnifique ours de ma mère ne danserait jamais pour ces gens, ne serait jamais forcé d'affronter des chiens affamés dans une arène cernée par de hauts murs.

– Mes excuses, madame. Je suis sûr que nous nous en procurerons ailleurs.

– Mais cela prend du temps, capitaine Vereski. J'en voulais un qui soit déjà dressé, et les Tziganes font cela très bien. Ils ont une affinité naturelle avec les bêtes, conclut-elle en tournant vers nous son visage de renard.

Kizzy serrait les poings. La peau de ses beaux doigts élégants, rongée par les brûlures, était rouge vif et sanguinolente. Dans la forêt, on trouvait de l'hamamélis, de l'écorce de saule et d'autres remèdes pour soigner les plaies. Si connaître la terre et tout ce qu'elle avait à offrir était bestial, alors être humaine ne m'intéressait pas.

Le capitaine Vereski ouvrit la bouche pour parler, mais elle l'arrêta d'un geste.

– Je réglerai le problème. Comme toujours. Voyons ce que nous avons.

Poussant la porte rouge, elle nous fit signe de la suivre à l'intérieur. Vereski fit mine de nous emboîter le pas, la main sur la garde de son sabre, mais elle se campa en face de lui sur le seuil.

– Je me charge de la suite, capitaine.

– Il y a des furies dans le lot, madame. Je pense vraiment qu'il serait plus prudent de…

Sans le laisser finir, elle lui ferma la porte au nez aussi sèchement qu'elle l'avait fait taire au début.

Les volets étaient fermés et l'intérieur était sombre comme un tombeau. Les chandelles dispersées ici et là dans la pièce ne faisaient qu'intensifier les ombres qui entouraient leurs petits cercles de lumière. Je compris que la richesse de cette femme n'était qu'apparente et que les volets peints et la tenue raffinée cachaient un cadre de vie bien morne.

Mme Malovski se tourna vers nous, le teint gris sous l'éclairage des bougies.

– Inutile d'essayer de vous échapper. Même si vous arriviez à me tuer, la seule issue est la porte par laquelle vous venez d'entrer. Et ma vie se paierait le prix de toutes les vôtres. Mettez-vous en rang.

Personne ne bougea. Je me demandai si Kizzy pensait la même chose que moi. Quoi que puisse dire Malovski, elle était petite et menue, et plus âgée que nous d'au moins vingt ans. Mes yeux fouillèrent la pièce à la recherche d'une arme. Les chandeliers semblaient être en fer. Je m'imaginai en saisir un et l'abattre sur le visage de renard de cette femme, qui se briserait comme un vase. Mes jambes flageolèrent à cette idée.

Tu n'es qu'une lâche.

Traversant la pièce, elle prit une cuvette remplie d'eau et un chiffon et les posa sur la table.

– Lavez-vous la figure.

Je me sentais couverte de crasse de la tête aux pieds, et l'ignoble odeur de fumée s'agrippait à mes vêtements. J'aurais voulu pouvoir m'écorcher la peau jusqu'au sang, jusqu'aux os, jusqu'à l'âme, pour la laisser s'envoler. Mais en arrivant devant l'eau de la cuvette, déjà grise et troublée par la crasse des autres, je me contentai de tremper le chiffon sale dans la lavure répugnante et de m'en frotter le front et la nuque. Ma joue me piquait et j'y sentis une éraflure, sans pouvoir me rappeler comment je me l'étais faite.

– Maintenant, mettez-vous là.

Malovski nous désigna le mur. Je me retrouvai collée à une commode en bois. Le chandelier était à portée de main, mais j'étais incapable de m'en saisir. J'enfonçai mes ongles dans mes paumes jusqu'à me faire mal.

Je tentai de croiser le regard de Kizzy, sans succès. Malovski passa lentement devant nous, aussi près que l'avait fait le capitaine, mais la manière dont elle nous détaillait de la tête aux pieds était peut-être encore plus dérangeante. Au moins, je comprenais l'expression de Vereski ; j'avais souvent vu ce mélange de dégoût et de désir dans les yeux de certains Installés. Mais celle de Malovski était scrutatrice, concentrée, comme celle de la Vieille Charani lorsqu'elle étudiait la paume d'une main.

Je songeai à la journée que nous aurions pu, que nous aurions dû passer. Dans cette autre journée, j'étais assise à l'ombre d'un arbre tachetée de lumière, repue de ragoût de champignons, avec Kem sur les genoux et mamă qui me caressait les cheveux pendant que la Vieille Charani dépliait ma main comme une fougère pour y lire mon avenir.

Je fermai les yeux en serrant les paupières pour mieux voir la scène. Le manque créait une fissure courant depuis mon cœur jusqu'au bout de mes membres, douloureuse et délicieuse. Elle m'emporta loin de cette pièce, jusqu'à ce que la main de Malovski me ramène à la réalité en se refermant brusquement sur mon poignet.

Elle déplia mes doigts, et je me demandai quel avenir cette femme me réservait. Elle inspecta mes ongles, et le contact doux et frais de sa peau me donna la chair de poule. Elle examina ma bouche, passa le doigt sur mes dents en jouant dessus pour s'assurer qu'elles n'étaient pas déchaussées. Puis elle tourna mon visage à gauche et à droite, et fronça les sourcils devant mon éraflure sur la joue.

– Il faudra sans doute quelques points de suture. Dommage… Mais des jumelles…

Elle nous regarda tour à tour, Kizzy et moi.

– Peut-être même encore mieux qu'un ours. Bien sûr, c'est elle, la beauté. Mais la ressemblance est frappante. Votre mère vous a nourries de la même façon ? On dirait que l'autre a eu le meilleur sein.

Elle n'attendait pas de réponse à sa question, bien sûr. L'évocation de mamă me fit trembler comme une feuille.

Puis Malovski se tourna vers Kizzy.

– Une beauté remarquable. Pour ceux qui aiment ce genre-là.

Elle dessina dans l'air les contours des hanches de Kizzy en les exagérant.

– Enfin. Les hommes ont des goûts simples, même les *boyars*.

Puis elle se tapota la lèvre du bout de l'index.

– Es-tu préservée ?

Ma sœur plissa le front, perplexe.

– As-tu couché ?

Les yeux de Kizzy se réduisirent à deux fentes.

– Non.

– Oh, vous n'êtes pas muettes, fit sèchement Malovski. Je me demandais s'ils ne vous avaient pas arraché la langue. C'est arrivé, une fois.

Elle entama l'examen de Kizzy en commençant par ses mains, comme elle l'avait fait avec moi, et eut un mouvement de recul.

– Ouh ! Qu'est-ce que c'est que ça ? C'est très vilain.

Kizzy grimaça de douleur tandis que Malovski lui tournait et retournait les avant-bras en faisant claquer sa langue. Puis la femme baissa la tête au niveau de ses bras pour les inspecter de près, et je sentis un changement chez Kizzy, une tension, une torsion intérieure, comme celle d'un serpent qui s'apprête à mordre. Soudain, j'éprouvai cette même envie dans mes mains. Ma sœur pouvait lui faire une prise d'étranglement, serrer jusqu'à ce que ses yeux s'éteignent. Mais elle laissa Malovski lui renifler la peau sans broncher.

– Parfait, pas de décomposition. Il nous faudra aussi arranger cela.

Elle repoussa les bras de Kizzy avec un soupir dédaigneux et nous regarda tour à tour d'un air dégoûté.

– Des jumelles, certes, mais abîmées. Pourquoi faut-il toujours qu'on me complique la tâche ?

Puis, traversant la pièce, elle alla ouvrir la porte et la lumière du jour entra à flots. Elle fit signe au capitaine, qui hésita sur le seuil, apparemment réticent à s'approcher. Quel pouvoir détenait-elle sur lui pour qu'il la craigne ainsi ?

– Bon, c'est à peu près acceptable. D'elle à… elle, à la laiterie.

Elle désigna d'un doigt maigre les six autres filles.

– Suivez-le.

Elle eut un mouvement brusque de la tête pour les faire bouger et elles se dirigèrent vers la porte d'un pas incertain.

– Ces deux-là feront l'affaire pour le château, reprit-elle en nous montrant ma sœur et moi du menton. Mais je dois d'abord les rendre présentables.

– Trente, déclara le capitaine.

– Entendu.

– Pour ces deux-là. Cinquante en tout.

– Vous m'avez apporté des articles endommagés, répliqua Malovski en lui mettant la main de Kizzy sous les yeux. Ça va me coûter de l'argent.

– Je…

– Je paierai vingt pour celles-ci et quinze pour les autres. Trente-cinq au total. Si cela ne vous plaît pas, allez vous plaindre au *boyar*. Et je me ferai un devoir de lui rappeler que vous ne lui avez pas ramené d'ours.

Le capitaine grommela quelque chose.

– Pardon ? lâcha sèchement Malovski.

– Trente-cinq, ça ira, madame.

– Bien. Partez, maintenant. Je vous amènerai ces deux-là en temps voulu.

– Il vaudrait mieux que je laisse quelqu'un avec vous, madame. Celle-là est dangereuse, signala-t-il avec un signe de tête en direction de Kizzy.

– Ce ne sera pas la première à qui j'aurai affaire.

– Moi non plus, fit le capitaine avec un regard lubrique. Mais peu ont réussi à m'attaquer.

Il pointa le doigt sur sa joue.

Mme Malovski soupira.

– Je veillerai à lui limer les ongles. Vous pouvez laisser un garde dehors, mais il n'entrera pas dans cette maison, est-ce clair ? Et ne vous en faites pas pour vos cicatrices, capitaine. À tout prendre, elles vous avantagent.

5

Malovski referma la porte sur le capitaine une seconde fois, encore plus brutalement que la première. J'entendis la voix de Vereski qui aboyait des ordres, puis la cage qui se refermait sur nos amies, et je priai pour qu'il ne leur arrive rien. Une laiterie semblait un moindre mal : un endroit peuplé d'animaux paisibles aux besoins simples. Le travail harmonieux du fromage, du lait et du beurre. J'aurais voulu qu'on puisse rester toutes ensemble.

Je m'approchai de Kizzy tandis que Malovski revenait vers nous.

– Des griffes de sorcière, hein ? Il n'y aura pas de ça avec moi. Je peux te rendre la vie bien plus dure.

Kizzy lâcha un rire sans joie. Aussitôt, Malovski la pinça entre le pouce et l'index et ma sœur poussa un petit cri de douleur. Je me mordis les joues. Si on m'avait fait cela, Kizzy aurait essayé de me protéger. Mais j'étais incapable d'intervenir, ayant déjà du mal à la regarder souffrir. Que m'arrivait-il ? Où étaient passés la force et le courage que j'avais éprouvés en me jetant au secours d'Albou et de Kem avec une hache ?

Je pinçai ma main là où Malovski continuait à pincer Kizzy. Cela toucha un nerf et des petites étoiles de douleur clignotèrent devant mes yeux.

– Imbécile, siffla Malovski. Il y a des destins bien pires que celui-ci. J'aurais pu t'envoyer dans les champs avec les laboureurs. Même dans la laiterie, tu aurais eu les bras dans la merde et les barattes t'auraient écorché les mains. Tu aurais pu attendre longtemps pour qu'elles guérissent.

Elle repoussa la main de Kizzy comme un chiffon sale.

– Tu ferais mieux de suivre l'exemple de ta sœur. Certes, ta beauté la protège, mais son silence vous protégera toutes les deux.

Malovski essuya ses mains sur sa robe écarlate et recula en nous soupesant de nouveau d'un regard appréciateur.

– On ne voit pas souvent de jumeaux par ici. Généralement, l'un des deux meurt, ou on les noie. Des mœurs de sauvages. Votre mère a-t-elle fait appel à la sorcellerie pour vous donner naissance ?

– Elle n'était pas sorcière, gronda Kizzy.

Était. Le passé me fit l'effet d'une gifle.

– Je croyais que tous les Tziganes l'étaient.

– Nous sommes des Voyageurs, répliqua Kizzy. Pas des Tziganes.

– Kisaiya, murmurai-je pour la rappeler à l'ordre.

– Mais elle aussi, elle parle ! s'exclama Malovski en applaudissant d'un air ironique. Je commençais à croire que tu n'étais que son ombre. Kisaiya, tu dis ? Et ton nom à toi ?

Je n'avais nulle envie d'entendre mon nom écorché par sa langue d'Installé, mais comme j'avais donné celui de Kizzy, il aurait été injuste de protéger le mien.

– Lillai.

– Quels curieux noms, commenta Malovski en plissant le nez. Enfin, vous n'en aurez pas besoin au château.

– Qu'y ferons-nous ? demanda Kizzy.

– T'ai-je autorisée à parler ? cracha Malovski. Je devrais peut-être vous faire commencer comme servantes.

– Avec mes mains, je ne suis pas la bonne personne pour tenir un plateau, répliqua ma sœur.

Malovski eut un petit rire et mit les poings sur les hanches.

– Tes mains guériront. En outre, il y a d'autres manières de servir.

– D'autres manières ? dis-je d'une voix enrouée.

– Toutes celles que le *boyar* jugera bonnes.

– Nous ne sommes pas des putains, protesta Kizzy avec véhémence.

Mme Malovski haussa les sourcils. Une craquelure apparut sur sa peau et je m'aperçus que sa pâleur était le résultat d'une épaisse couche de poudre.

– En effet. Les putains se font payer.

Puis elle se retourna pour essayer de prendre quelque chose sur une étagère trop haute pour elle. Tandis qu'elle glissait un tabouret en bois dessous, je tentai de nouveau de croiser le regard de Kizzy. Elle m'ignorait totalement depuis que nous étions descendues du chariot. *Tu es fâchée contre moi ?* lui demandai-je dans ma tête. Ma sœur fixa le mur.

Malovski prit sur l'étagère une boîte en bois munie d'un fermoir, qu'elle alla poser sur la table à côté de la cuvette d'eau sale. Elle l'ouvrit et fouilla dedans. J'entendis un petit cliquetis, de métal ou de verre.

– Approchez.

Elle claqua des doigts comme si elle s'adressait à des chiens. Nous ne bougeâmes ni l'une ni l'autre.

– Je peux vous séparer, nous menaça-t-elle. Vous envoyer dans les champs, ou même plus loin. Les *boyars* sont toujours à l'affût de visages nouveaux, et il y a de pires maîtres que celui que vous trouverez ici. Je suppose que, même chez vous, on a entendu parler du *voïevod* de la région ? On l'appelle le Dragon.

Je tressaillis. Le Dragon. Le seigneur dont la Vieille Charani nous racontait les vilenies, qui traitait ses esclaves plus mal que des rats et les vidait de leur sang.

– Je vois que oui. Si vous voulez rester ensemble, je vous conseille de m'obéir.

Kizzy ne bougeait toujours pas, et je me sentais vissée au sol par son indécision. Me détestait-elle à cause de ma lâcheté ? Mais soudain, elle rejeta ses cheveux en arrière, comme si elle se débarrassait d'une toile d'araignée, et rejoignit Malovski. Je suivis, un pas derrière, comme toujours.

La boîte était remplie d'objets étincelants : des lames pointues à long manche, des aiguilles... Mais alors qu'une nouvelle vague de peur m'assaillait, Malovski prit un peigne à dents fines taillé dans un os, aussi pâle qu'un visage de femme.

– Comme le *boyar* Valcar aime les cheveux longs, vous pouvez garder les vôtres, mais…

– Les garder ? Ils nous appartiennent.

Kizzy reçut une gifle, partie si vite qu'elle aurait pu m'échapper si j'avais battu des paupières à cet instant.

– Je commence à me lasser de ton insolence. Tu dois apprendre à ne parler que si on te le demande. Et plus rien ne t'appartient, dit Malovski en passant les doigts sur les dents du peigne avec un crissement qui me mit les nerfs à vif. L'usage est de raser tous les esclaves. Un bon remède contre les poux. Les *putains* (elle foudroya Kizzy du regard en appuyant sur ce mot) portent des perruques.

Je regardai ses propres tresses soyeuses aux volutes complexes.

– Alors je dois m'assurer qu'il n'y a pas de poux.

Je savais que nous n'en avions pas. Mamă veillait à nous peigner avec de la menthe et du vinaigre, ce qui donnait douceur et brillance à nos cheveux. Elle attrapait le moindre pou égaré entre ses ongles et les fendait en deux avec un petit *pop* gratifiant. Kizzy et moi, nous adorions nous faire coiffer. Kem, lui, détestait cela. Ses cheveux étaient encore plus épais que les nôtres, plus rêches et plus bouclés.

– Enlevez vos vêtements.

Mon ventre se noua. Bien sûr, ce fut Kizzy qui parla :

– Nos vêtements ?

Ses yeux noirs luisaient dans la pénombre.

– Fais ce que je te dis. Je ne tiens pas à t'envoyer au *boyar* avec de nouveaux bleus, ma fille.

Je m'agrippai à ma jupe.

– Madame, dis-je d'une voix douce et soumise, sans chercher à cacher qu'elle tremblait. Ne nous forcez pas, s'il vous plaît.

– C'est pourtant ce que je vais faire. Je peux aussi faire entrer le garde qui est dehors et lui proposer d'assister à l'examen.

– Mais que cherchez-vous ? demandai-je à la hâte, pour empêcher Kizzy de s'attirer une deuxième gifle.

– Je dois m'assurer que vous êtes bien telles que vous dites : intactes. C'est une valeur ajoutée.

– S'il vous plaît, implorai-je, les joues en feu, tandis que des larmes roulaient sur mes joues. Ne nous forcez pas à faire ça.

Mais Malovski se dirigeait déjà vers la porte, et je levai une main.

– D'accord, madame ! D'accord.

Après un hochement de tête, Malovski revint et je me déshabillai maladroitement. Mes genoux étaient encore couverts de terre après la cueillette des champignons. Je n'avais jamais été nue devant personne qui ne soit pas de mon sang. Malovski me fit allonger sur la table en m'observant froidement. Le bois était lisse et frais sous ma peau, et j'eus la sensation de m'allonger sur une pierre tombale.

– Vous n'avez pas le droit de la toucher, dit Kizzy.

J'entendis claquer une nouvelle gifle. Suivie d'une deuxième, puis d'une autre.

Ma sœur n'émit plus un son tandis que Malovski posait les mains sur moi, les passait sur ma peau, me tâtait la poitrine et palpait mes aisselles pour s'assurer de l'absence de ganglions et de toute trace de maladie.

C'était comme si je flottais au-dessus de moi-même et que mon esprit s'élevait en spirale lorsque les doigts froids descendirent vers mes cuisses. Mon corps n'était plus qu'une chose morte, que j'abandonnai sans plus de regret qu'un linge sali. Je repensai aux arbres brûlés dans les champs. Ils paraissaient conquis, rasés, mais ce n'était que l'illusion de la défaite.

Les racines, me rappelai-je. *Plante-toi profondément à l'endroit d'où tu viens. Garde tes pieds.*

– C'est bon, me dit Malovski. Enfile ça.

Rouvrant les yeux, je vis qu'elle me tendait une robe noire et une ceinture écarlate. L'uniforme de ceux qui avaient tué ma mère. Je les pris en songeant aux arbres. Peu importait que je porte des vêtements couleur goudron ; à l'intérieur, j'étais toujours moi, toujours vivante.

Je m'assis sur la table et m'habillai, en tournant le dos à Malovski pour glisser le calice de la mort dans une poche de la nouvelle robe. Elle était un peu grande, avec trop de tissu sur les hanches, et la ceinture ne laissait pas assez de jeu pour me permettre de bouger aussi librement que dans nos jupes à larges plis.

Kizzy était assise par terre, les bras repliés autour de ses genoux et les yeux gonflés. Les bagues de Malovski avaient laissé leur marque.

Je m'accroupis à côté d'elle, gênée dans mes mouvements par la robe.

– Kizzy ?

– Je n'ai pas de temps à perdre, nous signala Malovski en se dirigeant de nouveau vers la porte.

– Madame, s'il vous plaît, dis-je. Elle est pareille que moi, puisque nous sommes jumelles.

– Le premier imbécile venu peut voir que non, et ses formes sont de nature à créer des ennuis. Je dois m'assurer qu'elle est pure. J'appelle le garde.

– Non ! S'il vous plaît ! m'écriai-je, la gorge nouée par le désespoir. Elle se débattrait, et vous avez dit que vous ne vouliez pas d'autres meurtrissures.

Malovski fit claquer sa langue.

– Si tu peux la convaincre, fais-le, céda-t-elle. Mais vite.

– Kizzy, dis-je en collant presque mon front contre celui de ma sœur, comme dans le chariot. Kisaiya, mon amour, s'il te plaît. Je ne veux pas qu'on te fasse du mal.

Puis je tendis la main pour accomplir notre geste et, enfin, elle me regarda, ses yeux noirs, liquides à la lueur des bougies. J'y lus une colère qu'elle n'avait jamais dirigée contre moi jusque-là, et je me demandai un instant si elle n'allait pas me frapper. Mais elle se leva vivement et commença à se déshabiller. Je voulus l'aider à défaire les lacets du corset de mamă mais elle me repoussa d'un haussement d'épaules, préférant se brûler les mains sur les cordons rêches.

Une fois nue, elle me laissa la guider jusqu'à la table et s'allongea. En voyant Malovski se pencher sur elle, j'eus le sentiment de l'avoir trahie, d'être de la pire espèce de conspirateurs. Je ne supportais pas de la voir étendue ainsi, comme un corps prêt à être enterré.

– Je n'ai jamais compris la fascination des hommes pour toute cette chair, dit Malovski en pressant ses doigts sur les seins de ma sœur. Ils devraient nous préférer les plus petites possible, faciles à manipuler.

Kizzy gardait les yeux rivés sur les miens. Lorsque Malovski porta les mains sur ses cuisses, elle lâcha un petit piaulement et me prit la main. Je pleurai sans bruit dans ses cheveux.

Ce fut bientôt fini. Cela n'avait déjà que trop duré.

– Ça ira. Habille-toi.

Après avoir jeté une autre tenue à Kizzy, Malovski alla ouvrir les volets.

– Maintenant, je vais regarder vos cheveux.

Sa manière de faire n'avait rien à voir avec celle de mamă. Notre mère était si douce que c'était presque comme une caresse. Elle brossait nos boucles comme de la laine, jusqu'à ce qu'elles gonflent en halos qui crépitaient telle de la soie. Malovski, elle, tirait brutalement sur chaque mèche avant de l'inspecter à la lumière des bougies.

– Ce serait vraiment plus simple de tout couper, marmonna-t-elle en enfonçant les dents pointues du peigne dans mon cuir chevelu.

Cela fait, elle alla chercher une autre boîte. Celle-ci n'avait pas de couvercle et son contenu m'était familier : de l'écorce de saule, de l'eau d'hamamélis et du fil à recoudre.

Elle s'occupa d'abord de ma joue. Je m'efforçai de ne pas bouger, et j'eus moins mal que je ne l'avais craint. Malovski avait la main sûre et précise. Elle nettoya ensuite les fils avec du vinaigre, et ce n'est qu'alors que les larmes me montèrent aux yeux.

– À toi, maintenant.

Kizzy s'assit et Malovski commença à nettoyer ses plaies avec de l'hamamélis.

– Il vaudrait mieux prendre du vinaigre, mais il rend la peau rêche. Et j'ai besoin que tes mains restent aussi douces que ton ventre.

Lorsqu'elle eut fini, elle déposa des bandes d'écorce de saule sur les avant-bras de ma sœur, comme l'aurait fait mamă, et les enveloppa avec ce qui semblait être du lin propre.

– Tu devras me le rendre, signala-t-elle en montrant le lin. Ne le salis pas.

Puis elle enduisit les mains de Kizzy d'une pommade jaune à l'odeur agréable que je n'identifiai pas, et lui tendit le pot en bois.

– Mets-en tous les soirs. Deux fois par jour, ce serait l'idéal, mais il ne faudrait pas que les plateaux te glissent des mains.

Pas de vinaigre, pas trop de pommade. Parce que ça risquerait de lui donner la peau rêche ou de la rendre maladroite. Il ne s'agissait nullement de la soigner, même si les gestes de Malovski avaient eu la douceur de ceux d'une infirmière. Elle ne cherchait qu'à préserver son investissement.

Kizzy mit le pot dans sa poche et Malovski se leva pour nous détailler.

– Pas mal, trancha-t-elle. Je vous garderai en cuisine le premier mois, le temps que vous cicatrisiez. Ensuite, je pense que vous ferez une belle attraction.

6

Nous nous déplaçâmes dans une voiture élégante. Certes, n'importe quel véhicule eût mieux valu qu'une cage. J'avais déjà le sentiment d'en fabriquer une moi-même en obéissant à cette femme. La sensation de sa main s'attardait sur ma peau, et bien que nos vêtements soient propres et taillés dans un tissu doux et léger il me semblait porter un linceul.

Assises dos à la route, en face de Malovski, nous ne voyions pas le château. Si je fermais les yeux, je pouvais presque me persuader que je voyageais dans notre roulotte et que mamă nous emmenait là-haut dans les montagnes.

Le regard de Kizzy était perdu au loin. J'aurais voulu qu'on ait un instant rien qu'à nous, pour pouvoir glisser mon bras sous le sien, coller ma tempe contre sa tempe, comme nous le faisions sur notre étroite couchette, avec le sentiment que nous pourrions nous fondre jusqu'à deux cœurs dans un seul corps, comme au tout début de notre vie. Que nous ayons continué à grandir unies, et non en nous séparant toujours un peu plus.

Je m'en voulais terriblement d'avoir aidé Malovski à la calmer, mais je ne voyais pas quelle autre décision j'aurais pu prendre. Le garde aurait été infiniment plus brutal. J'aurais voulu lui murmurer tout cela, l'entendre dire qu'elle me pardonnait, mais je me contentai d'appuyer ma jambe contre la sienne. Elle ne la retira pas.

– La marche du château est réglée comme une horloge, déclara Malovski alors que nous commencions à ralentir. Bien huilée et silencieuse. Et vous en êtes des rouages. Tout grincement y est supprimé, tout rouage défectueux en est éliminé.

Elle se pencha en avant et articula lentement en ouvrant bien sa bouche écarlate :

– En cas d'écart de conduite, votre beauté ne vous sauvera pas. Je ne vous sauverai pas.

Nous sauver de quoi ? me demandai-je, bien que ses examens m'en aient donné une petite idée. Je me sentais vide, épuisée. Je n'avais rien avalé depuis les crosses de fougère et mon estomac grondait, même si je n'étais pas certaine de pouvoir avaler quoi que ce soit avec la gorge aussi nouée et l'état de mes nerfs.

Nous arrivâmes sur du plat. Le bruit des sabots des chevaux, mat sur la terre battue, s'était fait plus sec sur la roche et résonnait maintenant bruyamment sur des pavés. Bientôt, nous nous arrêtâmes.

– Nous y sommes.

La porte de la voiture s'ouvrit et Malovski descendit agilement le marchepied en bois. Je la suivis dans une vaste cour pavée. Le mur extérieur hébergeait des écuries, et des poules picoraient du grain devant une porte en bois. Je vis encore différents bâtiments et me demandai si Girdie et les autres se trouvaient dans l'un d'eux.

– Descends, ordonna Malovski à Kizzy.

Ma sœur ne bougea pas. Je n'aurais même pas su dire si elle l'avait entendue.

Sur un signe de tête de Malovski, le soldat plongea dans l'ombre de la calèche et tira Kizzy par le bras. Elle trébucha sur les marches, maintenue par la poigne de fer du soldat.

– Tu vois ces pointes ? demanda platement Malovski.

Elle désigna du menton la muraille sur laquelle étaient fichées six piques en fer, hautes comme de jeunes enfants.

– Il y en a d'autres à l'avant du château, et elles sont rarement vides. Continue ainsi, et tu auras le plaisir de voir ta sœur fichée dans l'un d'eux si tu franchis un jour ces remparts.

J'avalai péniblement ma salive en considérant d'un autre œil les taches que j'avais prises pour de la rouille.

– Et il y a pire, crois-moi, reprit Malovski en glissant un coup d'œil sur le mur vers la gauche.

Je suivis son regard. De quoi parlait-elle ?

– Par ici.

La menace de Malovski avait fait son effet. Kizzy lui emboîta le pas. Mais je sentais toujours la brûlure de sa colère envers moi, comme si j'étais un poids faible dont elle rêvait de se dépouiller. De nouveau, je songeai à Kem et Albou, et la pensée qu'ils étaient libres agit comme un baume sur la panique qui m'assiégeait. Je devais survivre à tout ceci, pour eux. Et Kizzy avec moi.

La porte en bois n'était pas verrouillée. Dès que nous l'eûmes franchie, la chaleur nous frappa le visage. Nous étions dans un passage au plafond bas éclairé par des lampes à suif. La graisse devait être de mauvaise qualité, car elle sentait la viande avariée, comme l'haleine du capitaine Vereski. L'odeur, mêlée à celle du savon et de l'eau croupie, me fit plisser le nez.

Les parfums de la forêt n'étaient déjà plus qu'un souvenir lointain. Vite, je grattai un peu de terre restée sous mes ongles et la mis sur ma langue pour retrouver le goût de chez moi, mais ne sentis rien d'autre qu'un goût cuivré de sang et de fumée. Je me retins de cracher sur la jupe de Malovski en avançant dans le couloir oppressant, où se succédaient des portes.

Au bout du couloir résonnaient des cliquetis de casseroles et le jacassement de voix, et la lumière mouvementée d'un feu peignait les murs de rouge. Kizzy s'arrêta brusquement, et je lui rentrai dedans. Je compris qu'elle revivait la dernière fois où elle s'était approchée des flammes.

– On se presse, nous intima Malovski en claquant des doigts. Je n'ai pas que cela à faire.

Posant une main apaisante au creux des reins de Kizzy, je sentis qu'elle tremblait sous le tissu noir, mais elle se remit en marche. Nous fûmes assaillies par les bruits et les odeurs des cuisines avant même d'avoir franchi leur porte imposante à double battant.

La salle, au plafond bas tout luisant de graisse, baignait dans l'éclat et la chaleur d'un feu qui rugissait tout le long d'un mur. Des carcasses de porcs étaient suspendues au-dessus à intervalles réguliers. Des bulles bouillonnaient sur leur couenne entaillée, et je dus me mordre la langue pour ravaler ma nausée. Une fille de cuisine les arrosait généreusement de beurre à l'aide d'une grande cuiller métallique tandis qu'une autre tournait les broches.

La première n'était pas très douée, et une bonne partie du beurre tombait sur les flammes où il grésillait en dégageant une odeur nauséabonde. Je songeai aux longues heures de barattage qu'il avait fallu pour obtenir un si grand baquet de beurre, à la laiterie où nos amies travaillaient désormais, à leurs mains gercées, à tout le travail gâché par chaque geste de cette fille, et je la détestai.

Au milieu de la salle, d'autres filles hachaient des oignons nouveaux, avec des petites cuillers en métal dans la bouche pour ne pas pleurer. Il y avait des chaudrons sur des feux plus petits, et tout sentait le gras et le salé.

– Voilà deux nouvelles, Bucătar, annonça Malovski.

Toute la salle s'immobilisa au son de sa voix, chaque femme, chaque fille rentra la tête dans les épaules en baissant les yeux, à l'exception d'une femme qui s'interrompit pour se tourner vers Malovski.

Bucătar avait la peau aussi sombre que nous et une longue cicatrice barrait l'une de ses paupières, racornie et creuse.

– Dans un mois, elles doivent être prêtes à faire le service. Débrouille-toi pour qu'elles ne fassent pas de bêtises.

Bucătar acquiesça d'un petit hochement de tête en nous évaluant de son œil valide. Je risquai un sourire timide, mais n'en reçus pas en échange.

– Je les conduis à la table du poisson, déclara-t-elle à Malovski.

Mais celle-ci l'arrêta d'un geste.

– Je me charge de les mettre au travail.

Puis elle se fraya un chemin jusqu'au fond de la salle et nous la suivîmes au milieu des filles qui s'écartaient en baissant les yeux. L'une d'elles, un gros bouquet de sauge dans les mains, tressaillit au passage de Malovski et laissa tomber les herbes.

– Imbécile, siffla Malovski en levant la main pour la frapper.

N'ayant pas la force de voir quelqu'un d'autre se faire battre ce jour-là, je trouvai le courage qui m'avait manqué pour défendre ma sœur et déclarai :

– C'est ma faute, madame. Je l'ai bousculée.

La jeune Installée leva vivement sur moi des yeux gris fumée. Sa tête était rasée de près et des bleus dessinaient sur son cou pâle un collier de pétales violets, dont la délicatesse était loin de refléter la brutalité qui les avait provoqués.

– Vraiment ? fit Malovski.

Puis, comme la fille aux yeux gris ne tentait pas de me contredire, elle se contenta de me jeter un regard irrité avant de se remettre en marche. Elle s'arrêta à une grande table jonchée de poissons à la bouche ouverte et aux arêtes transparentes, où deux Installées d'à peu près notre âge se poussèrent pour nous faire de la place. L'une d'elles tenait une pince en bois.

– Ces deux-là vous montreront ce que vous avez à faire, nous précisa Malovski. Pas de couteaux. Je reviens dans un mois. Priez les saints pour que je n'aie pas à revenir avant.

Puis elle s'en alla et toutes poussèrent un soupir de soulagement dès que ses jupes eurent disparu derrière la porte. La plus grande des deux filles nous jeta un regard dur.

– Pas de couteaux, hein ? Vous avez fait quoi ?

Kizzy restant aussi muette que les poissons évidés, je répondis :

– Rien du tout.

L'autre, dont l'air était plus intrigué qu'agressif, haussa les sourcils.

– J'ai du mal à vous croire.

– Je pensais que les vôtres étaient tous doués pour jouer du couteau, ajouta la première. Mais peut-être que vous savez juste les aiguiser ?

– Les griffes de notre ours l'étaient suffisamment, merci, ripostai-je avec colère.

– Oh, vous êtes des dresseuses d'ours, fit la plus grande en se détournant. Ma mère dit que ce sont toutes des sorcières limitées à une magie de pacotille.

– Autant ne pas courir le risque, fis-je.

L'autre fille s'interposa entre nous avec un rire de gorge. Elle mesurait une tête de moins que nous deux, et je continuai à foudroyer la première du regard.

– Ne faites pas attention à Szilvie, elle est dans sa semaine. Elle est grincheuse depuis hier.

– La ferme, Dot, répliqua Szilvie.

– Dorottya, rectifia l'autre. Dot, ça fait un peu « tache ». Et toi, comment tu t'appelles ?

Cette question me parut nous mener sur un terrain plus cordial.

– Lillai.

– « Lil », ça irait.

– Si « Dot » fait l'affaire.

– Entendu. Et elle, elle parle ? me demanda Dot avec un coup d'œil vers Kizzy. Ou alors elle est comme la pauvre Mira ?

– Elle parle quand elle en a envie. Qui est Mira ?

Dot désigna une table proche où une fille se tenait seule, occupée à trier des herbes. C'était celle aux yeux gris, au bouquet de sauge et au collier de meurtrissures.

– Ils lui ont écrasé la gorge, m'expliqua Dot en baissant la voix. Elle n'a pas parlé depuis des jours. Ça n'arrive pas souvent qu'ils nous rasent la tête et qu'ils nous punissent comme ça. Normalement, ils réservent ça aux…

– Aux Voyageurs ? dis-je vivement. Dans ce cas-là, ce n'est pas grave ?

Dot eut l'élégance de prendre un air honteux.

– Mais si, bien sûr. Je voulais seulement dire qu'il ne leur arrive pas souvent de faire du mal à quelqu'un comme ça, surtout une serveuse.

Je frémis, en sentant ma propre gorge se serrer par solidarité.

– Elle fait le service ?

– Faisait. Elle n'est plus bonne à grand-chose, maintenant.

– Elle est totalement muette ?

– Pour le moment, oui, intervint Szilvie. Mais elle devrait guérir.

– Szilvie est une bonne guérisseuse, dit Dot. C'est elle qu'il faut aller voir pour tous les mauvais traitements infligés par Malovski.

– C'est Malovski qui a fait ça ?

– Elle l'a ordonné, ce qui revient au même, me répondit Szilvie.

Je considérai d'un œil neuf cette grande fille au visage acerbe. Si elle aidait la fille aux yeux gris, il y avait peut-être de la gentillesse enfouie sous son extérieur glacial.

– Qu'a-t-elle fait ?

– Oh, un truc idiot, éluda Szilvie.

D'un regard, elle commanda à Dot de se taire, et je compris que je n'en saurais pas davantage.

– Bon, alors, tu parles ou pas ? demanda Dot à Kizzy.

– À toi, non, répliqua ma sœur en se mordant les joues.

Dot haussa les sourcils.

– Ah, c'est comme ça ? Enfin, si tu dois faire le service, ce n'est peut-être pas plus mal que tu saches tenir ta langue. Ces hommes sont des animaux.

– Enfin, ce n'est pas vraiment parler qui les intéresse, remarqua Szilvie. Mais j'imagine que ce n'est pas à toi que je vais apprendre ça.

Kizzy leva le menton en posant les poings sur ses hanches, et cette posture me rappela tellement mamă que j'en eus envie de pleurer, ou de frapper quelqu'un.

– Tu ne sais rien de moi.

Dot s'interposa :

– Bon, ça suffit. Bucătar nous regarde et on a encore tout un tonneau à finir. Tu sais préparer le poisson ? me demanda-t-elle.

– Oui, bien sûr, mais pas sans couteau.

Elle me désigna le tonneau rempli de poissons luisants au ventre ouvert.

– Ils sont déjà vidés. Il faut juste enlever les arêtes.

Je fronçais les sourcils tandis qu'elle faisait cliqueter sa pince.

– Ce ne serait pas plus simple de les servir entiers ?

– Le *boyar* Valcar préfère quand il n'y a plus rien à faire et que ça s'avale tout seul, m'expliqua Szilvie. Comme avec les filles, ricana-t-elle.

Instinctivement, je saisis le poignet de Kizzy en oubliant momentanément ses brûlures, et Dot baissa les yeux dessus.

– Qu'est-ce qui t'est arrivé ?

– Rien du tout, fit Kizzy en glissant les mains derrière son dos.

– Ce n'est pas ce que j'appelle « rien du tout », répondit Szilvie, sans sarcasme cette fois. Montre-moi ça.

Kizzy fronça le nez, comme si elle percevait enfin l'odeur âcre du beurre brûlé.

– Hors de question.

– Montre-lui, dit Dot. Elle est forte.

– Malovski m'a déjà mis de la pommade.

– Je suis meilleure qu'elle, affirma Szilvie en tendant la main.

À ma surprise, Kizzy céda. Les bandages suintaient déjà, et Dot eut un mouvement de recul devant la peau à vif des avant-bras de ma sœur. Szilvie, en revanche, se borna à les examiner d'un air concentré.

– De l'hamamélis ?

– Oui. Et de l'écorce de saule sous les pansements.

– Ça va assécher la peau, diagnostiqua Szilvie avec une moue de réprobation. Ça accélère la cicatrisation, mais c'est plus douloureux. Ce qu'il te faut, c'est un cataplasme pour apaiser la brûlure.

– Je croyais que c'étaient nous, les sorcières.

– Il n'y a rien de sorcier à connaître les herbes, riposta Szilvie en croisant les doigts pour conjurer l'accusation. Je vais demander un peu d'avoine à Bucătar.

Elle s'éloigna en direction de la femme borgne et Kizzy la regarda partir d'un air dégoûté.

– Ça ne l'énerve pas de recevoir des ordres d'une Voyageuse ?

– Bucătar n'est plus une Voyageuse, répondit Dot en se remettant à préparer le poisson. C'est juste Bucătar.

Kizzy me regarda en haussant les sourcils et ses pensées résonnèrent dans ma tête : *On ne peut pas ne plus être une Voyageuse.* Ce que nous sommes et qui nous sommes est inscrit dans nos veines et dans nos os. Je fixai ma sœur en retour, soulagée qu'elle se soit remise à communiquer avec moi.

– Toi, tu ne vas pas servir à grand-chose avec des mains dans cet état, dit Dot à Kizzy. Mais toi, ajouta-t-elle en se tournant vers moi, tu peux toujours m'aider. On a déjà perdu assez de temps en bavardages.

C'était elle qui parlait le plus, mais je pris la pince de Szilvie sans faire de commentaire et Kizzy se campa derrière mon épaule pour regarder. Sa proximité me réconforta. Le murmure et la chaleur de son souffle dans mon oreille m'aidèrent à me concentrer.

– Alors, reprit Dot, on ouvre le poisson comme ça, comme un papillon. Puis on le maintient à plat et on cherche les petites crêtes avec le pouce. Ce sont les arêtes. Avec ce genre de poisson, on les sent mieux en repliant la peau ; ce sont des truites…

Je laissai ses paroles glisser sur moi. C'était une tâche simple, que j'aurais pu exécuter seule, mais cela lui faisait visiblement plaisir de m'expliquer tout ça. Cela m'amena à me demander si elle avait des frères et sœurs plus jeunes à la maison, auxquels elle avait l'habitude de commander. Son récit sur Mira la muette m'avait porté un nouveau coup, et je jetai un regard vers la table voisine par-dessus mon épaule.

Mira me fixait. Les contusions à la base de son cou avaient une nouvelle signification, maintenant que je savais ce qu'on lui avait fait, et je remarquai aussi qu'elle avait la mâchoire et les joues enflées. Quelles mains monstrueuses l'avait immobilisée pour lui voler sa voix ? Je lui souris furtivement, mais elle retourna aussitôt à ses herbes.

– Tu m'écoutes ? me rabroua Dot en me donnant un petit coup de coude. À toi : montre-moi comment tu t'y prends.

La grande sœur typique.

À cet instant, Szilvie revint avec de l'avoine et un bocal rempli de ce qui ressemblait à de la résine.

– Bucătar m'a donné le reste du miel, annonça-t-elle toute fière. Vous vous rendez compte ? C'est doux comme de la soie. Je m'attendais à ce qu'elle me refile de l'eau de patates, moi.

– Oh, laisse-moi en prendre une lichette, supplia Dot en tendant la main vers le bocal avec un petit gémissement d'envie. Je n'ai rien mangé de sucré depuis des mois.

– Comme si je ne savais pas que c'est toi qui as piqué les raisins secs à l'eau-de-vie la semaine dernière, répliqua Szilvie.

Elle fourra le bocal sous son aisselle, à l'abri des assauts de Dot, et défit les pansements de Kizzy.

– Et je sais que Gheorghe t'échange des sucreries contre des baisers.

– Et pas que, ajouta Dot en jouant des sourcils.

Je savais que les Installées étaient plus souples que nous sur ces choses, et l'effronterie de Dot était trop comique pour être choquante. Au moins, elle était libre d'embrasser qui elle voulait. Les mains de Malovski entre mes cuisses, ce qu'elle avait dit sur le service du *boyar*… Je ne pouvais pas y penser ou cela me rendrait folle. Alors je me rappelai le calice de la mort. C'était déjà ça. Pas pour tout de suite, mais peut-être…

C'était une issue.

– Ça doit être fini d'ici une heure, dit une voix rude qui me fit sursauter.

Bucătar se tenait derrière nous, la paupière tressautante. Elle n'était pas plus grande que Dot. Elle s'essuya les mains et je vis qu'elles étaient aussi ridées que celles de la Vieille Charani, parsemées de cals, de traces de brûlures et d'autres cicatrices, abîmées par les travaux.

L'espace d'un instant, je rêvai de les sentir sur les miennes, de fermer les yeux pour imaginer que c'était notre jour de prédiction malgré tout. Je mesurais maintenant le risque de vivre comme nous l'avions fait : quand on a pour foyer une personne et non un endroit, une fois cette personne disparue, on n'a plus d'endroit où retourner. Notre foyer est perdu pour toujours.

– Désolée, Bucătar, dit Dot en me tirant par la manche avant de se replonger dans son travail.

Mais le regard de la vieille femme s'attarda sur moi, puis sur Kizzy.

Puis elle posa ses mains, ses belles mains noueuses, sur les mains à vif de ma sœur, et à cet instant chacune sursauta comme si l'autre l'avait frappée. Le front de Bucătar se plissa de perplexité et elle regagna son poste sans un mot de plus, à petits pas rapides, sans se retourner.

– Qu'est-ce qui s'est passé ? demanda Szilvie, les sourcils froncés.

Mais ce fut à moi que Kizzy répondit, les yeux remplis de confusion et d'excitation :

– Elle a le don.

J'en eus le souffle coupé.

– Tu en es sûre ?

Ce n'était pas une vraie question. Ma sœur était toujours sûre.

Elle hocha la tête, le regard enfiévré.

– Notre jour de prédiction n'est pas perdu.

Elle posa les yeux sur Bucătar, qui remua les épaules comme si elle éprouvait physiquement le poids de son regard. Je connaissais bien cette sensation.

– Il faut qu'on lui parle, Lil. Elle peut nous dire ce que nous sommes vouées à devenir.

7

Avec toute cette nourriture à cuisiner, j'étais persuadée que nous préparions un banquet. Mais il était à peine midi quand Bucătar frappa dans ses mains pour nous faire taire et se mit à aboyer des ordres. Je regardai les piles de poissons embrochés par Szilvie sur de longues piques, prêts à être rôtis, les porcs croustillants et crépitants. Toute la salle puait l'oignon, et la chaleur des feux était presque insoutenable.

– Vous deux, nous dit Bucătar en claquant des doigts. Aux pommes de terre.

Elle nous désigna une grande marmite bouillonnante et une écumoire posée à côté sur un grand plat. Kizzy tint le plateau tandis que je sortais les pommes de terre de l'eau bouillante avec mille précautions.

Une fois qu'elles furent toutes sur le plat, Kizzy arrivait à peine à le porter et je l'aidai à le déposer sur la surface la plus proche. L'arroseuse maladroite nous apporta son baquet de beurre et nous entreprîmes d'en enduire les pommes de terre.

– Encore, nous lança Bucătar avec impatience en passant derrière nous.

Mon estomac balançait entre la nausée et un vide béant exigeant d'être rempli, et la vue des pommes de terre fumantes et dégoulinantes de beurre le fit pencher sans plus hésiter dans la faim.

En reculant pour inspecter notre travail, j'entendis un petit grognement derrière moi.

– Oh, pardon, je…

C'était Mira. Elle tenait un saladier rempli de sauge et de minuscules feuilles de thym, laborieusement séparées des tiges. Ses ongles en étaient couverts, presque autant que les miens d'écailles de poisson.

– Je suis désolée, répétai-je.

Elle se contenta de secouer la tête en me tendant le saladier. Ses lèvres pleines étaient pincées et décolorées, et je vis ses narines se dilater tandis qu'elle inspirait profondément.

Je pris le saladier. Elle avait les mains aussi lisses que les pierres chaudes que mamă glissait sous nos draps au cœur de l'hiver. Des mains de serveuse.

– Merci.

Puis, après une hésitation :

– Moi, c'est Lillai. Lil.

Kizzy la salua d'un signe de tête et, comme Mira nous dévisageait tour à tour, je me pris à regretter d'avoir une sœur aussi jolie et qu'elle se tienne si près de moi.

– Et voici Kizzy.

– Tu es Mira ? lui demanda ma sœur.

Mais la fille s'était déjà détournée, et Kizzy me prit le saladier des mains.

– La pauvre, dit-elle en se mettant à saupoudrer les herbes sur les pommes de terre, se servant de la louche pour bien les enrober.

Je portai les mains à mes narines pour humer les odeurs mêlées de mon travail et de celui de Mira. C'était le parfum tonique du thym qui dominait.

– Qu'est-ce que tu fais ? me demanda ma sœur en me regardant d'un air perplexe.

– Rien.

Je baissai la tête pour masquer mon visage sous mes cheveux.

– Vous avez fini ? nous demanda Szilvie en arrivant à grands pas. On doit tout rassembler sur la table centrale.

Kizzy et moi portâmes le plateau à côté des piles de poisson farci, des oignons frits et des porcs rôtis. J'en eus l'eau à la bouche.

Une porte s'ouvrit à l'opposé de celle par laquelle nous étions entrées et une file de filles apparurent, comme convoquées par une clochette silencieuse.

Elles avaient environ notre âge et elles étaient toutes belles, sans exception. Aucune autant que Kizzy, mais elles étaient pulpeuses et portaient les cheveux longs, tressés et noués en gros nœuds sur la nuque.

– Les serveuses, me murmura Kizzy.

Ainsi, voilà à quoi ressemblaient les filles choisies par Malovski pour plaire au *boyar* de toutes les manières que celui-ci jugerait bonnes. Kizzy les observa attentivement.

Les filles de cuisine reculèrent vers les murs pour les laisser passer, mais des marmonnements s'élevèrent comme un souffle de vent. Je surpris des paroles méchantes, cruelles, des insultes et des imprécations. Leur jalousie était palpable. Pourtant, j'étais presque sûre qu'aucune des médisantes n'aurait échangé sa place contre la leur.

Dans une danse parfaitement chorégraphiée, chaque serveuse prit un plat puis, comme reliée aux autres par un fil invisible, se retourna et suivit celle qui la précédait.

Parmi elles, une seule releva la tête, une fille à l'ossature délicate, aux longs cheveux bruns, dont les yeux bleus semblaient chercher quelqu'un. Ils se posèrent sur un point au fond de la salle et elle inclina légèrement la tête en signe de salutation.

Suivant son regard, je vis Mira dans un recoin. Elle hocha la tête en retour et j'eus un pincement au cœur, un peu comme quand je voyais mamă et Albou danser. La sensation d'être exclue de quelque chose que j'aurais voulu partager.

– Vite, avant que tout parte, me glissa Kizzy en m'entraînant avec elle.

Alors je remarquai, sur les planches en bois posées sur les tables, un maigre assortiment de restes : des pommes de terre sans beurre que j'avais oubliées dans la casserole, des petits morceaux de viande et de poisson brûlés sauvés des flammes.

Il n'y avait pas de couvert, mais les filles s'abattirent sur la nourriture sans même se laver les mains. Je cherchai un seau d'eau pour débarrasser les miennes de l'odeur d'herbes et de poisson.

Bucătar se tenait un peu à l'écart de la mêlée, penchée devant un seau, et je vis qu'elle se lavait soigneusement les mains, en frottant longuement entre chaque doigt. Elle avait même un savon. Je contournai les filles qui mangeaient pour la rejoindre.

– Je peux ?

Elle sursauta et son regard perdu au loin retrouva aussitôt sa concentration. Elle me tendit le savon en se détournant légèrement.

Je fis mousser le savon. Il était enrichi de feuilles de maïs broyées pour détacher les saletés et sentait la graisse animale, comme les lampes. Je le passais sur le dos de mes mains et me récurai les ongles en observant Bucătar à la dérobée.

– Comment vous appelez-vous, ma tante ?

– Je ne suis pas ta tante.

Son ton était sec et je dus rassembler tout mon courage pour continuer.

– Ma sœur dit que vous avez le don.

– Ne parle pas de ces choses, répliqua-t-elle durement.

Elle s'essuya les mains et fit mine de se diriger vers la table, qui était déjà presque vide. Mais, avec une audace que j'avais dû voler à Kizzy, je la rattrapai par la manche.

– S'il vous plaît, ma tante. C'est notre jour de prédiction aujourd'hui.

Elle approcha son visage du mien, si près que je fis un pas en arrière.

– Oublie, siffla-t-elle. Aujourd'hui, c'est le début de ta nouvelle vie. Voilà quel est ton destin.

Puis elle repartit. Ses paroles m'avaient brûlée comme les lanières d'un fouet.

Oublie.

Je serrai les dents. Une seule journée s'était écoulée, mais même au bout de dix ans je n'oublierais pas. En rejoignant Kizzy à la table, je savais que je me souviendrais de mon passé aussi longtemps que je vivrais. Comme celles des arbres abattus, mes racines s'enfonçaient trop profondément pour que quiconque puisse les atteindre. On ne me les arracherait jamais.

* * *

Kizzy m'avait gardé ce qu'elle avait pu – un croûton de pain et un morceau de chair si calciné que cela pouvait être du porc comme du poisson. Mais alors qu'on apportait d'autres tonneaux de poisson et qu'on ranimait les feux, les maigres offrandes de nourriture auxquelles nous avions eu droit ne réussirent qu'à faire gronder et tordre mon estomac.

Il y eut une onde de gloussements lorsque six jeunes hommes entrèrent en portant deux quartiers de bœuf. Du sang gouttait de la viande sur le sol jonché de paille. Les garçons ne semblaient pas pressés de repartir. Mais Bucătar agita son couteau de boucher dans leur direction et ils se dispersèrent avec force clins d'œil et compliments.

– Tu as vu Nicolaï ? demanda Dot à Szilvie, les joues rosies. Il a de la barbe au menton, maintenant.

– Nicolaï n'est qu'un enfant, répliqua l'autre avec dédain.

Parle-moi plutôt de Gheorghe.

J'avais remarqué qu'elle ne s'était pas mêlée aux gloussements. Elle me plaisait de plus en plus.

– En attendant, Nicolaï a culbuté Elena la semaine dernière, reprit Dot. Et ce ne sont pas des mains d'enfant qu'il a.

– Pff, éluda Szilvie. Il ne doit même pas savoir quoi en faire.

Kizzy et moi restions muettes comme des pierres, et Dot se tourna vers nous en prenant un autre poisson dans le tonneau d'un geste mécanique.

– Et vous, y en a-t-il qui vous ont plu ? nous demanda-t-elle.

Je secouai la tête.

– Des amoureux au pays ?

– Tous nos hommes ont été assassinés, ou ils travaillent maintenant dans les champs des alentours, répondit Kizzy.

Le sourire de Dot s'effaça. Le menton de ma sœur s'était mis à trembler, et je compris qu'elle pensait à Fen. Je lui pressai le bras.

– Calme-toi, Kisaiya. Je suis sûre qu'il va bien.

– Me calmer ? cracha-t-elle. Aurais-tu un cœur d'esclave, Lillai ? Comment peux-tu penser que ça va ? Comment peux-tu supporter cela ?

Puis elle s'éloigna. Après les doigts inquisiteurs et les yeux froids de Malovski, puis la réprimande de Bucătar, ces paroles se fichèrent comme une écharde dans mon cœur. Mais la douleur la plus violente et la plus profonde, c'était la pensée de mamă, et de la Vieille Charani, et de notre campement détruit.

– Ne t'inquiète pas, va, elle va se calmer, me dit Dot.

Je compris qu'elle me tendait la main, qu'elle essayait de me rassurer. Mais elle ne connaissait pas Kizzy aussi bien que moi : ma sœur était toujours longue à pardonner, ses colères mettaient du temps à se dissiper, comme l'air lourd qui s'attarde après l'orage.

Je ne dis rien de tout cela à Dot, bien sûr, et me contentai de la remercier par un sourire en prenant un poisson.

– Mais comment font-ils pour manger tout cela ? demandai-je. Le *boyar* reçoit des invités ?

– Toujours, soupira Dot. Ça fait partie du pacte.

Elle avait dit ces mots comme s'ils avaient un sens caché. Les Voyageurs avaient des pactes, bien sûr : ne jamais repousser un vagabond affamé, laisser l'endroit où nous avions installé un campement comme nous l'avions trouvé… S'y ajoutaient des traditions plus anciennes : des pactes d'âme, pour jurer le secret ou pour faire des promesses.

– Quelle sorte de pacte ?

– Celui qui régit cette région. C'est même une loi, en fait.

– Et qui fait ces lois ? demandai-je.

Dot jeta un petit regard vers Szilvie, mais celle-ci avait été appelée à la table centrale pour pétrir de la pâte. Elle se pencha à mon oreille d'un air de conspiratrice.

– Malovski vous a parlé du Dragon ?

Son ton était nerveux. Je sentis mes poils se hérisser sur mes bras, comme par un effet de contagion.

– Non.

– Elle ne vous a rien dit sur les visiteurs ni sur les offrandes ?

Je secouai la tête avec impatience.

– Quelles offrandes ?

Nous sursautâmes. Szilvie se tenait derrière nous, les mains sur les hanches, saupoudrant sa jupe de farine.

– Je lui répétais juste ce que tu m'avais dit, répondit Dot en rougissant.

– Dans ce cas, il n'y a pas grand-chose à dire. Tu sais que Bucătar te fera passer l'envie avec une gifle si elle t'entend parler de ces histoires. (Szilvie tourna son regard courroucé vers moi.) Elle ne tolère pas la moindre allusion. Et si Mira vous entendait ? Tu ne te soucies donc de personne, Dot ?

Celle-ci rejeta cette accusation d'un haussement d'épaules avec l'air entraîné de celle qui s'y était frottée plus d'une fois.

– C'est bon, je me tais. De toute façon, tu en entendras parler un jour ou l'autre.

– Je veux savoir tout de suite, dis-je.

– Oh non, répondit Szilvie d'un ton un peu adouci. Tu peux me croire, tu ne veux pas savoir.

8

Le temps que le dîner soit prêt et que les serveuses viennent chercher les grands plateaux de bœuf et de poisson farci et les montagnes de légumes fumants, j'avais la nuque et les épaules raides. Je les remuai pour les dénouer et les entendis craquer.

– Mira ! lança Szilvie à travers la salle. Je dois regarder ta gorge.

Je vis Mira secouer la tête.

– Elle doit rester propre, insista gravement Szilvie. Si elle s'infecte, tu risques aussi de perdre ta langue.

– Elle se l'est mordue quand ils l'ont étranglée, me souffla Dot.

Kizzy la considéra sévèrement.

– Je ne sais pas si elle a envie que tu en parles à tout le monde.

Dot leva les yeux au ciel, et nous regardâmes Mira traverser la cuisine de mauvais gré tandis que Szilvie disposait un tissu propre et des flacons sur la table. Elle la fit asseoir sur un tabouret.

Les yeux de Mira voletèrent autour de Kizzy et moi, et Szilvie expliqua :

– Elle n'aime pas que les gens regardent.

Mira ne devait pas espérer beaucoup d'intimité tant que Dot restait là, mais je m'éloignai sans discuter avec Kizzy pour aller nettoyer les tables.

– Je vais parler à Bucătar, me chuchota Kizzy. Pour lui demander de nous faire la prédiction.

– J'ai déjà essayé.

– C'est vrai ? fit-elle, surprise. Eh bien, moi, elle me dira oui.

Je fixai ma sœur en battant des paupières, étonnée par son arrogance, avant de me raisonner. Alors que toutes les autres, à commencer par moi, transpiraient à la chaleur du feu, les pores dilatés, le visage rouge et les cheveux collés sur le front, ma sœur paraissait aussi fraîche qu'au retour d'une cueillette.

Je glissai un coup d'œil vers Szilvie et Mira. Cette dernière faisait gargouiller quelque chose dans sa gorge en grimaçant, et recracha un liquide rougi de sang. Je ramenai mon attention sur Kizzy en bouillonnant de colère pour Mira.

– On doit faire attention, Kizzy.

– Faire attention ? Pourquoi ?

– Parce que je ne veux pas qu'on arrache ta voix de ta gorge ! répliquai-je en réussissant de justesse à ne pas hausser le ton. Je ne veux pas qu'on te batte, ni qu'on te force à aller au lit avec un inconnu, ni qu'on nous sépare.

– Mais tu t'écrases devant eux, cracha ma sœur. Tu es tellement docile qu'ils vont te considérer comme une esclave, comme rien.

– Qu'ils me voient comme ils veulent, dis-je en tendant la main pour la poser sur sa joue. Ils ne peuvent pas savoir ce que je pense. Je veux survivre à tout ceci, Kizzy, je veux revoir Kem et Albou.

Kizzy plongea ses yeux doux dans les miens. Ils n'étaient plus que des gouffres profonds de fureur noire.

Elle s'arracha à ma caresse en secouant la tête.

– Je ne peux pas me contenter de survivre. Je n'accepterai pas ce destin-là.

* * *

Malgré la belle assurance de ma sœur, Bucătar accueillit sa demande par un refus et nous fûmes envoyées au lit sans réponses sur notre destin. Nous dormions sur des matelas de paille à même la pierre froide, dans une pièce étroite à côté des cuisines. L'eau suintait des murs, et des moisissures verdâtres poussaient dans les fissures.

Nous étions dix. Mira dormait contre le mur de la cuisine, à côté d'une grille sous laquelle stagnait de l'eau croupie. On nous avait attribué les paillasses les plus proches de la porte, qui laissait passer les courants d'air et raclait le sol inégal avec des grincements atroces dès que quelqu'un entrait ou sortait.

– Bientôt, vous vous installerez avec les serveuses, nous dit Szilvie. Leurs chambres sont plus grandes.

– Pour le temps qu'elles passent dans leurs lits… ironisa une rousse aux pommettes hautes que Dot nous avait présentée sous le nom d'Elena.

Elle avait des traits réguliers qu'un sourire méchant venait enlaidir.

Kizzy la fit taire d'un regard implacable.

– Tu peux parler, toi, répliqua Dot. Szilvie m'a raconté tes batifolages avec Nicolaï.

Elena rougit, mais parvint à nous jeter un autre regard hautain avant de s'affaler tout habillée sur son lit.

J'avais compris qu'elle nous détestait par principe parce que nous étions des Voyageuses. Ce qui faisait ma fierté, certains estimaient que je devais en avoir honte.

Les raisons de la haine que nous vouaient les Installés étaient aussi stupides que nombreuses : parce que nous avions la peau brune, parce que nous vivions dans des roulottes, parce que nous ne possédions pas de terre. Leur peur était entretenue par les récits qu'ils entendaient : nous avions la peau sombre parce que le diable vivait en nous. Nous pouvions prévoir le temps parce que nous avions tété le sein des *iele*. Nous voyagions pour ne pas nous faire prendre après avoir volé tout le monde. Il n'y avait rien de vrai là-dedans, bien sûr, mais les gens préfèrent toujours leurs propres explications à la réalité.

Ce mépris ne faisait qu'alimenter le mien et me rendre plus forte. Mais une sorte de fascination se mêlait au dédain dans le regard qu'Elena et certains autres posaient sur nous. Il me rappelait les hommes installés des villages, qui enroulaient les boucles de Kizzy autour de leurs pouces en lui demandant de leur montrer ses gencives pour qu'ils voient si elles étaient roses comme les leurs.

Szilvie s'allongea à côté de moi sans prendre la peine de délacer ses bottines. Lorsque les bruits du sommeil emplirent la pièce, je me tournai vers elle pour lui murmurer :

– Ça va, la gorge de Mira ?

– Pas vraiment.

Kizzy, de l'autre côté, me donna un coup de pied, et je compris qu'elle voulait que je laisse Szilvie dormir pour que nous puissions parler. Mais une autre question me brûlait les lèvres.

– Qu'est-ce qu'elle a fait ? Pourquoi lui ont-ils écrasé la gorge ?

Szilvie ouvrit de grands yeux dans le noir.

– Ce n'est pas à moi de te le dire.

– Ce n'est pas elle qui peut le faire.

Alors Szilvie approcha sa bouche de mon oreille.

– Son amie, une autre serveuse… Elle…

Szilvie s'agita nerveusement en faisant crisser la paille sous sa jupe.

– Cristina. C'était une offrande.

– Une offrande pour le pacte ?

– Ah, Dot et ses bavardages, grogna Szilvie. Oui, pour le pacte.

– C'est quoi, ce pacte ?

– Malovski ne vous a vraiment rien dit ?

Le mélange d'espoir et de peur que j'entendis dans sa voix m'indiqua clairement qu'elle ne voulait pas être celle qui m'annoncerait cela.

– Non.

– J'aurais mieux fait de laisser Dot vous expliquer.

Je la sentais sur le point de se refermer totalement.

– Et moi, je veux que toi, tu me le dises.

– Un pacte que le *boyar* a passé avec… *lui*.

– Le Dragon ?

Ce n'était qu'une intuition, mais la façon dont Szilvie se raidit me confirma que c'était la bonne.

– Pas dans le noir, souffla-t-elle. Je ne peux pas parler de ça dans le noir.

– Mais qu'est-ce que ça veut dire ?

– Pour l'amour du ciel. Je tombe de fatigue !

Puis elle tira sa couverture au-dessus de sa tête et refusa d'en dire plus ce soir-là, ou le lendemain, ou plus tard.

* * *

Nos vies prirent vite un tour plus rude.

Malgré les certitudes de ma sœur, l'espoir que nous finirions par entendre notre prédiction diminuait de jour en jour. Nous avions un cycle lunaire devant nous avant qu'elle ne s'éteigne à jamais. J'essayai de la rassurer en lui soutenant que cela ne changeait rien, que nous n'avions pas besoin d'une Voyante. De toute façon, je ne voyais pas vraiment l'intérêt de connaître mon destin tant que je ne pouvais rien voir au-delà de ces cuisines. Mais Kizzy était tourmentée. Chaque jour elle allait voir Bucătar, et chaque jour Bucătar lui disait non.

En dehors des cuisines, le château lui-même restait aussi mystérieux pour nous que le monde qui l'entourait. Nous ne voyions jamais le *boyar* – je refusais de le considérer comme « le nôtre » – et pas davantage d'hommes, à l'exception des garçons d'écurie. Compte tenu des récits de filles de cuisine, je ne m'en plaignais pas.

Les garçons flirtaient avec Kizzy chaque fois qu'ils venaient apporter de la viande ou des ragots, mais elle devenait alors aussi muette que Mira, même si son silence n'avait rien de docile. Ils se mirent à l'appeler *gheață*, le mot qui veut dire « glace » chez les Installés, parce qu'elle était belle et froide comme le givre qui s'infiltrait jusque dans les cuisines.

Nous préparions chaque jour tellement de nourriture que cela m'en donnait la nausée, mais il n'en revenait presque jamais en cuisine. C'était une terre de prospérité comme je n'en avais jamais vu, et je me demandais comment le *boyar* pouvait être aussi riche avec un domaine cerné par les propriétés de tant d'autres. La terre devait être exploitée jusqu'à l'épuisement.

Les contusions de Mira avaient viré au noir et sa voix revenait lentement – je l'entendais parfois parler à Szilvie en murmurant –, mais elle ne m'adressait jamais la parole. Je ne sais pas pourquoi j'avais si envie qu'elle le fasse.

Lorsqu'elle ne pouvait pas m'entendre, je tentais d'en découvrir plus sur les offrandes, le Dragon et autres mystères qu'on nous cachait, mais Dot et Szilvie restaient sourdes à mes questions.

– Mamă ne renoncerait pas, murmurait Kizzy tous les soirs dans mon cou.

Mais, pensais-je, *mamă n'a jamais su ce que c'était qu'être une esclave.*

Pendant ses pires moments au cours de cette première semaine, alors que les croûtes sur ses mains craquaient et saignaient, Kizzy me disait qu'elle voulait rejoindre mamă. Elle le disait doucement, parce que le deuxième jour elle l'avait tellement crié en délirant comme une bête malade que le capitaine Vereski avait été appelé de son poste de garde au bout du couloir et était venu marquer son visage d'une nouvelle cicatrice avec une courroie. Sa joue douce et parfaite éclata comme une pêche trop mûre, et saigna si brusquement que Kizzy fut trop surprise pour pleurer. Il m'en donna une aussi pour garder notre ressemblance, ce qui fit sauter mes points de suture.

Alors Kizzy arrêta de crier, non pour elle, mais pour me protéger.

À partir de ce moment, les choses furent claires : tout ce qu'on lui ferait, on me le ferait. Et Kizzy renonça à ses menaces de rejoindre mamă. Elle se contentait de prendre le foulard de la Vieille Charani tous les soirs pour enfouir son visage dedans. Je crois que ça lui faisait du bien de savoir que la mort était là, au bout, pour elle comme pour tous.

– Même pour le *boyar*, murmurait-elle contre ma joue avec une haleine aux relents d'eau croupie. Même lui, une tombe l'attend.

Elle ne le disait pas, de peur d'être entendue, mais je savais qu'elle rêvait d'être celle qui l'y enverrait. Kizzy n'avait rien perdu de son courage, mais celui-ci avait pris un aspect plus dur, affûté comme une lame. Je ne le lui aurais jamais avoué, mais cela m'effrayait.

Cela effrayait aussi les filles qui dormaient avec nous, mais elles avaient de l'admiration pour elle. Kizzy avait beau travailler autant d'heures que nous, manger le même pain, malgré les épreuves elle restait magnifique, pleine de vie et de feu. La grâce, aurait dit la Vieille Charani. Mais cette grâce ne pouvait pas durer longtemps dans un endroit pareil, et allait devenir une malédiction à l'arrivée d'un autre *boyar* venu du Nord.

9

Elena avait appris par Nicolaï, son garçon d'étable, que le visiteur attendu était le *boyar* Calazan. Il possédait des terres plus vastes que celles-ci et était bien plus riche et cruel que notre maître, le *boyar* Valcar.

– C'est le vassal du Dragon, il doit être honoré. Nicolaï dit que la cour est rouge du sang des porcs abattus, nous rapporta-t-elle avec un drôle de frisson d'excitation dans la voix.

Et ce n'était pas la seule cruauté. Les vaches portaient veau après veau pour donner du lait, et leurs petits étaient tués pour leur foie. Dans la laiterie, nos sœurs voyageuses fabriquaient des chapelets de fromage sans fin. Les garçons produisaient des mètres de cuir souple pour les bottes des seigneurs, en se faisant des engelures aux pieds à force de le fouler dans les granges glaciales.

Dans les cuisines, nous saignions les carcasses pour faire du boudin et accomplissions nos tâches en silence. À mesure que s'éloignaient nos chances d'avoir notre jour de prédiction, celui de la visite du *boyar* Calazan se rapprochait, et la perspective de notre futur destin de serveuses devenait de plus en plus palpable.

Deux semaines après notre arrivée, nous étions à nos postes habituels quand Bucătar vint inspecter notre travail. Elle le faisait de moins en moins, sans doute lassée par les demandes incessantes de Kizzy. Cette fois, cependant, ma sœur se contenta de lui jeter un regard lourd de reproches, que Bucătar lui retourna aussitôt.

– N'y songe même pas, ma fille.

Gardant le silence, Kizzy sortit de sa poche le foulard violet de la Vieille Charani. Les taches de sang qui le parsemaient avaient viré au noir, et la couleur me rappela nos rideaux teints aux baies de sureau. Je crus que ma sœur avait perdu la tête de le montrer ainsi à Bucătar, comme si cela pouvait avoir un sens pour elle.

Or, en regardant Bucătar, je vis que c'était le cas. La vieille femme était devenue presque aussi pâle qu'une Installée. Elle porta la main à ses boucles blanches. Et je le vis : un tissu violet, ourlé de points jaunes, qui lui attachait les cheveux. La copie conforme de celui que tenait Kizzy.

Bucătar lui saisit la main.

– Où as-tu eu cela ?

Dot et Szilvie nous observaient, et Bucătar parut retrouver ses esprits.

– Vous deux, aux oignons, leur ordonna-t-elle en claquant des doigts. Tout de suite.

Elles s'éloignèrent d'un air boudeur.

– Je le tiens de notre Voyante, répondit Kizzy les yeux brillants.

– Charani ?

Ce nom dans la bouche de Bucătar me fit l'effet d'un éclair qui me traversa tout le corps, et tous mes poils se dressèrent sur ma peau.

– Charani est votre Voyante ?

– Était.

– Elle… ?

Kizzy hocha la tête, et Bucătar plaqua la main sur sa bouche. Je vis sa gorge se contracter pour ravaler les sanglots. D'autres étaient en train de remarquer notre échange. Dot et Szilvie chuchotaient à la table des légumes à découper, et je me déplaçai pour leur boucher la vue.

Bucătar baissa la main et prit deux grandes inspirations.

– Voilà trop longtemps que je refuse d'y penser, déclara-t-elle. Est-il trop tard pour votre jour de prédiction ?

Elle avait retrouvé ses couleurs, mais ses yeux brillaient toujours.

Kizzy fit non de la tête.

– Ce soir, dit Bucătar avec sa rudesse habituelle en se retournant pour partir. Venez ce soir aux cuisines.

* * *

Plus tard, dans la chambre, Kizzy et moi étions allongées face à face dans l'obscurité. L'odeur de nourriture collait à nos vêtements. Les premières semaines, je pensais ne jamais pouvoir dormir dans un endroit pareil. Là-bas, dans la forêt, le son des ronflements d'Albou dehors me berçaient, et les bois bruissaient sous les vents ou résonnaient de chants de loups. Mais un corps épuisé prend le repos qu'il peut.

Le silence était tombé autour de nous. Je ne distinguai dans le noir que les yeux fixes de ma sœur. J'aurais voulu me couler contre elle, pour me réconforter autant que pour me réchauffer, mais elle était tendue comme un arc par une sorte d'énergie nerveuse. Au bout d'une demi-heure, peut-être, elle tendit l'oreille vers la porte, qu'elle avait laissée entrouverte en y coinçant sa bottine.

Avant même que j'aie entendu le bruissement de pas légers dans le couloir carrelé en pierre, elle se leva en me donnant le signal. Personne ne frappa, mais une ombre fendit le mince rai de lumière qui filtrait sous la porte.

Bucătar nous attendait derrière, la mine renfrognée. Elle nous fit signe de la suivre. Nous regagnâmes les cuisines sur ses talons, refermant la lourde porte en bois derrière nous. Celle-ci grinça à peine, tant ses gonds étaient huilés par la graisse recrachée par les feux.

– Ici, nous pouvons parler librement. Les murs sont épais.

Bucătar tira un tabouret et s'assit à la table où nous l'avions vue hacher des oignons le premier jour.

Elle paraissait encore plus petite dans la salle déserte, maintenant que toutes ses ouvrières ne bourdonnaient plus autour d'elle comme des abeilles autour de leur reine. Son œil valide nous scruta, avant de se fixer sur Kizzy.

– Charani était ma petite sœur. J'en avais trois. Nous étions toutes Voyantes, mais elle était la plus douée. Comment n'a-t-elle rien vu venir ? Enfin, il est vrai que moi non plus, je n'avais pas vu le chemin qui m'a amenée ici.

Sa voix tremblait de chagrin.

– Vous vous étiez séparées ? demandai-je.

Je ne sais pas pourquoi, j'avais l'idée que, chez les Voyageurs, les sœurs restaient ensemble en toutes circonstances.

– Je suis partie deux jours après mon jour de prédiction. Je savais que je ne me ferais jamais une place dans son ombre. Elle avait toujours été la préférée.

Une vieille rancœur se décelait dans sa voix. Elle prit une grande inspiration pour se calmer.

– J'étais jeune, je voulais tracer ma propre route. Selon ma prédiction, ma place était auprès du clan, et je voulais prouver le contraire.

Elle nous considéra d'un œil perçant.

– Je n'accorderais pas trop d'importance à ces choses. En vérité, vous feriez beaucoup mieux de suivre mon conseil du premier jour.

– Oublier, vous voulez dire ? la coupa Kizzy. Impossible.

Bucătar lâcha un rire rauque.

– Tu es fougueuse. Cela ne va pas t'aider à vivre cette vie. Crois-moi, je sais de quoi je parle.

Elle désigna son œil mort.

– Ça m'est égal, répondit Kizzy, sans un frémissement de peur ni de doute dans la voix. Le mois est presque passé, et nous ne pouvons continuer sans connaître notre chemin.

Elle commença à défaire ses bandages. Avec le temps, le miel avait opéré sa magie : la peau avait cessé de suinter. Mais elle pelait encore.

Bucătar fit claquer sa langue d'un air contrarié.

– Ce sont eux qui t'ont fait cela ?

– Non, c'est moi.

Elle n'expliqua pas qu'elle avait essayé d'atteindre mamă dans notre roulotte en flammes, et Bucătar ne posa pas de questions.

– Cela fait bien longtemps que je n'ai pas lu les lignes de la main, dit-elle.

– Mais vous savez le faire, répliqua Kizzy. Je l'ai senti le premier jour, quand vous m'avez touchée.

Bucătar ouvrit ses paumes. De nouveau, les doigts noueux et calleux me rappelèrent si fort Charani que j'eus envie de pleurer.

– Ce que l'on voit ne devient pas nécessairement vrai.

– Mais vous lisez les destins…

– Les destins peuvent changer, petite.

Bucătar nous montra la salle d'un geste, signifiant : « Comme vous pouvez le voir vous-mêmes. »

– Je sais comment ça marche, répondit Kizzy. Et je ne suis plus si petite que cela. Nous avons dix-sept ans.

– Ne sois pas trop pressée de grandir. Ils te prendront ta jeunesse bien assez tôt.

– Mieux vaut que je m'en débarrasse moi-même, alors.

Bucătar rit de nouveau, plus doucement, mais ses yeux restaient tristes.

– On ne peut pas toujours choisir, petite.

– Je m'appelle Kisaiya. Et vous, ma tante, quel est votre nom ?

– Mon nom n'a pas d'importance. Avec le temps, le tien n'en aura plus non plus.

Kizzy tendit sa paume.

– Dites-moi ce que je suis. Dites-moi ce qui pourrait être.

Bucătar la dévisagea un long moment avant de prendre sa main. Il y eut la même secousse que la première fois, comme si la peau brûlée de Kizzy contenait toujours la chaleur des flammes. Abaissant le visage au niveau de la main de ma sœur, Bucătar passa doucement les doigts le long des lignes de sa paume, gravées trop profondément pour que le feu ait pu les effacer. Kizzy grimaça.

– Tu es douée avec les ours. Et aussi avec les oiseaux, et les chats. Avec tous les animaux. Tu serais une *ursar*, ou tu soignerais les animaux.

Kizzy se tourna vers moi et un sourire fendit son visage, comme un soleil perçant les nuages.

– Je te l'avais dit.

– Dommage qu'ici tout cela ne puisse servir qu'à la boucherie. Alors voyons…

Approchant encore les yeux, Bucătar tourna et retourna la main de Kizzy.

– Je ne vois pas de mari. Ni d'enfants.

Le sourire de Kizzy s'effaça et elle déglutit péniblement. Je compris qu'elle pensait à Fen.

– Mais il y a quelqu'un. Quelqu'un d'important, qui te changera pour toujours.

Kizzy ricana, retrouvant son sang-froid.

– On croirait les charlatans sur les marchés, ma tante. (Elle prit une voix de mystique.) « Un inconnu brun, grand et mince… »

Bucătar lui lâcha vivement la main.

– On ne me parle pas sur ce ton. Et je ne suis pas ta tante, petite. Nous ne sommes pas de la même famille. Je pourrais répéter à Malovski ce qui s'est passé ici.

– Et perdre votre deuxième œil ? dit tranquillement Kizzy. Pour elle, vous seriez aussi coupable que nous.

– Une telle insolence ne te donne-t-elle pas envie de te boucher les oreilles ? me demanda Bucătar avant de se tourner de nouveau vers ma sœur. Quant à toi, ma fille, tu ne seras pas la seule à souffrir si tu ne tiens pas ta langue. Ils savent frapper là où ça fait mal.

– Excusez-moi, répondit Kizzy d'un ton adouci en reposant sa main sur la table. Je vous en prie, que pouvez-vous me dire d'autre ?

Bucătar fit claquer sa langue.

– Je n'en suis pas certaine, mais il me semble qu'un voyage t'attend.

– Un voyage ? dis-je en me raidissant. Vous croyez qu'elle va s'échapper ?

– Peut-être. À moins que ce ne soit un voyage accompli contre sa volonté. Elle y survivra, cependant.

– Oui, c'est sûr, affirma Kizzy avec conviction. Et pour ma mort ?

– La mort est ce qu'il y a de plus difficile à lire.

– Je sais, dit Kizzy.

Je compris qu'elle pensait à la Vieille Charani, qui n'avait pas prévu sa propre mort.

Bucătar plissa les yeux.

– Mais il y a quelque chose d'étrange. C'est peut-être à cause des brûlures, mais…

– Qu'y a-t-il ?

Bucătar étudia sa main encore un moment, puis secoua la tête.

– Je n'arrive pas à comprendre ta ligne de vie. Il y en a une autre qui court en parallèle, mais toutes deux semblent… Ces cicatrices m'empêchent de lire.

– Mais on ne peut pas attendre qu'elles disparaissent ! protesta Kizzy. Il faut que ce soit aujourd'hui, nos jours de prédiction sont presque finis.

– C'est tout ce que je peux te dire. Et je dois garder du temps pour ta sœur.

Bucătar voulut prendre ma main, mais je la portai à ma poitrine. Je n'étais pas sûre de vouloir savoir. Avant, c'était parce que j'étais certaine que mon avenir ne recelait rien d'intéressant, et maintenant, c'était plutôt un pressentiment, comme une ombre qui serait passée en décrivant des cercles derrière ma nuque.

– Allez, Lil, me pressa Kizzy. Il faut que tu le fasses. C'est ce que voudrait mamă.

Je levai les yeux vers elle en sentant les larmes monter, et elle prit mes mains dans les siennes.

– Je vais faire un voyage, Lil. Et je sais que tu seras avec moi. On ne mourra pas ici. Laisse-la faire.

Je n'avais jamais su dire non à Kizzy. Je donnai ma main à Bucătar. La sienne était rêche comme celle de la Vieille Charani. Je fermai les yeux en imaginant que les craquements des braises mourantes venaient d'un feu de bois de bouleau et de mélèze, que j'étais repue de ragoût de champignons et que les mains posées sur mes épaules étaient celles de mamă, et non de Kizzy.

– Il y a quelque chose en toi, me dit Bucătar, brisant ma rêverie. Quelque chose de spécial… qui brille.

Je rouvris les yeux. Bucătar me fixait intensément. Elle porta une main à mon cou et me toucha très doucement la gorge.

– Elle chante, dit Kizzy, qui vibrait presque d'excitation. C'est ça, n'est-ce pas ? C'est une *lăutari* ! Je le *savais*, Lil !

– Il n'y a qu'un moyen d'en être sûres, répondit Bucătar.

Je fronçai les sourcils.

– Hein ?

Elle ne me lâchait pas des yeux.

– Mais je ne sais pas chanter ! Pas devant…

– Alors ne chante pas pour moi. Chante pour ta sœur. (Bucătar se pencha et lut à travers moi jusque dans mon cœur.) Chante pour ta mamă.

Cette fois, les larmes débordèrent pour de bon. Bucătar détourna les yeux et Kizzy replia ses bras autour de mes épaules.

– Chante, Lil. C'est ton destin.

Alors je le fis. Je hissai mon cœur brisé et ma douleur jusqu'à ma gorge et j'entonnai un air lent et doux : un chant de deuil. Un chant pour mamă, et pour la Vieille Charani, et pour Dika et tous les autres corps brisés et brûlés qui avaient hébergé les âmes de ceux que nous aimions.

Je chantai leurs esprits libres, ignorants du danger et du lourd savoir de ce qui nous était arrivé, et je les projetai vers les étoiles, ou dans les arbres, là où ils se sentiraient le plus heureux. Je leur chantai l'amour, dont j'emplissais chaque note de mon chant jusqu'à ce qu'il irradie.

Quand je me tus, le silence résonna comme une cloche. Bucătar me sourit, les joues baignées de larmes, et c'était un vrai sourire, qui illuminait son visage comme une lampe.

– Une *lăutari*, c'est certain. Tu n'avais pas besoin qu'une vieille femme te le dise.

– Et le reste ? intervint Kizzy en reniflant. Lisez-nous le reste.

Bucătar inspira à fond pour reprendre ses esprits et saisit de nouveau ma main.

– Pas d'enfants ni de mari pour toi non plus. Mais un amour. Un grand amour. Je le sens très fortement.

– Un amour ? dit Kizzy. Moi ?

Bucătar secoua la tête.

– Un amour romantique.

– Oh, fit Kizzy d'un ton un peu déçu. Mais elle fera le voyage, elle aussi ?

– Chut, ceci n'est pas ta prédiction, lui dit gentiment Bucătar.

Elle paraissait s'être adoucie vis-à-vis de Kizzy. Comme tout le monde.

– Oui, je vois le voyage. Vous resterez peut-être ensemble, après tout.

– Et pour sa mort ? demanda Kizzy.

Bucătar promena son doigt sur une ligne de ma paume, puis secoua lentement la tête.

– Alors ? demandai-je au bout d'un moment. Que voyez-vous ?

L'effet apaisant du chant s'était dissipé et l'angoisse s'infiltrait de nouveau en moi.

– Je ne trouve pas de mort pour toi.

– Quoi ?

Bucătar redressa la tête, la mâchoire crispée sous sa peau sombre et ridée.

– Je ne trouve pas la fin de ta ligne de vie.

– Tant mieux ! s'exclama Kizzy en riant. Peut-être qu'elle vivra pour toujours !

Bucătar la dévisagea sévèrement.

– Ce ne serait pas souhaitable petite. Nous mourons parce que c'est dans la nature des choses, comme le font les oiseaux, les arbres, tout ce qui vit sur cette terre.

Elle se tut brusquement, l'air épuisée.

– C'est tout ce que je peux te dire. Il est plus de minuit et je dois bientôt me mettre au travail.

Kizzy se leva pour partir, mais je restai assise. Une question me brûlait les lèvres depuis de longs jours.

– Bucătar, je peux vous demander autre chose ? Cela ne concerne pas notre prédiction.

Bucătar haussa les sourcils.

– Qui est le Dragon ?

Elle devint pâle comme un linge, aussi pâle que Malovski avec sa couche de poudre, et croisa les doigts dans le même geste que Szilvie à l'évocation de la sorcellerie.

– Qui t'a parlé de lui, petite ?

– Personne ne m'a rien dit, répondis-je, le cœur battant. Je ne connais que son nom.

Bucătar passa une main tremblante dans ses cheveux gris.

– Il vaut mieux qu'il ne reste que cela.

– S'il vous plaît ! Je ne vous demanderai plus jamais rien.

Bucătar ferma son œil unique, que je vis rouler sous la paupière fine comme du papier.

– Cet endroit est pire que tu ne le crois. Cette terre est maudite, même pour les Installés. (Son œil se rouvrit et l'autre paupière tressaillit.) Il n'y a pas que nous qui avons des raisons d'avoir peur.

– Racontez-nous, intervint Kizzy. Il vaut sûrement mieux que nous sachions.

Bucătar regarda le feu couvert, dont le cœur rougeoyait toujours sous sa croûte de cendre.

– Cette terre est maudite parce que son *voïevod* est une malédiction. On le surnomme le Dragon parce qu'il rase des villages entiers dont les habitants n'obéissent pas à ses ordres. C'est un malfaisant au cœur noir. Certains disent qu'il est pire qu'un homme et qu'il n'a pas de cœur du tout.

– La Vieille Charani nous a parlé de lui, intervint Kizzy.

Bucătar hocha la tête en s'humectant les lèvres, comme si elles étaient trop sèches, tout à coup.

– Je ne pense pas qu'on vous ait raconté le pire, car on en parle rarement. Pendant des années, cet endroit a vu couler le sang. Il envoyait ses… j'allais dire « ses hommes », mais des rumeurs disent qu'ils sont pires, eux aussi.

– Qu'y a-t-il de pire que les hommes ? demanda Kizzy.

Cool lâcha un ricanement sans joie.

– Pas grand-chose, mais ce que ce *voïevod* fait des hommes… enfin. Autrefois, il envoyait ses serviteurs piller les villages. Jusqu'au jour où il a passé un accord avec les *boyars* de la région. Depuis, il les laisse à peu près en paix. La terre est prospère, généreuse. Mais il y a un coût. Un pacte.

Je sentis mes cheveux se dresser sur ma nuque. Je n'avais nulle envie d'entendre la suite, mais il fallait que je sache.

– Une fois par an, au milieu de la lune en dernier croissant, chaque *boyar* envoie une offrande. C'est le prix payé au Dragon.

– En échange de quoi ? demandai-je en repensant aux paroles de Szilvie.

– En échange de la paix. Une offrande de sang pour un sacrifice. Comme si on nourrissait les champs avec les os d'innocents. Et je vous conseille de ne pas vous faire remarquer, ou cela pourrait bien être vous…

Bucătar se tut brusquement, parce que Kizzy venait de plaquer une main sur sa bouche.

– Mais, Kizzy, laisse-la finir…

– Chut ! souffla vivement ma sœur. Quelqu'un vient !

Aussitôt Bucătar lâcha ma main, s'empara d'un chiffon qui traînait et nous fit signe d'entrer dans une armoire.

– Cachez-vous.

Mais il était trop tard. Avant que j'aie pu me lever de mon tabouret, la porte s'ouvrit sur ses gonds huilés et Malovski entra dans la cuisine.

10

La surprise passa furtivement sur le visage de Mme Malovski. Celui-ci retrouva presque aussitôt son détachement habituel, mais je compris qu'elle ne s'attendait pas à nous trouver là.

– Madame, commença Bucătar, je…

– Tiens, tiens, tiens, dit Malovski, avec une douceur plus terrifiante qu'un cri de colère. Je viens de passer dans ta chambre, Bucătar. Je voulais te parler de la venue de notre hôte.

– J'étais en train de revoir l'organisation avec ces deux-là. Elles ont ralenti le service aujourd'hui et je ne veux pas que ça arrive demain.

Les yeux de Malovski se posèrent sur les mains de Kizzy, qui n'avait pas remis ses bandages.

– Quels scrupules ! Tu ne t'étais jamais montrée autant aux petits soins. Enfin, les rats courent ensemble, j'imagine.

Puis elle s'approcha d'un pas vif en faisant bruisser sa jupe noire.

– Couvre-toi les mains, ordonna-t-elle à Kizzy. C'est répugnant.

Ma sœur s'empara des pansements à la hâte.

– Sortez. Et que je ne vous surprenne plus seules toutes les trois. Je ne tolérerai pas les sabbats de Tziganes dans ce château.

– Ce n'était pas du tout cela, madame.

– Je l'espère, ou je te ferai ôter ton autre œil. Et, crois-moi, une vieille Tzigane aveugle ne trouverait asile ni ici ni nulle part ailleurs dans la région. Dehors, vous deux ! Maintenant !

Nous filâmes à la porte en retenant notre souffle jusqu'à ce qu'elle se soit refermée derrière nous. J'allais me diriger vers notre chambre, dont la porte était encore maintenue entrebâillée par la bottine de Kizzy, quand ma sœur me rattrapa par la manche.

– Quoi ? soufflai-je.

Un doigt sur les lèvres, elle me désigna le couloir et je suivis son regard. Au bout du long passage en pierre, éclairé par les lampes de suif fumantes et puantes, il y avait la porte. Celle par laquelle nous étions entrées presque une lune plus tôt.

Mon cœur me martelait la poitrine.

Kizzy se mit en marche en me tirant par le bras. J'hésitai et me tournai vers la porte des cuisines, mais elle était bien fermée et pas un bruit n'en sortait, comme Bucătar nous l'avait dit.

– Vite, articula Kizzy, plusieurs mètres devant moi.

Je suivis.

Nous dûmes faire appel à toute notre volonté pour ne pas courir. Le couloir semblait s'étendre à l'infini sans que la porte ne grandisse ni ne se rapproche. Mon cœur résonnait à mes oreilles plus fort que le bruit de mes pas, et mon esprit bouillonnait de suppositions sur tout ce qui pouvait mal tourner. Malovski pouvait ressortir de la cuisine à tout moment, et le couloir éclairé n'offrait aucune cachette. La porte était peut-être fermée à clé, ou gardée à l'extérieur.

Enfin, nous l'atteignîmes, et Kizzy tira sur le heurtoir en forme d'anneau. Je retins mon souffle, mais il tourna. La porte n'était pas verrouillée.

Nous nous glissâmes dans la cour obscure. Pas de garde. Le froid de la nuit me frappa la gorge. Malgré les odeurs d'écurie et de légumes pourris, je savourai la fraîcheur après tous ces jours passés enfermée.

J'inspirai à fond, m'abreuvant presque de l'air du dehors. La nuit était piquetée d'étoiles et je repensai au chant que j'avais poussé vers le ciel, vers les esprits de ma famille. Kizzy s'enfonçait déjà dans les ténèbres, presque invisible dans ses vêtements noirs. La grille aux piques effrayantes était fermée, mais nous allions l'ouvrir et bientôt nous serions dehors, et…

– Salut, toi.

La voix était horriblement proche, horriblement familière. Une voix que j'avais espéré ne plus jamais entendre. Avec elle me revinrent l'odeur de brûlé, les cris des poneys agonisants et les bruits du massacre.

Une bouche aux dents mal plantées me sourit dans le noir et un étau se resserra sur mon bras. La silhouette sombre de Kizzy, que mes yeux distinguaient mieux maintenant dans les ténèbres, était parvenue à la grille.

– Pars ! criai-je en la voyant se retourner. Cours !

J'entendis le sourire de satisfaction dans la voix du capitaine Vereski.

– Oh, oui, vas-y, fillette. Cours. Je vais m'occuper de ta sœur.

– Pars ! Kizzy, je t'en prie !

Mais elle avait rebroussé chemin dans le goulot de lumière dessinée par la porte ouverte.

– Je suis désolée, bredouillai-je. Je suis désolée.

Mais elle ne paraissait pas en colère. Seulement brisée. Son espoir n'avait duré qu'un bref instant avant de s'éteindre, telle une mite attirée par une belle flamme qui réduit ses ailes en poussière.

– Lâchez-la, dit-elle. Nous rentrons. Nous ne ferons plus de difficultés.

Le capitaine Vereski rit doucement.

– Oh, je devrais trouver le temps de vous en faire, moi, des difficultés. Je suis de garde de nuit à cause de vous et de vos saletés d'ours. Je peux même vous remercier d'y mettre un peu d'animation.

Il fixait Kizzy d'un air d'intense satisfaction. Ses joues étaient encore striées par les marques rouges laissées par les ongles de ma sœur.

– Ces gardes sont d'un terrible ennui, reprit-il avant de s'humecter les lèvres. Et ça manque tellement de compagnie !

Kizzy s'arrêta net.

– Lâchez-la.

– Approche, d'abord.

– Et nous irons au lit.

Le regard de Vereski se fit lubrique.

– Toi et moi ?

– Lâchez-la.

– Approche, d'abord.

Elle le fit. Elle ne tremblait pas, mais sa mâchoire crispée trahissait sa peur. Je pouvais presque entendre tourner les rouages de son cerveau. J'essayai de me libérer, mais ma tentative ne fit que pousser Vereski à serrer plus fort.

– Échange accepté, dit-il. Elle contre toi.

Je vis qu'elle considérait sa proposition.

– Kizzy, non…

– Capitaine Vereski.

Pour la seconde fois cette nuit-là, la voix de Malovski nous surprit, empreinte d'une douceur de mauvais augure.

– Lâchez cette fille.

Le capitaine fit volte-face. Entraînée dans son mouvement, je marchai sur l'ourlet de ma robe et trébuchai. Vereski me lâcha et je tombai à genoux sur les pavés de la cour.

– Madame Malovski. Ces deux-là essayaient de s'échapper.

Son ton de commandement avait disparu, remplacé par celui de serviteur docile.

Je levai les yeux sous le rideau de mes cheveux, le cœur battant plus fort que jamais. La silhouette de Malovski se détachait dans la lumière. Avec ses vêtements noirs et sa taille mince, on aurait dit un spectre, un esprit vengeur. Ses narines se dilatèrent de colère.

– Je les ai arrêtées, précisa le capitaine dans le silence.

– Je vois cela. Bien que je n'aie entendu que du marchandage.

– J'ai juste… J'essayais seulement de faire revenir l'autre assez près pour l'attraper.

– Et ensuite ? Ces deux-là ne sont pas pour vous, capitaine. Ce sont mes filles, et mes filles ne s'acoquinent pas avec votre engeance. Allez à la taverne pour cela, comme les autres serviteurs.

– Je suis un soldat, rappela Vereski en se redressant bien droit.

Mais il avait beau la dépasser de plus d'un pied, elle n'en semblait pas moins plus grande que lui.

– Un domestique muni d'un sabre, rectifia-t-elle avec dédain.

Puis elle nous adressa un coup de menton avant de se retourner vers la porte du couloir.

– Suivez-moi.

Alors le capitaine ajouta, si bas qu'elle aurait pu ne pas l'entendre si le vent n'avait pas porté ses paroles :

– Mieux vaut être un serviteur qu'une putain.

Je cessai de respirer.

Malovski s'immobilisa aussi brusquement que si elle s'était changée en statue de glace. Puis elle pivota sur ses talons, lentement, avec l'air de flotter au-dessus du sol dans le bruissement de ses longues jupes.

– Vous paierez pour ces mots, dit-elle simplement.

Je pus presque entendre le sang se figer dans les veines du capitaine. Puis elle claqua des doigts à notre intention et le bruit me fit sursauter.

– Suivez-moi.

Nous nous enfonçâmes dans le couloir, dans le cliquetis des talons de Malovski et le claquement sourd de nos pieds nus sur la pierre froide. J'avais presque hâte de retrouver ma mince paillasse et la chaleur des autres corps, mais Malovski passa devant la porte de la chambre sans s'arrêter.

Nous n'osâmes pas ouvrir la bouche. Je ne pouvais imaginer ce que ressentait Kizzy : le mélange d'adrénaline, de soulagement et de peur qui courait dans mes veines devait bouillonner deux fois plus fort dans les siennes. Mais, comparé à ce que le capitaine Vereski s'était apprêté à lui faire, j'étais presque sûre que nous avions gagné au change avec Malovski.

À moins que… Mon esprit s'affola. Et si elle décidait de nous choisir comme offrandes ?

Soudain, elle tourna à gauche à angle droit et, au lieu de monter, nous descendîmes des marches en pierre lisse, creusées en leur milieu par le frottement de milliers de pieds.

L'air était de plus en plus malsain et humide et la température baissait à chaque pas. En bas des marches, mes plantes de pieds se recroquevillèrent sur la pierre. Le passage n'était pas éclairé et plus nous avancions, plus la lueur provenant du haut de l'escalier diminuait. Je finis par avoir l'impression de patauger dans cet air immobile et épais comme dans de l'eau. Malovski devait avoir les sens d'une chauve-souris, car elle me saisit soudain le bras avec une précision glaçante, pile à l'endroit déjà meurtri par la main du capitaine Vereski.

– Entre là-dedans, dit-elle en me projetant en avant.

Je tombai de nouveau à genoux, sur un sol dur tapissé de paille humide qui dégageait une odeur de corps sales, et d'autre chose pire encore. La porte claqua et je fis volte-face. Le temps que mes yeux s'accoutument à l'obscurité, je vis que Kizzy n'était pas avec moi.

La poitrine oppressée par la panique, je cherchai la porte à tâtons et mes mains rencontrèrent du bois dur. Mes doigts trouvèrent une petite trappe métallique, une ouverture. Y collant les yeux, je vis Malovski refermer la porte d'en face et tourner une clé dans la serrure.

Je cessai de respirer. Elle n'avait pas encore refermé la mienne ; je n'avais pas entendu de bruit de verrou. Je cherchai la poignée à la hâte, mais Malovski revenait déjà à pas rapides pour la fermer à son tour. Elle se baissa pour regarder dans la trappe. Sa bouche rouge était noire dans l'obscurité, la bordure d'une fosse ourlée de dents blanches et régulières. Je reculai en titubant.

– Ça t'apprendra, esclave.

Et elle s'en alla.

11

Au bout de quelques instants, je collai le visage à la trappe.

– Kizzy ?

L'obscurité était d'un gris sale, qui s'éclaircissait rapidement. Je vis briller l'éclat des dents de ma sœur dans la trappe de la porte d'en face.

– Oui, me répondit-elle. Je suis là.

– Ça va ? Elle ne t'a pas fait mal ?

Kizzy lâcha un petit rire étranglé qui ressemblait à un sanglot.

– Pas plus qu'avant.

Je soufflai de soulagement.

– Je ne croyais pas que ces endroits existaient pour de vrai, reprit Kizzy. Je pensais que c'était une invention pour nous faire peur.

– Quels endroits ?

– Des pièces sans lumière où on enferme les gens.

– Kizzy ? dis-je, des larmes plein les yeux.

– Mm ?

– Tu ne… Est-ce qu'on a…

Je ne trouvais pas comment le dire. La pensée avait grossi comme une tumeur dans ma tête au long des dernières semaines.

– Les champignons. Si on n'avait pas…

– Lil, me coupa-t-elle fermement. Tu n'as pas le droit de penser ça. Mamă n'aurait pas voulu.

Les larmes me brûlaient les joues, maintenant.

– Je ne peux pas m'en empêcher. Si ça n'avait pas été notre anniversaire…

– Qui peut dire qu'ils ne nous auraient pas trouvés ailleurs un peu plus tard ? Lillai, si tu pars sur cette voie, tu ne pourras pas faire demi-tour.

– Mais je n'arrive pas à l'oublier.

– Alors pardonne. Et si tu ne peux pas te pardonner, pardonne-moi.

– À toi ?

– Je suis ta jumelle, non ? Tout ce que nous faisons, nous le faisons ensemble.

Je crispai une main sur ma poitrine, comme si j'espérais m'arracher le cœur.

– Mais toi, tu as essayé de sauver mamă. Tu t'es battue. Jusqu'au bout.

– Et regarde où ça nous a menées, répondit Kizzy tout bas. Il faudrait peut-être que je sois davantage comme toi.

– Sûrement pas.

– Tu devrais être fière de ce que tu es, reprit ma sœur. Ta voix, tout à l'heure… Elle était plus belle que jamais. Ne la gaspille pas avec des gens qui ne le méritent pas. Réserve-la à ce grand amour dont Bucătar a parlé.

L'amertume était revenue dans sa voix, et je me hâtai de dire :

– Et toi, tu es bien une *ursar*, finalement !

– Mais pour moi, pas d'amour.

Je sus qu'elle pensait de nouveau à Fen.

– Moi, je t'aime.

Cela la fit rire.

– Moi aussi, je t'aime. Et je te pardonne, ajouta-t-elle d'un ton grave.

Ses paroles allégèrent un peu le poids qui pesait sur ma poitrine.

– Et je te pardonne, répondis-je.

Je l'entendis soupirer.

– Une *lăutari*. Est-ce que je ne te l'ai pas toujours dit ?

La fierté qu'il y avait dans sa voix me réchauffa un peu le cœur.

Je hochai la tête, la gorge trop serrée pour parler. Même si cet espoir était sans doute blotti au fond de moi depuis toujours, je me rendais compte seulement maintenant que l'un de mes plus grands rêves était mort. Il était mort avec mamă. Depuis toute petite, j'avais rêvé de chanter pour accompagner la danse de mamă et d'Albou.

L'une de leurs danses en particulier était remplie de tendresse. Mamă prenait les pattes blanches d'Albou dans ses petites mains sombres et il rentrait les griffes. Puis elle s'approchait, glissait les pattes avant de l'ours autour de ses épaules, posait la joue sur son poitrail chaud et bien peigné, et ils se mettaient à se balancer. L'ours posait son énorme tête sur son épaule, comme un amoureux, et ils tournaient, aussi lentement que la lune dans le ciel.

« C'est une façon de lui demander pardon, m'avait-elle confié un jour.

– Lui demander pardon ? De quoi ? »

Je me rappelle la main de mamă sur ma tête, encore toute chaude du contact d'Albou.

« De l'avoir enlevé à sa mère.

– Mais tu es une *ursar.* Il te fallait un ours.

– Pour accomplir mon destin, j'ai dû changer le sien. Il y a toujours un prix.

– Mais il t'aime.

– Et je l'aime. Mais en le capturant, j'ai changé son destin, sa nature, ce qu'il est et qui il est. J'exécute cette danse pour lui dire que je connais le sacrifice que je lui ai imposé. Je me rachète par le seul moyen possible.

– Lequel ?

– La tendresse. »

Ces paroles me revenaient maintenant, tandis que je grelottais dans les ténèbres permanentes du cachot, si assaillie par ma propre odeur de crasse et de cuisine que je respirais par petits à-coups l'air vicié et stagnant.

– Où peut être Kem, maintenant ? demandai-je à Kizzy d'une voix étranglée. Tu crois que… ?

– Kem a la peau dure, répliqua-t-elle, alors que notre petit frère aux yeux de chouette fondait en larmes à la vue d'un sanglier abattu. Et Albou prend soin de lui. Cet ours est devenu plus humain qu'animal, à force d'avoir été gâté par mamă.

Kizzy rit, si soudainement que cela me fit sursauter et que le bois rugueux de la porte me râpa la joue.

– Il l'aimait tant…

Elle n'alla pas plus loin, et je devinai plus que je n'entendis le sanglot étouffé dans sa voix.

– Ça a été rapide, Lil ? Dis-moi que oui.

Je songeai à la chaleur suffocante, aux torsades de fumée et aux flammes hautes comme des arbres, attisées par le vent. Mamă avait dû se battre jusqu'à la fin, sachant que nous étions là, dehors.

– Oui, Kisaiya, ça a été rapide.

Le mensonge était doux et léger comme un soupir.

Je sentis ses larmes sur mes joues à moi et, prenant une main dans l'autre, je m'imaginai que c'étaient les doigts de ma sœur qui se nouaient aux miens, leur procurant force et chaleur.

– On devrait dormir un peu, dit Kizzy.

J'examinai la paille fétide.

– Je ne veux pas me coucher là-dessus.

– Dis-toi que c'est un matelas de mousse. Sers-toi de ta belle imagination. Nous allons avoir besoin de toutes nos forces.

Je retrouvais la Kizzy de toujours : rassurante, responsable. Ça faisait du bien. Alors j'obéis : je m'allongeai sur la paille puante, la tête calée sur un bras, et m'enfonçai dans un sommeil agité, peuplé de sangliers et de forêts de pierre qui se refermaient comme des cages voûtées au-dessus de moi.

12

Quelque chose bougeait derrière la porte. Je jetai un œil par la trappe. Je savais que les rats étaient capables de se glisser dans des endroits impossibles en s'aplatissant totalement, comme si leurs os se désarticulaient. Mais aucune créature aplatie et velue n'apparut sous la porte. Ce fut de la lumière que je vis s'épanouir dans la trappe, suivie de deux yeux qui battirent des paupières. Deux yeux gris couleur de fumée, ou de nuage d'orage.

– Mira !

Je me levai à la hâte, toute courbatue après une nuit passée couchée sur la pierre. Comme elle se tenait un peu en retrait, je vis qu'elle portait une assiette remplie de porridge fumant et qu'il y en avait une autre à ses pieds. Mon estomac gronda.

– C'est Bucătar qui t'envoie ?

Elle secoua la tête.

– Malovski ?

Nouvelle dénégation. Que doit-on ressentir après s'être fait arracher la voix avec une telle brutalité ? Peut-être la même chose que les esprits des histoires de mamă ? Ils avaient toujours soif de vengeance, et je me demandai si Mira éprouvait la même colère que les *iele* qui guidaient parfois des *strigoï* jusqu'aux portes de leurs persécuteurs.

– Qui, alors ?

Elle me passa l'assiette par la trappe et pointa le doigt sur sa poitrine.

– Comment as-tu su que nous étions ici ?

Elle gagna l'autre porte pour passer la seconde assiette à Kizzy, qui la prit entre ses mains blessées avec un murmure de remerciement. Je me mis à engloutir le porridge en grognant de soulagement à la sensation de la nourriture chaude dans mon corps.

Mira revint et s'agenouilla dans le passage pour que je voie son visage. Puis elle se tapa l'oreille. Alors, j'entendis qu'elle fredonnait un air et je compris.

– Tu m'as entendue chanter ?

Elle hocha la tête. Un grand sourire illumina son visage et elle pressa les mains sur son cœur. Je me rappelai la grille à côté de laquelle elle dormait, ainsi que le trou dans le mur qui servait de bouche d'aération pour les cuisines. Peut-être avait-elle tout entendu. Nous n'avions pas pris la précaution de parler à voix basse.

– Tu as… ?

Je me tus. Avait-elle entendu mes questions sur le pacte et les offrandes ? Avais-je réveillé le souvenir de son amie qui avait été enlevée ?

– Elle chante bien, n'est-ce pas ? fit la voix de Kizzy derrière la trappe de sa porte.

Mira hocha vigoureusement la tête en me fixant avec encore plus d'intensité, d'un regard déterminé et hardi, et je pus presque l'entendre dire oui.

Je me réfugiai à l'abri des ombres, soulagée de pouvoir cacher que je rougissais.

– Merci, bredouillai-je.

Mais Mira secoua la tête en passant les doigts dans la trappe. J'approchai de nouveau mon visage pour la laisser me frôler la joue.

Puis nous restâmes un moment silencieuses toutes les trois, agenouillées par terre. Même si nous avions pu nous parler, je crois que j'aurais préféré me taire. Ce moment était presque reposant, avec la lueur vacillante de sa lampe qui s'infiltrait dans le cachot, et le porridge qui me réchauffait l'estomac. Je me demandai comment elle arrivait à manger. Maintenant que j'y pensais, je ne l'avais jamais vue prendre autre chose que de l'eau. Elle était très maigre, encore plus que moi. Peut-être Bucătar lui préparait-elle du bouillon et la laissait-elle boire du lait de la laiterie.

Enfin, elle me signala par gestes qu'elle devait s'en aller. Je lui rendis l'assiette et elle reprit celle de Kizzy avant de disparaître. Ses pas étaient légers comme la caresse des feuilles d'automne.

– C'était très gentil de sa part, observa Kizzy. Tu as réussi à dormir ?

– Un peu.

Je ramenai mes genoux contre ma poitrine pour me protéger de la morsure féroce du froid.

– Tu aurais dû demander une couverture à ta Mira.

– Ce n'est pas *ma* Mira, répliquai-je, plus sèchement que je ne l'aurais voulu.

– Qu'est-ce qui se passe entre vous deux ?

Le ton de Kizzy n'était ni agressif ni accusateur. Elle semblait seulement déroutée, une sensation qui ne devait pas lui plaire. Elle était accoutumée à savoir tout ce que je ressentais ou pensais.

– J'ai le sentiment de la connaître, répondis-je. Il y a quelque chose chez elle…

– C'est parce qu'elle te fait de la peine.

– Non, ripostai-je aussitôt. Je la trouve courageuse.

– Pour une Installée, peut-être.

– Tu es décidée à la détester ?

– Je ne la déteste pas ! J'ai seulement du mal à comprendre ce que tu aimes tant chez elle.

– Ce n'est pas…

– Mais si, me coupa fermement Kizzy. C'est évident.

– D'accord, cédai-je. C'est vrai que je l'aime bien. Mais ce n'est pas de la pitié.

Ma sœur ne me répondit pas.

Je cherchai un nouveau sujet pour détourner la conversation.

– Combien de temps vont-ils nous laisser ici, à ton avis ?

– Longtemps, j'espère. Malovski va peut-être renoncer à l'idée de faire de nous des serveuses.

Je distinguai dans la pénombre le profil de ma sœur, son menton rond et ses joues pleines. Je savais que, quoi qu'elle puisse faire, hormis tuer quelqu'un – ce dont je la croyais tout à fait capable –, Malovski ne laisserait pas passer l'occasion de faire admirer sa beauté au *boyar*.

Je frissonnai à l'idée de ce qui nous attendait, mais tandis que Kizzy continuait à m'exposer ses espoirs, je laissai l'écho de ses paroles rebondir sur les murs en songeant à Mira, au fait que nous parvenions à communiquer même sans paroles, et que je n'avais jamais éprouvé un tel sentiment de proximité avec quiconque en dehors de ma sœur, qui partageait le même corps et le même sang que moi.

L'avoine continuait à me réchauffer le ventre et je sentais encore la caresse de Mira me chatouiller la joue. J'avais chanté pour elle sans même le savoir, et cela ne me dérangeait même pas. Si nous étions un jour libérées, peut-être chanterais-je de nouveau pour elle.

* * *

Le lendemain, on vint ouvrir nos portes et une Szilvie à la mine sombre ramassa nos seaux sous le regard mauvais d'un garde.

Au moins, Malovski ne nous avait pas envoyé le capitaine. À la haine que je lisais clairement sur la figure de l'homme, il était évident que Vereski avait fait part de notre rencontre à ses soldats. Mais à tout prendre, cela valait toujours mieux que la répugnante lueur lubrique qui luisait dans les yeux du capitaine lorsqu'il regardait ma sœur. Il n'y avait pas pire que quand le désir et la haine marchaient ensemble.

Szilvie fut aussi autorisée à retirer mes points de suture et à soigner les mains de Kizzy. Je ne les entendis pas parler mais, peu après que Szilvie fut entrée dans le cachot de ma sœur avec des pansements et de l'écorce de saule, le garde cogna sur la trappe en aboyant :

– Pas un mot, ordre de Malovski !

Au moins, Szilvie nous avait apporté des bols de soupe. Ce n'était rien d'autre que des pelures de légumes bouillies dans une eau grise comme de l'eau de vaisselle, et accompagnées d'un quignon de pain noir. C'était à peine mangeable et une odeur rance de légumes pourris continua à m'assaillir les narines même après le départ de Szilvie avec le garde.

– Que t'a-t-elle dit ? soufflai-je à travers la porte.

La bouche de Kizzy apparut aussitôt dans la trappe.

– Malovski est d'une humeur de chien. L'invité arrive en avance.

Mon ventre se rebella contre la soupe infâme.

– Ça va mieux, tes mains ?

– Szilvie m'a apporté du miel, et la pâte que m'a donnée Malovski agit aussi, je pense.

– C'est dommage qu'elle ne m'ait pas apporté une couverture.

– Je suis sûre que Calazan est au service du *voïevod*, reprit Kizzy après un long silence. Moi qui croyais que le Dragon n'était qu'une invention…

– C'est un cauchemar, dis-je en frémissant. Tu crois vraiment qu'il peut être aussi terrible que le prétend Bucătar ?

– Je te parie que le *boyar* d'ici ne vaut guère mieux que le Dragon.

– Sauf à propos du sang. Rappelle-toi ce que racontait Charani : il tue les gens et boit leur sang.

– « Ne gaspille rien et tu ne seras jamais dans le besoin. »

– Kizzy !

– Pardon. Mais cela paraît juste… impossible. Les gens d'ici ne peuvent pas croire qu'il est vraiment ce qu'ils murmurent. Personne ne peut être aussi cruel. Cependant…

– Cependant, regarde où nous sommes… dis-je, achevant sa pensée à sa place.

Et, de nouveau, l'horreur et l'absurdité des derniers jours s'abattirent sur moi, m'accablant sous leur poids.

– Avant, je pensais que le fait d'inspirer de la peur aux autres était une malédiction, reprit ma sœur. Mais j'adorerais que Malovski et cette vermine de Vereski me craignent comme ils semblent tous craindre le Dragon. Je voudrais qu'ils pleurent de terreur à ma vue.

Je ne trouvai rien à répondre à cela.

13

Il s'écoula presque une semaine avant que nous ne soyons relâchées.

Szilvie n'était pas revenue, et si Mira n'avait pas été là pour nous apporter quelques restes et des chiffons quand notre période arriva, nous aurions pu mourir de faim ou devenir folles dans ces cachots obscurs. Au lieu de quoi je ressentais avant tout une colère dévorante. Comment Malovski pourrait-elle expier un jour toutes les cruautés qu'elle avait commises ? Il lui faudrait nourrir et vêtir tous les mendiants du pays, et même de la Terre. Alors qu'elle n'était que le pantin d'un mal bien plus grand ! Je n'ignorais pas qu'il n'y avait que des hommes à la tête du système pour lequel elle œuvrait.

À l'instant où je me faisais cette réflexion, la voix de Malovski fusa par la trappe, comme si elle avait répondu à mon appel.

– Alors, esclave, on a appris sa leçon ?

Sa bouche écarlate, tranchant sur sa peau blanche et sèche comme du papier, n'apparut qu'un instant derrière la trappe.

Elle dut prendre mon silence pour un acquiescement car, une seconde plus tard, la porte s'ouvrit brusquement. L'air du cachot en fut renouvelé pour la première fois depuis notre arrivée, et s'il n'était pas frais pour autant, j'en remerciai le ciel.

Un garde entra dans le cachot et relia mes poignets par une chaîne en plissant le nez. Il ressortit le plus vite possible et fit de même avec Kizzy, et je remarquai que sa main ne s'éloignait jamais de la poignée de son sabre. La réputation de ma sœur l'avait précédée.

Alors qu'il la poussait hors du cachot, j'étouffai un cri en découvrant le changement qu'elle avait subi en si peu de temps. Elle avait tellement maigri ! Ses joues rebondies étaient creusées – les angles de son visage semblaient taillés à la serpe – et ses cheveux étaient tout emmêlés. Les miens ne devaient pas valoir mieux. Elle n'avait pas perdu sa beauté, bien sûr, mais ses yeux étaient ternes comme ceux des poissons que nous vidions toute la journée.

J'essayai de croiser son regard, mais elle le gardait obstinément baissé sur les pieds de Malovski.

– C'est beaucoup mieux ainsi, approuva celle-ci d'un air satisfait en examinant froidement Kizzy. Si tu t'en tiens à cette attitude, esclave, ta vie devrait être plus facile dorénavant. D'autant que notre invité arrive ce soir.

Je relevai les yeux et Kizzy en fit autant. Elle aussi avait dû surprendre le léger tremblement dans la voix de Malovski. Se pouvait-il que cette femme redoutable ait peur de l'influence du Dragon autant que nous toutes ?

– Et tu as maigri, constata Malovski en se tapotant le nez avec un mouchoir aussi blanc que sa peau. Bien, vous ferez des serveuses acceptables une fois décrassées.

Puis elle se retourna et, alors seulement, Kizzy me regarda. Ma propre panique se reflétait sur son visage. Des serveuses. Malovski n'avait donc pas changé d'avis. Mes jambes se mirent à flageoler et je serrai les dents.

Doucement, me dis-je en prenant mentalement la voix de ma sœur. *Du calme.*

– En route.

Le garde poussa Kizzy dans le dos et je passai devant, derrière les jupes bruissantes de Malovski. Elle avait maigri, elle aussi. Sa taille était plus étroite que jamais, au point qu'on aurait dit l'un de ces jouets faits de deux morceaux que l'on peut séparer. Je m'imaginai que je lui brisais la colonne en la cassant en deux, comme une guêpe sectionnée par un clou.

Elle tourna la tête pour s'assurer que nous suivions, et je faillis trébucher en voyant son visage de près. Il y avait des fissures dans son maquillage blanc, des plaques sèches aux commissures de ses lèvres, là où la poudre s'amassait. Son rouge à lèvres n'était pas aussi bien appliqué que d'habitude et bavait. Le khôl dont elle avait souligné ses yeux ne parvenait qu'à les rendre caverneux. Elle avait l'apparence d'un *strigoï*, tels que je me les représentais, une âme morte-vivante condamnée à errer sur la Terre en se nourrissant de créatures vivantes.

Elle plissa les yeux comme pour déchiffrer mes pensées.

– Ne me regarde pas avec cet air impertinent, esclave.

La gifle qui suivit ne me surprit pas, mais ne brûla pas moins.

* * *

En arrivant en haut de l'escalier, j'eus la sensation de sortir d'un tombeau et de pénétrer dans un enfer de bruit et de lumière. Il y avait des gens partout, lançant des ordres ou y répondant, transportant des serpillières, des piles de linge, d'épaisses bougies de cire grosses comme mon torse, des pots de lait et des pichets d'un vin sombre à l'odeur sirupeuse. Après tous ces jours passés dans le noir, ce fut trop pour moi. Mes jambes se dérobèrent et je vacillai contre le mur.

– Attention, dit Malovski méchamment en me redressant, avant d'essuyer sa main sur sa jupe. Ne mets pas tes mains dégoûtantes n'importe où.

Puis je m'aperçus que la pierre nue des murs du couloir avait été tapissée de fanions rouge et noir.

Malovski nous mena dans un autre couloir, plus étroit, que nous n'avions jamais emprunté. Il était tout aussi encombré, rien que par des femmes et des filles de notre âge, aux tenues plus riches et plus ajustées que les nôtres, et maquillées de la même façon que Malovski. Les sourires figés qu'elles arborèrent en nous voyant s'effaçaient dès que Malovski était passée. Puis elles se bouchaient le nez et écartaient leurs jupes pour être sûres que nous ne les frôlions pas.

C'étaient certainement les serveuses, celles qui avaient été choisies pour être en contact direct avec le *boyar*, pour le servir de toutes les manières qu'il jugerait bonnes. J'essayai de les prendre en pitié, mais le dégoût qu'elles affichaient pour nous me rendait la tâche difficile.

– Edina.

D'un claquement de doigts, Malovski arrêta une fille qui passait à la hâte. C'était celle qui avait souri à Mira le premier jour. Comme elle nous dévisageait, je la toisai à mon tour.

– Va chercher Szilvie en cuisine.

– Szilvie, madame ?

– Bucătar te la montrera. Conduis-la au bassin. J'aurai besoin de toi aussi.

– Ce sont les nouvelles, madame ?

– Cela ne se voit pas ? répliqua sèchement Malovski.

Edina nous détailla de nouveau, avec un manque d'enthousiasme évident, avant de repartir sans plus tarder dans l'étroit passage, vers le couloir principal au sol couvert d'un tapis.

– Dépêchez-vous, nous dit Malovski.

Nous nous remîmes en marche. La main de Kizzy se posa doucement au creux de mes reins et j'y pris appui brièvement, jusqu'à ce que le garde nous sépare.

Les lampes qui éclairaient le passage contenaient une graisse plus pure que celle des cuisines, peut-être même de l'huile parfumée avec des herbes. Furtivement, je revis l'image de Mira, les bras chargés de sauge, et son visage pâle derrière la trappe dans la porte du cachot.

Nous ne nous servions jamais de lampes dans la forêt, nous n'allumions que des feux qui lançaient leur fumée boisée dans le ciel de nuit. Nous ne gâchions rien, n'ayant guère d'autres besoins que la lumière que le jour acceptait de nous offrir. Le soleil et les étoiles me manquaient, et le fait de me lever et de me coucher en me calant sur eux. J'aurais voulu ne jamais revoir une lampe ni une bougie de toute ma vie.

Le passage s'élargissait légèrement, comme l'embouchure d'un fleuve, et, comme celui d'un fleuve, le flot ralentissait, la circulation s'apaisait. Il y avait maintenant des portes de part et d'autre. Derrière quelques-unes, je vis des chambres, mieux aménagées que celles des filles de cuisine, avec des lits bas en bois et des paillasses deux fois plus épaisses. Je rêvais de retrouver la mienne, après mes nuits sur la pierre dure et froide du cachot.

Malovski se tourna vivement face à une porte, qu'elle ouvrit à l'aide d'une mince clé accrochée à un anneau à sa ceinture. Je ressentis une sorte d'aspiration en bas de mes jupes, comme si un grand vent s'était levé, ou qu'un fourneau avalait l'air.

Malovski tendit une main et le garde y déposa les clés de nos menottes.

– Attendez là, lui ordonna-t-elle après nous avoir détachées. Et tendez l'oreille. Au moindre incident, ajouta-t-elle en nous jetant un regard menaçant, je ne manquerai pas de vous le faire savoir.

14

Malovski fit tourner l'anneau de cuivre de la porte et s'écarta pour nous laisser entrer. Kizzy s'agrippa à moi en oubliant de respirer.

J'avais eu raison sur le grand vent que j'avais senti sous la porte. Celle-ci s'ouvrait sur… le vide. Nous nous tenions sur un balcon étroit taillé en bordure d'un précipice. Nous étions habituées à l'altitude, mais l'effet de surprise me donna le vertige.

Loin, très loin à l'horizon, une grande tache verte à la lisière supérieure en dents de scie signalait des arbres. La forêt à laquelle nous avions été arrachées. Elle ne semblait pas si distante, à vue de nez, et pourtant notre temps là-bas paraissait remonter à une autre vie. Le vent fouetta nos robes et nos cheveux, et je me demandai un instant si Malovski comptait nous jeter en bas, au pied de l'à-pic.

Mais elle se contenta de nous séparer rudement. La plate-forme était taillée dans la même roche noire que le château. Levant les yeux, je remarquai que, sous les tourelles, cette façade-ci était loin d'être aussi raffinée que celle que nous avions découverte en arrivant. Elle était grossière et rugueuse, percée de fenêtres qui paraissaient jetées ici et là sur la hauteur vertigineuse de sa muraille. Au sommet, le drapeau claquait au vent, poignardant le ciel de son mât.

L'esprit embrumé par la faim et la fatigue, je glissai un coup d'œil vers ma sœur. Comme moi, elle venait de se rendre compte que nous étions de nouveau seules avec notre persécutrice. Cette fois, cependant, cela pouvait être un accident. Une chute idiote ! Mais, à la seconde où ma sœur levait les mains, la porte se rouvrit et Malovski se retourna. Kizzy se figea.

– Ah, Szilvie. Et Edi…

Malovski plissa les yeux en voyant Szilvie franchir la porte, suivie, non de la mince et méprisante Edina, mais de Mira, les bras chargés de robes. Celle-ci leva les yeux vers moi.

– Où est Edina ? gronda Malovski.

– Elle ne voulait pas venir, madame, répondit Szilvie. Elle a envoyé Mira à sa place, en disant qu'elle se préparait à devenir serveuse et qu'elle ferait aussi bien qu'elle.

– Ah, elle a dit cela ? répliqua Malovski d'une voix aussi métallique que ses yeux. Je me demande d'où vous vient ce toupet. Bon, finissons-en. Déshabillez-vous.

Je me figeai et le regard de Kizzy se durcit.

– Je peux laisser le garde s'en charger, si vous préférez. Mais il y a des chances pour qu'il vous pousse de force, ajouta sèchement Malovski en pointant vers le bas.

Je risquai un coup d'œil par-dessus le rebord. Sous la corniche, il y avait une sorte de bassin, qui semblait sans fond dans la roche noire, mais les bulles qui montaient à sa surface montraient qu'il était alimenté directement par une source. La vue de l'eau fraîche me fit envie.

– Allons-y, reprit Malovski. Szilvie, je veux que tu regardes les mains de celle-ci. Tu sais combien le *boyar* Valcar est pointilleux. Si quelque chose va de travers, je te tiendrai pour responsable. Mira, habille-les toutes les deux. Je compte sur toi pour te rappeler le protocole que je t'ai inculqué. Lorsque tu auras fini, conduis-les dans le vestibule et viens me prévenir avant de retourner en cuisine.

Tous mes nerfs parurent se dénouer lorsque je compris qu'elle s'en allait, que nous n'aurions pas à nous déshabiller devant elle ni à être touchées par ses mains ignobles. Son regard nous passa toutes les deux au crible. Dans la morne lumière grise, son apparence était plus déplaisante que jamais. Elle paraissait souffrante.

– Le garde restera dehors, et on vous remettra vos menottes après la toilette. Il y a des pierres ponces et du savon en bas. Je vous veux aussi douces que des fruits pelés.

Tout à coup, elle tendit une main gantée pour caresser la joue de Kizzy et je tressaillis. Ma sœur ne cilla pas.

– Il sera content, ronronna Malovski. Et cela tombe au moment parfait pour la venue de notre invité.

Puis elle quitta la plate-forme. J'eus juste le temps de voir le garde se retourner pour jeter un regard curieux sur notre petit groupe avant que la porte se referme.

Aussitôt après, Kizzy lâcha un long soupir saccadé. Je la pris dans mes bras pour la première fois depuis des jours et nous nous étreignîmes un long moment. Nous n'avions jamais passé autant de temps sans nous toucher. Je sentis les os de ses côtes dans son dos. Elle avait trop maigri, trop vite.

Kizzy s'écarta la première et se massa les poignets. Je remarquai alors qu'ils étaient presque guéris. Les cicatrices formées par les cloques avaient laissé des petites taches de peau plus pâle et brillante, mais elles étaient lisses, maintenant, bien plus discrètes que je ne l'avais craint.

– Tes mains ! m'exclamai-je en les prenant dans les miennes.

– Szilvie a fait des merveilles, dit Kizzy avec un regard chaleureux à l'intention de la fille de cuisine, qui rougit.

À cet instant, des coups martelèrent la porte.

– On se dépêche, dehors !

J'eus une seconde d'hésitation.

– Par où descend-on ?

– Par ici.

Je me retournai, stupéfaite. Ce n'était pas Szilvie qui avait parlé. C'était Mira.

– Tu arrives à parler !

Elle rougit à son tour, tandis que Szilvie rayonnait.

– Elle y travaille. Pas vrai, Mira ? Elle doit exercer sa voix pour la récupérer.

– Tu fais vraiment des prodiges, dit Kizzy en la faisant rougir de plus belle. On doit prendre ces marches, Mira ?

– Oui.

Kizzy s'engageait déjà sur les degrés taillés à même la roche sous la plate-forme, si raides qu'on aurait presque dit les barreaux d'une échelle. Je me détournai de Mira pour la suivre.

La tension et la brûlure provoquées par l'effort dans mes membres furent les bienvenues. L'immobilité m'avait terriblement pesé tout au long de ces journées à ne rien faire. Enfin je bougeais, enfin le sang courait dans mes veines, la peur faisait battre mon cœur, mais une peur que je comprenais, la peur du dérapage sur les marches glissantes et de la chute à pic. Le temps de parcourir ces quelques mètres, je parvins à oublier ce qui nous attendait après le bain. Pendant quelques instants, ma sœur et moi étions de retour dans notre élément.

Quand je la rejoignis, Kizzy avait déjà commencé à retirer ses vêtements sales. Son ventre s'était aplati et ses côtes saillaient dans son dos. Sa nouvelle silhouette ressemblait davantage à la mienne, et ne lui allait pas. Les cicatrices qui luisaient sur ses bras s'arrêtaient en dessous de ses coudes, tels des gants.

– Ne t'inquiète pas, me dit-elle avec un grand sourire en voyant ma réaction. Bientôt, nous serons mieux nourries !

– Tu es toujours aussi belle.

– Tais-toi, me répondit-elle en s'asseyant au bord du bassin. Si seulement je pouvais ne plus jamais entendre ce mot !

Elle trempa ses pieds dans l'eau et se mit aussitôt à claquer des dents.

– Ah, une source chaude aurait été trop demander !

Je me hâtai d'enlever ma robe et le vent couvrit aussitôt mes bras de chair de poule.

Plongeant dans le bassin, Kizzy remonta le souffle court, ses longues boucles alourdies par l'eau.

– Oh ! s'écria-t-elle. *Căcat !*

Szilvie et Mira gloussèrent là-haut, sur la plate-forme, tandis que je filais m'immerger à mon tour. *Merde* était le mot qui convenait. C'était un genre de froid brûlant, qui me lécha les mollets comme des flammes et transperça ma maigre barrière de peau jusqu'à mes os.

Mais c'était enivrant de sentir ma peau chanter ainsi, sous la douleur de cette morsure ardente aussi délicieuse qu'horrible.

Alors même que l'engourdissement montait de mes orteils à mes chevilles, puis le long de mes jambes jusqu'à ma taille et m'enserrait la poitrine, je lâchai malgré moi un rire de soulagement. C'était comme briser la première glace de l'hiver en plongeant dedans.

Les mains de Kizzy trouvèrent les miennes dans l'eau sombre, dans laquelle tournoyaient des minuscules particules et le bouillonnement de la source qui jaillissait du fond. Je sentais sous mes pieds des galets et des plaques de roche lisses, et remarquai que les parois du bassin aussi étaient constituées de roche. Loin au-dessus de nos têtes, j'entendis une voix d'homme et, peu après, celle de Szilvie qui nous lançait :

– Vous n'avez plus beaucoup de temps !

L'air était encore plus piquant maintenant que mes cheveux étaient mouillés, et je serrai les bras sur ma poitrine sous la morsure du vent.

– On a besoin de nos vêtements ! cria Kizzy. On les a laissés en haut !

Après un petit silence, Szilvie répondit :

– Mira vous rejoint ! Elle est plus agile que moi.

Nous attendîmes dans le bassin, la peau rendue plus foncée par l'eau noire. Je voyais les doigts de Kizzy trembler juste sous la surface, comme des petits poissons. Mira ne tarda pas à apparaître, le pas sûr, nos habits propres enroulés autour du cou. Elle sauta gracieusement les dernières marches et nous tendit un grand drap gris.

– Pour vous sécher, dit-elle simplement.

Sortant de l'eau, Kizzy se hâta de s'enrouler dans le tissu et se mit à sautiller pieds nus dans le vent froid. Mira détourna les yeux et je gardai les mains sur mes seins, plus consciente de mon corps que je ne l'avais jamais été, même sous le regard scrutateur de Malovski.

Puis, alors que Kizzy se dépêchait de s'habiller, ce fut à mon tour de sortir de l'eau et je me surpris à vouloir que Mira me regarde. Mais elle n'en fit rien, gardant les yeux fixés sur les champs.

Je m'essuyai tant bien que mal dans le drap mouillé et pris la robe qu'elle me tendait. Elle était bleu marine, comme celle d'Edina, et plus ajustée que nos tenues de cuisine. De nouveau, le calice de la mort changea de poche.

Nos robes étaient resserrées à la taille par des boutons et je fermai ceux de Kizzy avec des doigts tremblants de froid. Avant que ma sœur ait pu me rendre la pareille, les mains de Mira se posèrent sur ma taille, fermèrent les boutons habilement et nouèrent la ceinture écarlate d'un geste adroit. Mais le moment fut bien trop court.

– Vous traînez ! nous lança le garde. Plus vite !

– On arrive, répondit Kizzy en posant ses pieds nus sur la première marche.

Mira soutint mon regard encore un instant, et je vis l'éclat de ses dents entre ses lèvres, et son pouls qui palpitait dans son cou tel un papillon prisonnier. Puis elle se retourna et remonta derrière ma sœur jusqu'à la porte découpée dans la roche.

15

Le vestibule était une salle de dimensions semblables à celles des cuisines, éclairée par un imposant lustre en cuivre, sur lequel des petites coupelles recueillaient la cire fondue à la base des bougies. Il était mieux meublé que le salon de Malovski, avec des divans en bois garnis de coussins et une peau d'ours par terre. J'espérai pour lui que c'était l'ours maltraité dont Malovski avait parlé le premier jour, celui qui avait été mordu par des chiens. J'espérai qu'il avait cessé de souffrir.

Nous nous tenions dessus, et Szilvie fronça le nez lorsque Kizzy se pencha pour caresser la fourrure.

– Des gens ont marché là-dessus, lui signala-t-elle.

Malovski entra quelques minutes plus tard, nous détailla du regard et conclut son inspection par un hochement de tête approbateur.

– C'est beaucoup mieux. Vos mains ?

Kizzy tendit les siennes.

– Bien. Mira, tu te rappelles comment il faut les coiffer ?

Celle-ci acquiesça.

Traversant la pièce, Malovski écarta des tentures de même couleur que les murs que je n'avais pas remarquées jusque-là, et qui révélèrent de longues plaques en métal étincelantes. Des miroirs, plus grands que tous ceux que j'avais pu voir. Je découvris mon reflet dans la robe ajustée, et celui de Malovski, qui luisait tel un spectre.

– Retour en cuisine dès que tu auras fini, aboya-t-elle à l'intention de Mira.

Puis elle sortit en poussant Szilvie devant elle.

Nous étions de nouveau seules avec Mira et j'eus le sentiment de pouvoir enfin respirer librement, comme si les lacets qui me ceignaient la taille s'étaient légèrement desserrés. Une lumière dorée faisait luire les miroirs et je cherchai des fenêtres des yeux, mais il n'y en avait pas. Nous devions nous trouver du côté de la façade non taillée du château.

Tirant un tabouret rembourré d'un coin de la salle, Mira le posa en face d'un miroir et le tapota.

Kizzy s'y assit telle une reine à sa coiffeuse. Mira, derrière elle, passa les mains dans ses cheveux et entreprit de torsader de longues mèches soyeuses pour les nouer en chignon bas sur la nuque de ma sœur, reprenant la coiffure d'Edina et des autres serveuses. Elle restait concentrée sur sa tâche, et Kizzy ne fit pas une seule fois la grimace. Cela ne prit que quelques minutes, puis ce fut à mon tour.

Le contact des mains de Mira dans mes cheveux, de ses doigts calleux qui me massaient le crâne, chauds et attentifs, était un délice. J'observais son reflet sur la surface polie du miroir, l'éclat blanc de ses dents, ses sourcils froncés par la concentration. Elle aussi, dans ce miroir, semblait pâle comme un esprit, mais il n'y avait rien de la cruauté de Malovski dans ses traits. Il y avait une intensité chez elle, une intelligence qui allumait un éclat argenté dans ses yeux, et sa bouche, que je n'avais vue jusque-là que pincée par la douleur, était pleine et colorée.

Battant des paupières, elle croisa mon regard dans le miroir et ses mains hésitèrent dans mes cheveux.

– Tu as besoin d'aide ? lui demanda Kizzy.

Son ton était léger, mais, en détachant les yeux de Mira pour les tourner vers ma sœur, je vis qu'elle plissait le front. Mira s'éclaircit la gorge.

– Non, merci.

Kizzy hocha lentement la tête en continuant à me dévisager d'un air interrogateur, avec quelque chose dans l'expression qui ressemblait à une mise en garde. Le regard de Mira ne croisa plus le mien.

Peu après, elle fixa mon chignon avec une pince. Je me levai et y portai la main. Le chignon était lisse et bien serré, exactement comme celui de Kizzy. Avec ses joues creuses, ma sœur ressemblait plus que jamais à ma jumelle.

– Merci, dit-elle à Mira.

Je vis qu'elle attendait qu'elle s'en aille pour pouvoir me parler. Mais Mira hésita. Elle ouvrit la bouche.

– Soyez prudentes, murmura-t-elle.

– Quoi ? fit Kizzy, un peu rudement.

– Nous devons être prudentes, répétai-je.

Mira hocha la tête d'un air tourmenté. Sans réfléchir, je pris sa main, qui tremblait légèrement.

– C'est promis, dis-je.

Elle hocha la tête de nouveau, puis s'en alla. Kizzy attendit que la porte se soit refermée pour me tomber dessus.

– À quoi tu joues ?

– Moi ?

– Oui, toi, fit-elle en m'enfonçant son index dans la poitrine. À faire les yeux doux à cette Installée.

– Je n'ai jamais fait ça.

– Oh si, et il faut que tu arrêtes. Ce serait déjà assez gênant si c'était un garçon.

– Je n'ai pas… Je ne…

Je me tus. Qu'aurais-je pu dire ? Je ne pouvais pas nier que j'avais observé Mira, avec l'espoir qu'elle me regarderait aussi.

– Arrête, répéta ma sœur en fichant de nouveau son doigt dans mon sternum.

– Aïe, dis-je en frottant le point endolori. Elle est gentille avec nous. Je veux juste l'être aussi.

– Ces gens ne sont pas nos amis.

– Mira n'est pas comme eux.

– C'est une Installée.

– Ils lui ont écrasé la gorge, pour l'amour du ciel !

– Cela ne veut pas dire qu'elle ne nous trahira pas, contra sombrement Kizzy. On ne peut faire confiance à personne, Lillai. C'est juste toi et moi, tu comprends ?

Elle avança la main en écartant les doigts et je collai le bout de mes doigts aux siens, incapable de résister à ce geste qui nous unissait depuis l'enfance.

– D'accord. Juste toi et moi.

La porte s'ouvrit et, malgré la promesse que je venais de faire, j'eus un pincement au cœur en voyant que ce n'était pas Mira mais Edina qui entrait. Elle s'approcha d'un pas vif et tourna autour de nous en haussant les sourcils.

– Alors, comme ça, c'est vous, les jumelles gitanes ? Je me demande bien pourquoi on en fait toute une histoire.

Sachant que Kizzy avait déjà une riposte cinglante au bord des lèvres, je la fis taire d'un coup de coude. Alors qu'Edina passait devant moi, je remarquai que l'une de ses joues était rouge sous la poudre blanche. J'en déduisis que Malovski lui avait fait payer son acte de désobéissance, finalement.

– La journée va être bien remplie, reprit Edina, ne me compliquez pas le travail. Tout le château sortira pour la parade cet après-midi pour accueillir notre invité. Madame veut que vous serviez ce soir au dîner. Le service du déjeuner vous servira d'entraînement. Vous resterez derrière moi. Mais à partir de ce soir, vous serez en première ligne jusqu'à ce que le *boyar* Valcar se lasse de vous. Il aime la nouveauté, mais il s'en fatigue vite.

Un rire bref sortit de sa bouche peinte et crispée.

– Suivez-moi.

16

Restant sur les talons d'Edina selon ses instructions, je tentai de me familiariser en chemin avec le labyrinthe des couloirs. Je me sentais comme un lapin égaré dans des tunnels inconnus. Malovski le renard était hors de vue, mais le fumet de ses menaces flottait dans l'air.

Je ne reconnus rien sur le trajet jusqu'aux cuisines. Dans la grande salle, les marmonnements allaient bon train et je cherchai Bucătar des yeux, avide de retrouver un visage ami. Mais elle ne releva pas la tête de son travail. Alors je me tournai vers Szilvie, Dot et Mira, qui étaient à leur poste habituel. Mira m'encouragea d'un petit signe de tête tandis que je prenais place entre Edina et Kizzy. Sur la table devant nous se trouvait un grand plat rempli de carrés de porc, venant de l'un des cochons abattus dans la cour. L'odeur lourde de la viande grillée imprégna aussitôt mes vêtements propres.

Saisissant le plat à deux mains, je dus bander mes muscles pour soutenir son poids. Le manque d'activité dans le cachot avait affaibli mes bras ; je le hissai à hauteur de ma taille et ressortis derrière Edina avec l'impression d'être une vieille femme de quatre-vingts ans.

J'entendis le souffle nerveux et saccadé de Kizzy tandis que nous approchions de l'énorme porte. Elle fut ouverte par deux gardes dont je m'efforçai d'ignorer les commentaires salaces en avançant, les poignets douloureux. Nous entrâmes dans une vaste antichambre.

C'était le plus bel endroit que j'avais jamais vu, paré des tentures les plus raffinées et tapissé de tiges de jonc odorant. Un brouhaha s'élevait derrière une autre porte à double battant qui se trouvait sur notre droite.

Des voix d'hommes, plus proches de beuglements d'animaux que de réelles tentatives de communication, comme toujours lorsqu'ils sont rassemblés en grand nombre. Ils semblaient déjà ivres à l'heure du déjeuner, et la première chose qui me frappa en entrant fut l'odeur de bière. La deuxième fut la taille de la pièce.

Si notre camp aurait pu tenir dans l'antichambre, cette salle-ci aurait pu abriter un bosquet de dimensions respectables, aux arbres de belle taille. Cinq fenêtres guère plus larges que des fentes étaient disposées en hauteur sur les murs, dispensant des rais de lumière brumeuse qui perçaient la salle comme des lames. Toute la pièce était vivement illuminée aux chandelles.

Les tapisseries, rehaussées de fils d'or, représentaient principalement des scènes de chasse, éclaboussées par de grandes gerbes de sang brodées au coton et à la soie du même rouge que les ceintures des soldats. La vue de ce rouge, venant s'ajouter à l'odeur de la viande brûlée sur le plateau, fit monter un goût de bile dans ma bouche.

Je me mis à claquer des dents, m'efforçant de repousser le souvenir de notre campement en flammes, des ours tués, des proches auprès de qui j'avais grandi gisant dans leur sang, de nos rideaux consumés…

Respire. J'avais oublié d'inspirer, et le vertige me montait à la tête. Pour me calmer, j'avalai par la bouche une goulée d'air infesté de bière. La longue rangée des serveuses se sépara en trois, qui se dirigèrent chacune vers une table. Je me concentrai pour glaner autant de renseignements que je pouvais.

L'une des tables était dressée devant la cheminée. Les hommes étaient assis face à la salle, mais ils étaient trop occupés à rire haut et fort et à trinquer en renversant leurs chopes pour avoir remarqué notre entrée. Il n'y avait pas une seule femme. Les deux autres tables étaient disposées le long des murs perpendiculaires à la cheminée et les hommes y étaient assis sur des bancs de part et d'autre. Les plus proches de la porte se tournèrent et l'un d'eux siffla bruyamment entre ses doigts.

À la table de gauche, je vis le capitaine Vereski. Ses griffures étaient presque guéries et avaient pris l'aspect de traînées brunes. Mais je me réjouis de constater que sa paupière restait enflée et purulente, et que l'œil qu'on devinait dessous était rouge. Il montra les dents sur notre passage et j'accélérais.

Beaucoup d'hommes étaient en tenue de soldat, mais une majorité portaient des habits de nobles, des barbes bien taillées et des gros anneaux d'or aux doigts. Ayant les mains prises par une grande soupière, Edina se servit de son coude pour nous faire signe de la suivre à la table principale.

Cela voulait dire supporter les sifflets et les regards lubriques de toute la salle. Certains semblaient avoir leurs préférences et appelaient des filles par leur nom, mais aucune ne leur répondit. Je suivis Edina en gardant les yeux rivés devant moi et en levant le menton d'un air impérieux, comme elle.

La table principale était surélevée par une estrade. La chaleur du feu était intense même à une certaine distance et je sentis des gouttes de sueur couler dans ma nuque sous mon chignon. J'avais l'impression d'approcher les portes en flammes de l'enfer des Installés.

Je montai sur l'estrade. La chaleur devenait intolérable. Elle me paraissait pire que celle des cuisines, mais c'était peut-être à cause du tissu épais de ma robe et de sa coupe plus ajustée.

La rangée des serveuses se déploya sur la longueur de la table et je faillis lâcher mon plat sur son bois poli, tant mes bras avaient hâte d'être soulagés de leur fardeau.

– Attends, me souffla Edina.

Je hissai de nouveau le plateau au niveau de ma taille et regardai autour de moi entre mes cils pour voir si ma bévue était passée inaperçue.

Non.

– Tiens, tiens, dit l'homme qui était en face de moi.

Il était mince, habillé de noir et de rouge comme les soldats, mais avec goût. Une rangée de boutons élégants en os poli luisait sur sa veste comme des éclats de glace. Ses cheveux étaient rejetés en arrière, et je vis briller son crâne lorsqu'il se pencha en avant.

– Une nouvelle ?

Je glissai un coup d'œil à Edina, mais elle regardait droit devant elle, impassible, la soupière en suspens au-dessus de la table, attendant que les autres soient en position. N'osant pas parler, et ne sachant que faire d'autre, je hochai la tête. Les bras de Kizzy à côté de moi tremblaient aussi. L'homme émit une espèce de ronronnement en la remarquant et ses yeux aqueux firent la navette entre nous deux.

– Ho, ho ! *Boyar* Valcar, avez-vous vu ce que Malovski vous a déniché ?

Ces paroles s'adressaient à un homme assis deux places plus loin. Je vis une large carrure enveloppée de fourrure. Alors que le *boyar* se tournait vers nous, Edina nous donna le signal de poser les plats. Je tâchai de contrôler la descente du plat, mais ne pus l'empêcher d'atterrir avec un bruit sourd, ce qui fit tomber un carré de porc dans la direction de l'homme aux yeux aqueux.

– Pardon, soufflai-je.

Je voulus le récupérer, mais Edina m'arrêta d'une tape sur la main. Avec un gros rire, l'homme tendit la main à son tour, s'empara du morceau et mordit dedans, en respirant par le nez avec des petits bruits de reniflement.

– Des Tziganes ? dit le *boyar* Valcar.

– Des jumelles, précisa son compagnon, la bouche pleine.

Alors, pour la première fois, je regardai le visage de l'homme qui avait envoyé ses soldats chercher des esclaves dans la forêt, qui mettait des filles dans son lit contre leur volonté, qui embrochait des têtes sur des piques et choisissait des offrandes pour le Dragon.

Comme la plupart des monstres, il avait l'aspect d'un homme ordinaire. Sa tête était coiffée d'une étoffe rouge et soyeuse, torsadée avec art d'une façon que je n'avais jamais vue auparavant. Malgré la proximité du feu, il était drapé dans plusieurs couches de fourrure, et je m'aperçus qu'en dépit des apparences ce n'était pas un homme robuste. Il était même aussi maigre que moi, ou que Malovski, avec le même air fiévreux, bien qu'il ne parût pas porter de maquillage.

Soulignés par de grandes ombres, ses yeux bleu pâle semblaient flotter dans son visage étroit. Comme il se tournait pour nous observer, Kizzy et moi, je distinguai un renflement dans son cou, et je compris soudain pourquoi le feu était si nourri, ses fourrures, si épaisses, et pourquoi il était si maigre malgré les festins qui lui étaient servis deux fois par jour.

Il est malade. J'avais déjà vu ce genre de ganglions, sur des cadavres entassés au bord de la route, quand nous passions près des villages des Installés.

Le *boyar* Valcar remonta son col, comme s'il avait lu dans mes pensées. Lui aussi prit un carré de porc et en détacha une côtelette grosse comme un doigt qu'il déposa sur sa main.

– Jolies, commenta-t-il.

Je savais qu'il parlait de nous, et non à nous. Mes poils se hérissèrent sur mes bras. Nous venions de nous jeter dans le nid de la vipère, et en lui apportant de quoi se nourrir.

– Eh bien, monseigneur, vous plaisent-elles ?

Malovski venait de surgir derrière nous et tira mon menton en avant alors que je me retournais vers elle. Je serrai les dents.

Le *boyar* avala sa bouchée avec une grimace. Sa main chargée de bijoux se porta à sa gorge et ses doigts écartés se replièrent sur la protubérance. Puis un éclair de colère s'alluma dans ses yeux lorsqu'il se rendit compte qu'il avait trahi sa faiblesse et il baissa vite la main pour reprendre une autre côtelette.

– Bien sûr, répondit-il à Malovski. Votre goût est toujours irréprochable.

Il détacha délicatement la chair de l'os, uniquement avec ses dents de devant, mais la douleur le reprit lorsqu'il avala. Le spectacle aurait été désolant si je n'avais pas rêvé de lui enfoncer tout le carré dans la gorge jusqu'à ce qu'il s'étouffe.

– Des talents particuliers ?

Alors que je m'attendais à ce que Malovski se lamente sur nos inaptitudes, sa réponse me cloua sur place.

– Celle-ci est une montreuse d'ours. Et celle-là chante, si vous pouvez croire que quelque chose de bon puisse sortir de la bouche d'une Tzigane.

Kizzy vacilla à côté de moi, et je sus que la même question nous torturait l'esprit : comment avait-elle su ?

– Mens-moi encore une fois, me souffla Malovski sous son sourire figé de manière à ce que je sois la seule à l'entendre, et je t'arrache la langue.

Soudain, je compris pourquoi Bucătar n'arrivait pas à nous regarder dans les cuisines. Je repensai à la main de Kizzy qui me pressait le poignet et à ses paroles : *On ne peut faire confiance à personne, Lillai.*

Mon cœur me martelait la poitrine. Bucătar avait dû le dire à Malovski. Je serrai les mains dans mon dos pour les empêcher de trembler.

– Une montreuse d'ours sans ours ne nous sera pas d'une grande utilité, remarqua l'homme qui se tenait juste en face de moi en souriant à Kizzy. Mais je te laisserai essayer avec moi plus tard.

Une vague de rires gras gagna toute la table et je sentis le sol se dérober sous mes pieds. Le *boyar* ne s'y était pas joint. Il m'observait de ses yeux bleus.

– Une chanteuse ? Vas-y, je t'écoute.

C'était comme s'il avait resserré la main sur ma gorge. Malovski m'agrippa le bras.

– Qu'attends-tu, toi ?

J'ouvris la bouche, mais rien ne sortit. Je n'arrivais même pas à parler. Je ne réussis qu'à émettre un miaulement et le *boyar* Valcar ricana.

– Êtes-vous sûre de ne pas vous être trompée, Malovski ?

– Je ne me trompe jamais, répondit-elle en me broyant le bras. Elle chantera pour vous ce soir, *boyar* Valcar. Et pour votre invité, lorsqu'il sera là.

Sa main me brûlait la peau comme un fer rouge.

– Et nous voulons que celle-ci danse, ajouta le *boyar* en désignant Kizzy.

– Nous n'avons plus d'ours, monseigneur.

Il déglutit avec une grimace.

– Alors qu'elle danse seule.

– Ce sera fait, dit Malovski en inclinant la tête.

– Après la parade, précisa-t-il. Veillez-y.

Elle sortit et on nous ordonna de rester. Tandis que le *boyar* emmenait Edina dans sa chambre, nous restâmes dans la salle de banquet, avec ses murs rouges, ses hommes vêtus de noir et ses femmes immobiles et silencieuses, comme dans un cauchemar éveillé, jusqu'à ce que les serveuses reprennent enfin les plats vides et les monceaux d'os et les remportent.

17

En entrant dans notre nouvelle chambre, nous trouvâmes les autres filles en effervescence. Personne ne nous parla directement, mais, d'après ce que je compris, les après-midi étaient généralement consacrés à la préparation de la grande salle pour le dîner. Or, ce jour-là, tout le château devait s'aligner le long de la route qui venait de la ville pour accueillir notre invité.

On nous ordonna de nous coiffer en gardant les cheveux détachés et de resserrer nos ceintures. Avec ses boucles soyeuses qui tombaient sur ses épaules, Kizzy avait retrouvé un peu de ses airs d'autrefois, ce qui fit marmonner les filles. Je crois qu'elles l'auraient volontiers pincée, elle, lorsqu'elles se pincèrent les joues pour les faire rosir.

Nous allâmes nous mettre en place au bord de la route du Nord, par laquelle le *boyar* devait arriver. Serfs ou esclaves, les garçons d'étable et les laboureurs vivaient habituellement à l'écart, et il y eut force coups d'œil entre les hommes et les femmes, qui se croisaient rarement dans la journée. J'eus la joie d'apercevoir Girtie et Reeni, amaigries mais qui semblaient aller bien. J'aurais voulu courir les saluer, mais n'eus que le temps de leur faire un petit signe avant qu'on nous pousse plus loin sur la route. Je ne vis ni Fen ni aucun des autres garçons.

Le passage de Kizzy déclencha des sifflements et des propositions salaces, qui s'étendirent ensuite en cercles autour du point où nous nous glissâmes avec les autres serveuses. Celles-ci écartèrent vivement leurs jupes comme si elles avaient peur que nous les frôlions.

Je tendis la main à ma sœur pour accomplir notre geste rituel, et le contact de ses doigts me réchauffa tout le corps.

Un nuage de poussière fut signalé à l'horizon de la plaine, et le *boyar* Valcar passa pour se rendre à la rencontre de son hôte, sur une jument pommelée, harnachée de noir et de rouge, aux couleurs de ses armoiries. Je la reconnus aussitôt : Orsha, la jument de Dika. Indignée de la voir montée par cet homme, je dus baisser les yeux sur son passage pour cacher ma colère.

Le capitaine Vereski suivait juste derrière lui, plus lentement.

– Quand le *boyar* Valcar reviendra avec son hôte, acclamez-les, vous autres ! Sinon, pas de souper pour vous !

Quelques minutes plus tard, des cris s'élevèrent au bout de la longue rangée des badauds et une troupe de chevaux surgit à l'horizon, trottant à un rythme tranquille. À leur tête chevauchaient le *boyar* Valcar, à la carrure étoffée par ses fourrures, et le *boyar* Calazan. Même de loin, on voyait qu'il était plus grand et plus large. Son cheval mesurait au moins trois mains de plus qu'Orsha.

Lorsqu'il se rapprocha, je fus choquée de constater qu'il était beau, avec ses traits fins, ses cheveux noirs dépassant sous sa toque de fourrure et le collier de barbe bien taillé qui soulignait sa mâchoire. Il portait un écu sur la poitrine : un dragon enroulé autour d'un cœur.

Les serveuses gloussèrent en rougissant et l'acclamèrent avec des cris aigus de fillettes lorsque son regard passa sur elles, mais ce fut sur Kizzy qu'il s'arrêta. Et elle, belle et téméraire, le fixa en retour. Le *boyar* Calazan se pencha vers le *boyar* Valcar pour lui chuchoter quelque chose à l'oreille.

Je cessai de respirer, avec la sensation de me tenir au bord d'un précipice. Allait-elle se faire frapper pour son impudence ? Mais ils poursuivirent leur chemin, et les serviteurs leur emboîtèrent le pas. Kizzy paraissait aussi calme que s'il ne s'était rien passé.

– Viens, dit-elle en resserrant sa ceinture. J'ai besoin de m'éloigner de cette pitoyable parade.

* * *

Je compris ensuite que les serveuses devaient déjà savoir ce qui se tramait, l'ayant sans doute appris par un garde du château, car elles se montrèrent nerveuses tout l'après-midi. Tels des oiseaux, elles vaquaient à leurs tâches en se déplaçant par nuées, dans un ballet qu'elles connaissaient par cœur, bourdonnant de murmures étouffés, se recoiffant, préparant des suppositoires pour être sûres de ne pas tomber enceintes, en gloussant et en jetant des regards frivoles dans notre direction. Leur malveillance n'avait fait que croître, et me nouait la poitrine. Elles attendaient que quelque chose arrive, et j'avais le sentiment que cette chose nous concernait en particulier.

Elles ne se turent qu'à la tombée de la nuit. À l'approche du dîner, Malovski entra dans notre chambre d'un pas pressé, avec une expression presque solennelle.

– Vous deux. Venez.

Elle nous entraîna d'une main de fer dans les couloirs, jusque dans les cuisines. Lorsqu'elle nous poussa à l'intérieur, les filles se redressèrent, leurs regards voletèrent entre nous trois, et le silence tomba, là aussi.

Cherchant Mira des yeux, je la trouvai à son poste habituel. Elle me lança un regard mi-inquiet, mi-interrogateur, auquel je ne pus répondre que par un haussement d'épaules. Bucătar ne se retourna pas vers nous même lorsque Malovski s'adressa à elle.

– Le *boyar* Calazan a réclamé du vin de venin.

Ces paroles firent courir un frémissement général, et je lus la peur dans les yeux gris de Mira.

– Deux pichets.

Alors seulement, Malovski se décida à nous lâcher et je frottai mon bras endolori. Les mâchoires serrées, Bucătar fit un signe de tête à deux filles de cuisine en leur tendant une clé. Sans nous regarder, elles sortirent aussitôt en direction du cellier sombre qui se trouvait un peu plus loin dans le couloir.

Bucătar semblait accablée, le visage creusé par les rides, le teint terni par un voile grisâtre. Une contusion récente dessinait une plaque cendreuse sur sa joue. Malgré la colère que me causait sa trahison, j'eus de la peine pour elle. Elle avait peur, et cela l'avait rendue faible.

J'ignorais ce qu'était le vin de venin, mais la réaction générale n'augurait rien de bon et ne pouvait que m'inquiéter. Cependant, ce que je redoutais le plus était de devoir chanter pour les *boyars* – je n'étais même pas certaine d'en être physiquement capable. Comme si c'était mon cœur qu'on me commandait d'ouvrir en même temps que ma bouche.

Deux bonbonnes en verre remplies de vin furent posées sur la table et la clé regagna la poche de Bucătar.

Puis Malovski ouvrit une petite porte basse à l'aide d'une autre clé attachée à sa ceinture, et toutes les filles se figèrent en la suivant des yeux. Alors que Kizzy allait lui emboîter le pas, celle-ci la repoussa durement.

– Restez là.

Nous nous le tînmes pour dit. Bien consciente des murmures qui nous environnaient comme un bourdonnement de mouches autour d'une carcasse, Kizzy se contentait de regarder devant elle. Je vis que Mira se mordait les lèvres. Elle essaya de me dire quelque chose en articulant silencieusement, mais je ne compris pas.

Malovski revint avec une jarre en argile au creux de chaque bras. Il en sortait une sorte de bruissement, comme des sifflements.

Un vertige me prit.

– Le vin, nous ordonna Malovski.

Dot et Szilvie nous aidèrent à soulever les bonbonnes et j'en calai une fermement sur ma hanche en la tenant entre mes bras. Le vin clapotait à l'intérieur.

– Suivez-moi, ajouta Malovski.

Alors seulement, au tout dernier instant, Bucătar se décida à relever vers nous un visage tourmenté, aux yeux brillants de larmes.

– Vous devriez vous sentir honorées, reprit Malovski. Le vin de venin est une spécialité de chez nous, dont la préparation fait l'objet d'un rituel particulier. Pour cette raison, elle est rarement confiée à des nouvelles. Comme c'est votre première fois, nous allons simplifier.

Kizzy et moi échangeâmes un coup d'œil perplexe.

– Nous avons le temps pour une petite démonstration.

Elle tourna à droite dans une antichambre, située juste en face des marches qui nous avaient conduites dans les profondeurs des cachots. Ce souvenir me fit frissonner. Tout comme notre chambre communiquait avec les cuisines, une trappe en hauteur reliait la petite pièce à la salle du banquet, d'où nous parvenaient les bruits du festin.

Posant les jarres sifflantes, Malovski sortit de sa poche une paire de gants épais.

– Il y a encore deux semaines, tu n'en aurais pas eu besoin, jeta-t-elle à Kizzy en regardant ses mains avec un sourire méchant.

– Madame ?

Le ton de ma sœur était plus curieux qu'effrayé.

– Reculez.

Malovski retourna l'une des jarres et les sifflements s'intensifièrent.

– Madame ? C'est… ?

– Silence quand je travaille. Regardez bien.

Elle ôta le bouchon d'une bonbonne. Puis, avec une intense concentration qui la vieillit en creusant les plis de son front poudré, elle ouvrit la jarre et la souleva, et toute mon attention fut détournée de ses traits sinistres.

Des anneaux luisants se déroulèrent, une langue fusa pour goûter l'air confiné. Le serpent était gros comme un bras d'enfant, et deux fois plus long. Je fus saisie d'une peur incontrôlable, primitive, instinctive. Je connaissais cette espèce, j'en avais vu s'éloigner en ondulant sur le sol de la forêt : une vipère d'Orsini, au dos marqué par un motif de losanges. Le plus souvent, elles s'enfuyaient, aussi effrayées que nous. Mais ici, la seule issue était l'attaque.

Alors que le reptile jaillissait, les mains de Malovski le saisirent à la vitesse de l'éclair. Je reculai, mais Kizzy ne bougea pas d'un cil. Comme si elle se moquait d'être mordue.

La queue du serpent fouetta le bras de Malovski. À sa mâchoire crispée, je sus qu'elle resserrait sa prise tout en approchant le bouchon de la bouche de l'animal. Puis elle relâcha son étreinte un court instant et le serpent mordit en libérant son venin. J'en connaissais assez pour savoir que cette dose pouvait suffire à tuer un chien ou à mutiler un homme. Le membre mordu noircissait et se décomposait.

Le serpent tenta de dégager ses crochets du bouchon, mais Malovski lui bloquait les mâchoires. En le voyant se débattre, je fus saisie d'un élan de pitié pour cet animal pris entre les griffes d'une créature plus grosse et plus forte que lui. Il me semblait partager un peu de sa souffrance et de sa confusion.

Puis Malovski entreprit de glisser sa queue dans le goulot de la bonbonne de vin, et Kizzy demanda :

– Que faites-vous ?

– Je vous montre ce que vous devrez faire ce soir.

Le serpent se tordait dans tous les sens et une sorte de voile ternit ses yeux noirs comme une nappe de brouillard. J'entendis un craquement semblable à celui d'un bris de verre. À force de serrer, Malovski commençait à lui briser la mâchoire. Un goût de bile monta dans ma bouche, amer et brûlant.

– Vous lui faites mal, dit Kizzy sans chercher à masquer sa colère.

– Et alors ?

La queue du serpent était maintenant entièrement immergée dans le vin sombre. Ses écailles pâles frappaient la paroi de verre, comme une vision de cauchemar se cabrant dans le noir. Mes doigts tressaillaient.

De nouveau, ce fut Kizzy qui parla et, de nouveau, je sentis le goût amer de ses paroles dans ma bouche.

– Je ne le ferai pas.

Serrant encore plus fort, Malovski ficha violemment le bouchon dans l'étroit goulot. La queue du serpent battit le vin, une fois, deux fois, avant de s'immobiliser. Kizzy tendit la main comme pour s'emparer de la bonbonne et la jeter par terre. Mais Malovski, de sa main gantée, lui tordit le poignet et ce fut ma sœur qui tomba.

Je m'étais plaquée au mur, en me pressant de toutes mes forces, comme si je pouvais parvenir à me fondre dedans. J'étais incapable de détourner les yeux du serpent.

Kizzy se redressa sur les genoux, la respiration haletante. Le seul autre bruit qui résonna dans la petite pièce fut celui de Malovski qui ôtait ses gants et les laissait tomber par terre.

– Je vous appellerai au moment requis, nous informa-t-elle d'un ton neutre, presque lassé.

Kizzy murmura quelque chose.

– Pardon ? aboya Malovski.

– Je ne peux pas, murmura ma sœur.

– Tu le feras.

Du liquide coulait de la tête écrasée du serpent le long de la bouteille, de la même teinte que le vin. Je déglutis, la gorge nouée.

– Moi, je le ferai, dis-je.

– Lil…

Malovski plissa les yeux.

– Ce n'est pas toi qu'on a désignée pour cela. Et toi, tu dois chanter.

– Mais elle ne peut pas le faire, madame, répondis-je en m'appliquant à prendre un ton respectueux.

En même temps, je cherchai une excuse plausible, hormis le fait que ma sœur était trop douce pour faire preuve d'une pareille cruauté.

– Ses mains ne sont pas encore guéries…

– Elles ne la gêneront pas plus que des gants épais.

Me repoussant rudement, Malovski attrapa de nouveau Kizzy par le bras. Je remarquai qu'elle prenait garde de glisser la main au-dessus des poignets de sa chemise, sans doute pour éviter de laisser des marques visibles.

– Je laisse un garde devant la porte. Tu peux t'entraîner avec l'autre serpent, et je t'en ferai apporter un troisième pour la présentation de ce soir. Quant à toi, ajouta Malovski en projetant le menton dans ma direction, je te conseille de trouver ta voix, ou je pourrais bien te prendre ta langue.

18

Malovski ressortit. J'entendis l'ordre qu'elle jeta rudement au garde derrière la porte et le crissement de la clé dans la serrure.

J'aurais voulu prendre Kizzy par la main et courir jusqu'à avoir les pieds en sang, jusqu'à l'ombre fraîche de la forêt, où les êtres vivants étaient tués vite et avec compassion, où l'ordre du monde ne comprenait ni maîtres ni esclaves. Au lieu de quoi j'aidai ma sœur tremblante à se relever et, lâchement, séchai les larmes sur ses joues.

– Il faut que je m'en aille d'ici, Lil, me dit-elle, si bas que son murmure aurait pu venir de ma propre tête. Je ne peux pas faire cela, je ne peux pas vivre ainsi.

– Tu n'es pas obligée de t'y prendre comme elle, dis-je, en cherchant comment la réconforter. Tu peux tordre le cou du serpent avant, ou le noyer tout de suite.

Les yeux de ma sœur étaient deux puits de tristesse.

– Je préfère encore qu'il me tue.

Son regard passa de l'animal mort à la jarre sifflante dans laquelle était enfermé son pauvre compagnon, déjà condamné.

Je la secouai, plus fort que je n'avais prévu.

– Il ne faut pas penser à cela, Kizzy. Tu n'as pas le droit. De toute façon, il ne te tuerait pas. Il ne ferait que te blesser.

– Il me tuerait si je le laissais me mordre.

Elle porta la main à la base de son oreille, juste sous le lobe, là où l'on voyait palpiter le pouls. J'imaginai les crochets se plantant dans sa peau brune et me demandai s'ils contiendraient assez de venin pour nous deux, avant de repousser cette pensée.

– Il faut qu'on survive à ça, Kizzy. Ensemble.

– Et toi ? répliqua-t-elle, des étincelles de colère dans les yeux. Tu n'arriveras même pas à chanter pour eux.

– Dans ce cas, je ne chanterai pas pour eux, rétorquai-je en sentant ma colère monter en retour. Je chanterai pour mamă, et pour Kem. Je chanterai l'une de nos chansons, un chant de Voyageur, qui ne signifiera rien pour eux. Quant à ton serpent…

Je sortis de ma poche le calice de la mort, tout desséché maintenant, et d'autant plus puissant.

– … on peut le tuer maintenant. Ce sera rapide.

– D'où sors-tu cela ?

– Je l'ai cueilli le jour où on a été enlevées.

– Je t'avais dit de le jeter.

– Je ne t'ai pas écoutée.

– Et tu ne me l'as pas donné, pendant toutes ces nuits où je disais que je voulais mourir, me dit-elle d'un ton de reproche.

Je posai la main sur son bras.

– Tu ne peux pas mourir, Kizzy. J'ai besoin de toi.

– On pourrait empoisonner le *boyar*, fit-elle, les yeux sur le champignon.

– De toute façon, il va mourir. Tu as vu son cou ? Il a la maladie. Et nous ne sommes pas comme eux, Kizzy. Nous ne sommes pas des meurtrières.

– Je pourrais le devenir.

– On peut donner une mort propre à ce serpent. Une mort clémente. Les *boyars* n'en méritent pas autant.

Le visage de Kizzy s'adoucit un peu et un sourire triste creusa ses joues amaigries.

– Tu as plus de courage que tu ne le penses, *dragă*.

Dragă, « chérie ». C'était ainsi que mamă nous appelait. Prenant le calice de la mort, elle le glissa d'un geste vif dans la jarre.

À cet instant, une clé tourna dans la serrure et la porte s'ouvrit avec un grincement qui me fit crisser des dents. Je me redressai, m'attendant à voir arriver Malovski, mais ce fut un garçon qui entra, portant une autre jarre en argile.

Ses cheveux bruns lui tombaient dans les yeux, masquant à moitié sa figure, mais j'aurais reconnu sa démarche indolente entre mille.

– Fen ! s'écria Kizzy.

Il avait la peau plus brune que jamais, hâlée par le labeur en plein soleil dans les champs. Il portait toujours la tunique qu'il avait le soir où nous avions été enlevés, tachée de sang desséché : celui de Kizzy, le mien, et le sien.

Son visage était amaigri, comme celui de ma sœur. Ses joues rebondies avaient fait place à des traits moins familiers, plus âgés, et son expression était grave, comme assombrie par des nuages d'orage.

Mais au son de la voix de Kizzy, un sourire radieux comme un soleil d'été l'illumina, lui rendant un peu de son air d'autrefois. Il se hâta de refermer la porte derrière lui pour nous mettre à l'abri de la curiosité du garde et nous jetâmes les bras autour de son cou. Il sentait la sueur fraîche et l'air pur des champs.

– Doucement ! s'exclama-t-il, mi-rieur, mi-inquiet. Il y a une vipère là-dedans !

Il posa la jarre et me serra contre lui. Puis je fixai mes pieds tandis qu'il étreignait Kizzy, beaucoup plus longuement que moi. Lorsqu'ils se séparèrent enfin, l'air un peu étourdis l'un et l'autre, Fen nous questionna des yeux.

– J'aurais dû me douter que vous aviez quelque chose à voir avec une demande aussi étrange. Qu'est-ce qui se prépare ?

Le sourire de Kizzy s'évanouit.

– Quelque chose de maléfique.

Elle désigna le pauvre serpent mort, flottant dans sa tombe liquide.

Fen fit la grimace.

– Qu'est-ce que c'est que ça ?

– Mon programme de ce soir, répondit Kizzy sans joie. Du vin de venin, commande du *boyar*.

– Du vin de venin ?

Il passa ses paumes calleuses sur ses joues mangées par la barbe, produisant un bruit de tissu éraflé par des ronces.

– J'en ai entendu parler. Ce vin est censé…

Il hésita.

– Oui ? dis-je.

– Être bon pour les hommes, marmonna Fen en évitant soigneusement le regard de ma sœur.

– Ah.

J'avais déjà entendu parler de ces choses ; des hommes qui inhalaient des dents de loup réduites en poudre pour engendrer des fils, qui parfumaient leur miel de venin de guêpe pour gagner en vigueur au lit. Je ne savais pas si elles étaient efficaces, mais tant de cruauté me donnait la nausée.

– C'est pitoyable, commenta Kizzy. C'est tout ce qu'ils ont trouvé pour se sentir puissants ? Faire tuer un serpent par une femme ?

– Je ne savais pas qu'il se préparait ainsi, précisa Fen, presque sur la défensive.

– Oh, tu en as déjà pris ? répliqua Kizzy d'un ton détaché. Pour qui ?

– Non, c'est une boisson réservée à la salle de banquet du *boyar*, lui assura Fen, éludant sa deuxième question. Je comprends pourquoi, maintenant.

Et il jeta un coup d'œil perturbé sur le serpent.

– Comment vas-tu, Fen ? demandai-je à la hâte pour alléger l'atmosphère. Es-tu bien traité ?

– Mieux qu'on ne pouvait l'espérer. Nous logeons tous ensemble dans la même cabane en bordure des champs, Morsh, moi et les autres. C'est la plus pauvre de toutes et le chaume du toit fuit, mais les Installés n'y viennent pas. La nuit, on peut parler librement entre nous. On croise Girtie, et parfois aussi Reeni, quand elles mènent les vaches au pré.

– Vous avez de la chance, remarqua sèchement Kizzy. Nous n'avons revu personne.

– Je sais, répondit Fen d'un ton apaisant. Nous étions tous inquiets. Les filles pensaient que vous travailliez en cuisine ou dans la salle du banquet.

– Nous avons fait l'un et l'autre, dis-je. Mais ce soir, la mission de Kizzy est de divertir.

Il la regarda avec alarme.

– Personne n'a… ? On ne t'a pas fait de mal ?

– Pas dans le sens qui t'intéresse, lâcha-t-elle mesquinement.

– Kizzy ! m'exclamai-je.

Mais Fen leva une main conciliante.

– Je sais que tu es capable de te défendre, Kizzy. Cela ne veut pas dire que je ne m'inquiète pas pour toi et que je ne pense pas à toi.

Elle redressa le menton, plus pointu qu'autrefois.

– Je regrette que tu nous aies apporté ce serpent. Remporte-le.

– Il ne peut pas, Kizzy, protestai-je, exaspérée. Ça lui attirerait des ennuis.

– S'il te plaît, insista-t-elle. Reprends-le, et libère-le.

Je fus choquée de voir que sa lèvre tremblait.

– Kizzy…

– C'est bon, Lil, me coupa Fen en me pressant la main. Je trouverai une explication.

– Mais tu ne vas pas être puni ?

Il haussa les épaules.

– La vie dans les champs n'est pas si horrible. Notre maître ne nous surveille pas beaucoup, et il y a d'autres Voyageurs.

– D'autres esclaves, tu veux dire, rétorqua Kizzy. Ainsi, tu es comme ma sœur ? Tu acceptes ton destin avec la docilité d'un enfant ?

Fen s'immobilisa, si soudainement qu'on aurait dit une statue de pierre, sans l'expression peinée qui passa sur son visage.

– Est-ce ce que tu penses de nous, Kizzy ? Que nous sommes des faibles parce que nous essayons de survivre ?

– Survivre dans quel but ? siffla-t-elle Pour être un garçon de courses ? Tu es un *aurar*, un Voyageur. L'as-tu oublié ?

Bien qu'elle n'eût pas haussé la voix, ma sœur avait soudain paru plus grande, belle et terrible dans sa colère.

À la pâleur de Fen et à la façon dont ses larges épaules s'affaissaient, je vis que son cœur se brisait. Moi aussi, j'étais pétrifiée par la colère de Kizzy et je suffoquai dans la petite pièce comme dans nos cachots privés d'air.

Enfin, Fen déclara en reprenant la jarre :

– Non, je n'ai pas oublié ce qui compte. Tout ce que j'ai fait, tout ce que j'ai enduré, je l'ai fait dans l'espoir de te revoir.

– Je suis désolée de t'avoir déçu, lui répondit Kizzy d'un ton glacial. Ne prends plus la peine de te préoccuper de moi, désormais.

Il hocha la tête. Il n'aurait pas la force d'en entendre davantage.

– Sois prudente, Lil, me dit-il. Si je ne vous revois pas (il jeta un dernier regard chargé de douleur à Kizzy)… restez en vie. C'est le principal.

19

Un silence amer pesait dans l'antichambre lorsque Malovski y fit son retour. Elle semblait préoccupée. Son regard, habituellement acéré, glissa sur nous comme des galets noirs sur de la glace, et elle ne parut pas même s'apercevoir du calme suspect de la vipère dans la deuxième jarre ni de l'absence d'une troisième.

Je pensai au souffle vital dont nous avions privé le serpent, au fait qu'il aurait encore dû être vivant et palpiter dans mes paumes comme un criquet.

– Apportez la jarre et le vin. Ils attendent.

Je m'en voulus de ma lâcheté. J'aurais dû avoir le courage de tenter de sauver ma sœur, de lâcher la bonbonne que je tenais sous mon aisselle et d'essuyer la punition que cela engendrerait.

Mais le plus probable était que rien n'aurait permis de la soustraire aux désirs des *boyars* qui festoyaient en haut : la soif d'un bon spectacle. Ma sœur devait en être un, et la torture du serpent, un autre. Et j'étais l'ombre qui se tiendrait derrière, un simple faire-valoir pour les faire briller, un pur accessoire pour la représentation de Kizzy.

Les yeux fixés sur sa nuque, je lui soufflai mentalement des paroles aimantes, des pensées de force et de réconfort. Peut-être les entendit-elle, car elle se redressa en quittant les étroits boyaux qui couraient sous le château pour des couloirs plus larges et plus lumineux.

Une curieuse odeur flottait dans l'air, incongrue, entêtante et poisseuse. Puis je compris que de la cire d'abeille avait été mêlée à la graisse animale dans les lampes, et me fis la remarque que c'était bien dans le ton du reste : une fine couche de sucre sur de la barbarie. Comme le vin noyant le poison.

– Nous allons entrer par la porte principale, nous annonça Malovski. Comme les font les serveuses. Les artistes arrivent généralement par le côté.

Elle avait dit cela comme si on nous accordait un privilège.

J'en déduisis que les *boyars* avaient souhaité se rincer l'œil le plus possible. Les bruits du festin s'intensifiaient. Le sol était recouvert de joncs qui brillaient par intermittence, comme les troncs des bouleaux que j'avais regardés défiler à travers les barreaux de la cage dans la forêt, et tout semblait ralenti par la lueur vacillante des bougies. Mon sang me martelait les tempes, comme si j'avais bu le vin qui clapotait sous mon bras en guise de dîner. La dispute entre Fen et Kizzy me trottait dans la tête. *Restez en vie. C'est le principal.*

Nous nous arrêtâmes devant la grande porte à double battant ornée de ferrures. Cette fois, elle m'apparut plus comme l'entrée d'une forteresse que comme celle d'une salle de banquet. Je frémis quand Malovski fit signe à Kizzy de prendre la jarre et le vin. Ma sœur cala la première au creux de son bras et saisit la bonbonne dans l'autre main. On lui aurait donné encore moins que son âge à la douce lueur des bougies.

– Toi, suis-la, me dit Malovski. Ta sœur commencera par danser, puis tu chanteras. Ensuite, tu ressortiras avant qu'elle serve le vin de venin.

Elle ordonna au garde d'ouvrir la porte. Il tira sur le gros anneau métallique et le bruit et la chaleur me sautèrent au visage, en même temps que la puanteur des corps sales et du vin tourné.

Je vis le haut plafond déjà trop familier, la salle aux tapisseries de soie chatoyantes parsemées de grands éclats rouges, et plus d'hommes que je n'en avais jamais vu ensemble de toute ma vie – plus d'hommes que je n'en avais vu même ce midi-là. Les visages se tournèrent vers nous et une trêve atténua brièvement le vacarme.

– Mieux vaudrait pour toi qu'il soit satisfait, signala Malovski à Kizzy en la poussant à l'intérieur. Pour toi, et pour ta sœur.

Alors que j'allais entrer, Malovski me barra le passage.

– Laisse-la passer devant.

Obéir à cette injonction me fut aussi naturel que de respirer. Je franchis la porte en croisant les bras sur ma poitrine, et regardai avancer ma sœur, qui m'apparut tout à coup comme une personne séparée de moi, une inconnue : une femme aux hanches rondes et aux cheveux bouclés, à la peau brune et satinée par la lumière du grand feu du *boyar* Valcar.

Elle parcourut la longueur de la salle sans qu'aucun homme ne la touchât, mais c'était seulement parce qu'ils n'osaient pas. Ils n'avaient pas de droits sur elle. Non pas parce qu'elle s'appartenait, mais parce qu'elle était soumise à la volonté du *boyar* Calazan, ce qui la protégeait en même temps que cela la condamnait.

– La voilà ! s'écria Valcar d'une voix aiguë, rendue ridicule par la boisson. La fille que vous avez réclamée, *boyar* Calazan.

Il était assis à la même place qu'au déjeuner, devant la cheminée, à la longue table dont les convives n'occupaient qu'un seul côté, telle une rangée de spectateurs tournés vers l'intérieur pour assister à l'entrée de Kizzy. Le *boyar* Calazan se tenait à sa gauche, du côté du cœur, comme aurait dit la Vieille Charani. À la place d'honneur.

En rejoignant Kizzy, je vis que la table était jonchée de timbales et de jattes. Il y avait des montagnes de feuilles de salade intactes et des os de poulet sur de grandes assiettes. Le plat principal, du porc rôti baignant dans sa graisse, ne tarderait pas à être servi. Mais d'abord, il leur fallait leur divertissement.

Je me déplaçais dans les ombres de la pièce, m'en tenant à l'étroit passage qui séparait le mur de la table du fond. Des serveuses y circulaient aussi, sans se préoccuper de moi, aussi concentrées sur leurs tâches que des souris filant entre les pattes d'un chat pour lui échapper.

Kizzy atteignit une petite table installée pour elle à un mètre de la table principale, drapée d'une nappe aussi blanche que sa robe était noire. Ma sœur eut presque l'air d'une figure religieuse à cet instant, comme une prêtresse devant son autel. Elle se débarrassa de son fardeau et secoua ses boucles brunes, qui chatoyaient à la lumière des bougies comme la soie des tapisseries.

Le *boyar* Calazan prit une inspiration et se pencha en avant, plongeant dans l'ombre son beau visage brutal et lumineux, et la salle se tut.

– Bienvenue, petite. Comment t'appelles-tu ?

– Comme il te plaira, intervint Valcar, la paupière tombante.

Il était ivre, bien plus que son hôte. Des ricanements résonnèrent dans la salle, mais Calazan ne s'y mêla pas.

– Comment t'appelles-tu ? répéta-t-il.

Kizzy leva vers lui un visage sans crainte.

– Mala.

Je manquai une respiration. Le nom de mamă.

– Eh bien, Mala, le *boyar* Valcar me dit que tu danses.

Il lui fit signe de commencer. Alors, elle tourna la tête pour me regarder droit dans les yeux et, comme mamă lorsqu'elle entamait une danse, leva de chaque côté de sa tête ses belles mains, régénérées par les baumes. Avec son menton pointé en avant dans une pose de défi et la sombre concentration qui brûlait dans ses yeux, on aurait presque cru mamă. Elle frappa dans ses mains. Un, deux, trois. Un, deux, trois. Un battement suivi de deux autres plus rapides. Je reconnus le rythme immédiatement.

La sérénade de mamă pour Albou.

Un cri enfla comme une lame de fond dans ma gorge, et je ravalai à la hâte les larmes qui me montaient aux yeux. Les hanches de ma sœur se mirent à tanguer, ses pieds, à piétiner les joncs qui tapissaient le sol dans un bruissement semblable à celui de la pluie, j'ouvris la bouche, et je chantai.

Je m'aperçus à peine que tous les regards se tournaient vers moi avant de revenir sur ma sœur. Je ne me souciai pas des beuglements et des acclamations des hommes lorsqu'elle se mit à tournoyer. Je ne voyais qu'elle, dans sa robe noire, tantôt Kizzy, tantôt mamă, et l'image d'Albou en face d'elle, invoqué par chaque note, chaque tourbillon, chaque frappe du pied. Le chant s'emballait, ralentissait, plongeait et s'envolait, jusqu'à ce qu'il ne sorte plus de moi mais qu'il soit devenu moi. Il faisait crépiter tout mon corps et, malgré les circonstances, je sentis que ce moment était un cadeau et que tout irait bien.

Le chant arriva à sa fin, et Kizzy redevint uniquement Kizzy, la poitrine haletante, le front luisant de sueur. L'espace d'un instant, la salle resta plongée dans le silence, comme dans l'œil de la tempête, puis le *boyar* Valcar se leva en titubant pour applaudir et les hommes autour de nous se levèrent à leur tour pour hululer leur approbation.

Une serveuse me sortit de ma transe en me frôlant sur son passage.

– Pardon, murmurai-je en m'écartant.

Puis je croisai le regard de Mira et je tressaillis.

– Mais… Qu'est-ce que tu… ?

Elle posa un index sur mes lèvres en portant l'autre main sur son cœur.

– Edina m'a fait entrer. Je voulais t'entendre chanter.

Ses yeux gris luisaient de fierté, et je la remerciai d'une pression au poignet. En la voyant s'éloigner et disparaître pour éviter les foudres de Malovski, j'aurais voulu la serrer contre moi pour avoir assisté à ce moment – pour avoir été la seule dans cette salle, en dehors de Kizzy, pour qui j'étais heureuse d'avoir chanté.

Les applaudissements se dissipèrent, remplacés par un silence chargé d'attente. Je compris qu'ils attendaient ce qu'on leur avait promis : le vin de venin. Mais ma sœur n'esquissa pas un mouvement vers la jarre. Elle avait repris son souffle et se tenait très droite, immobile.

– Allez, finit par lancer le *boyar* Valcar de sa voix avinée. Où est le serpent ?

– Je vais lui en montrer un, moi, de serpent ! cria une voix à la table.

Le voisin du *boyar* Calazan se leva, et je reconnus l'un de ceux que j'avais déjà servis au déjeuner. Encore plus ivre que Valcar, il s'avança d'un pas titubant sous les rafales de rires, en défaisant sa ceinture. Horrifiée, je plaquai une main sur ma bouche, au milieu des sifflements et des huées. Soudain, il y eut un éclair métallique et une flaque sombre se répandit sur la cuisse de l'homme.

Je crus d'abord qu'il avait mouillé son pantalon, avant de voir la dague dans le poing du *boyar* Calazan. Il n'avait pas bougé. Seule sa main avait jailli avant de se rétracter, tel un serpent qui frappe. Il ne tourna pas même la tête quand l'homme s'affala en gémissant, la cuisse ensanglantée.

Les autres, tout imbibés de boisson, furent encore plus longs à comprendre que moi. Mais soudain, ils se levèrent d'un bloc dans le chuintement des lames qu'on dégaine. Je me précipitai vers ma sœur et la tirai par le bras, elle prit la jarre et nous filâmes à travers l'atmosphère d'orage vers la sortie. Campée à la porte, Malovski nous bloqua le passage en nous faisant signe d'attendre.

– *Boyar* Calazan… Que signifie… ?

Valcar clignait les paupières d'un air hébété, regardant à tour de rôle le blessé qui geignait et son hôte impassible.

– Je… reprit-il, ayant visiblement du mal à trouver ses mots.

Puis il porta la main à sa gorge enflée et se tourna vers ses hommes, qui serraient leurs dagues dans leurs poings.

– Je pense qu'il vaudrait mieux que tu partes, Calazan.

– C'est bien mon avis, répliqua ce dernier en essuyant posément sa lame avant de la rengainer. J'ignorais que ta cour s'était laissée aller à une telle lubricité, Valcar. Je ne manquerai pas d'en informer le *voïevod.*

La menace flotta dans l'air comme une épée.

– Ce ne sera pas nécessaire, bredouilla Valcar en lui tendant sa main à serrer dans un geste d'apaisement. Tu es le bienvenu aussi longtemps que tu le souhaiteras. Pardonne cet instant d'égarement.

Puis, se tournant vers ses hommes :

– Rangez vos armes.

Des marmonnements réticents se répandirent dans la salle.

– Rangez-les, vous dis-je, insista le *boyar*, d'un ton trop mal assuré pour être autoritaire. S'il te plaît, oublions ce regrettable incident.

Mais le *boyar* Calazan se leva.

– Je m'en vais, Valcar.

– S'il te plaît, Calazan ! Dis-moi ce que je puis faire pour t'être agréable.

– J'emmène la fille. Le *voïevod* a besoin d'une dresseuse d'ours.

Glacée par ces paroles, je me tournai vers Kizzy. Il ne pouvait pas faire cela. Elle serrait la jarre contre sa poitrine, les yeux perdus au loin. Malovski se rapprocha pour nous repousser dans la salle.

– Nous avons déjà fait notre offrande, voulut objecter le *boyar* Valcar.

Un regard de son invité le fit taire.

– Bien sûr, rectifia-t-il. Bien sûr, prends-la et oublions ceci.

Il se leva en agrippant la cape de Calazan.

– Nous verrons, dit celui-ci.

Contournant la table, il traversa la salle et je le regardai approcher, vissée sur place, avec l'impression que sa large carrure bouchait tout le reste.

Parvenu devant nous, il s'arrêta. L'emblème du dragon parut onduler sur sa poitrine. Kizzy tremblait, maintenant, la jarre du serpent toujours serrée contre son cœur. Du vin avait débordé et coulé sur ses manches.

– Viens, petite, lui dit-il, d'une voix d'autant plus répugnante qu'elle était presque douce. Nous ne manquons pas d'ours à Ardeal. Nous avons même un ours blanc, arrivé il y a peu de la forêt.

Mon cœur s'était mis à battre très vite.

– Un ours blanc ? murmura Kizzy.

Au coup d'œil qu'elle me glissa, je devinai que nous pensions la même chose. Les ours blancs étaient aussi rares que des lunes rouges. *Albou.*

– Y avait-il quelqu'un avec lui ?

Calazan chassa sa question d'un geste.

– Chez le *voïevod*, je te promets qu'aucun homme ne s'imposera à toi. Chez nous, les filles sont libres de choisir qui elles veulent.

– Ma sœur doit venir aussi, déclara Kizzy.

Ma poitrine se gonfla de fierté qu'elle ait l'audace de négocier avec cet homme.

Mais le *boyar* secoua la tête.

– Nous n'avons pas besoin d'elle.

– Alors je ne pars pas.

Cependant, je savais qu'elle cherchait seulement à gagner du temps. Si Albou l'ours blanc était captif dans l'antre du Dragon, elle devait y aller, bien sûr.

Mais les réserves de patience du *boyar* Calazan étaient épuisées. Aussi vivement qu'il avait planté sa dague dans la cuisse de son voisin, il agrippa les cheveux de Kizzy et l'entraîna. Ma sœur étouffa un cri en lâchant la jarre, et le serpent tomba lourdement par terre. Le calice de la mort avait fait son œuvre.

Je voulus m'élancer derrière eux, mais Malovski fit signe à un garde de me retenir. Des bras m'écrasèrent la poitrine, mon cœur battait comme un oiseau affolé.

– Du calme, ou je cogne, fredonna la voix de Vereski à mon oreille.

Il me fit tomber en avant en me portant un coup à l'arrière des genoux et je m'entaillai sur les tessons de la jarre brisée, tandis qu'il m'immobilisait en appuyant le coude sur mes reins. Je me débattis en me traînant sur les débris, les mains tendues vers Kizzy, mais les hommes de Calazan se replièrent autour d'elle comme une chape de nuit.

On me fit baisser la tête, les portes de la salle de banquet se refermèrent sur le tumulte provoqué par le départ de Calazan, et la poigne de Vereski finit par me faire basculer dans le noir.

20

Le capitaine Vereski m'éloigna de la cohue.

Je supposai que nous suivions Malovski, et me préparai mentalement à un nouveau séjour au cachot. Mais en relevant les yeux, je vis que nous avions dépassé le petit escalier qui y menait, et le tournant vers la chambre des serveuses, et le vacarme des cuisines, et que nous nous dirigions vers la porte du fond. Je ne voyais plus Malovski.

Vereski empestait la bière. Il me tirait trop vite et mes pieds dérapaient sur les joncs sales. Depuis la torpeur dans laquelle m'avait jetée le choc, je m'aperçus confusément que ma main me piquait et que je saignais, et me rendis compte qu'elle tenait un objet aux arêtes tranchantes. En débouchant dans la cour sombre et pavée, je serrai le poing dessus et laissai échapper un cri de douleur.

– Silence ! gronda le capitaine.

Me tirant vers la gauche, il me fit franchir une porte grinçante. Je sentis une odeur de litière et de foin et j'entendis le souffle d'un cheval. Je clignai les paupières dans la pénombre.

– Au moins, dans le noir, je peux m'imaginer ce que je veux, pas vrai ?

Tandis que sa lourde masse s'affalait sur moi, je compris tout à coup dans quel but il m'avait soustraite à la vue de Malovski pour m'amener ici. Ma main se replia sur l'objet coupant. Je sentis des bordures acérées et une texture un peu granuleuse : c'était un tesson de la jarre du serpent.

Puis la boucle de ceinture de Vereski cliqueta dans le noir, et ce bruit fit monter un goût de cuivre dans ma bouche, comme si elle se trouvait réellement entre mes dents. Mon esprit voulut m'entraîner loin de là, loin de mon corps. Il n'y aurait pas de honte à cela. Comme le disait Fen, le principal était de survivre. Puis je me rendis compte que je ne pouvais pas renoncer, pas maintenant, au moment où Kizzy était emportée chez le Dragon, où elle allait retrouver notre ours, et peut-être notre frère. Cet homme ne se contenterait peut-être pas de me forcer, et je ne laisserais personne prendre ma vie.

J'avais toujours le goût métallique de la peur dans ma bouche, mais je le façonnai en quelque chose de dur et de brillant. Alors que ses mains enserraient ma tête, j'approchai le tesson de la jarre de son entrejambe dénudé. Puis, quand sa langue chargée de bière me râpa la joue, je frappai.

– *Căcat !* cria-t-il en s'effondrant de tout son poids sur moi.

Je le repoussai et m'emparai de son épée, suspendue à la ceinture qu'il venait de laisser tomber. Je jetai le morceau d'argile tout poisseux de sang pour m'emparer de l'arme. Cela me ramena au jour de l'incendie, celui où j'avais brandi la hache de mamă avec une force que j'ignorais posséder jusque-là.

Et je frappai aveuglément dans le noir, jusqu'à ce que Vereski n'essaie plus de se relever. Les chevaux s'étaient mis à hennir, de plus en plus fort, couvrant bientôt ses gémissements mêlés de gargouillis. J'avais la sensation que mon corps s'était séparé de mon esprit tandis que je continuais à lever l'épée pour l'abattre encore et encore dans l'obscurité.

Brusquement, de la lumière se déversa dans l'écurie. Je fis volte-face sans abaisser l'épée…

Mais ce n'était pas un garde, ni Malovski, mais Mira et Bucătar qui se tenaient sur le seuil. Je lâchai l'arme, qui rebondit avec un bruit sourd sur les pavés couverts de paille. Une violente nausée m'assaillit, aussitôt suivie d'un vertige. Les grands yeux de Mira tombèrent sur la masse qui gisait à mes pieds, puis, alors que j'allais suivre son regard, Mira prit mon visage entre ses mains pour m'en empêcher.

– Non, dit-elle. Non.

– Il est mort ? murmurai-je.

Mais j'entendais encore les gargouillements de sa respiration entravée par le sang. Je ne pouvais pas le laisser agoniser. Comme je me penchais pour reprendre l'épée afin de la ficher entre ses côtes, Mira arrêta mon geste. Mon regard resta rivé sur son visage tandis qu'elle s'agenouillait et serrait les mains autour du cou de Vereski. Elle plissait les yeux, mais son expression était calme, presque paisible. Ses doigts forts eurent vite fait leur œuvre.

La respiration bouillonnante cessa, et le silence explosa dans mes oreilles.

– Que s'est-il passé ? murmura Bucătar d'une voix tendue. Nous l'avons vu te traîner dans le couloir.

– Je…

Je me mis à trembler, si fort que je crus que j'allais tomber.

– Je…

Bucătar referma la porte de l'écurie derrière elle, nous plongeant dans une obscurité chargée de l'odeur cuivrée du sang.

– Il t'a touchée ? Il t'a fait du mal ?

– Non, répondis-je d'une voix brouillée par les larmes. Il a essayé… et je l'ai poignardé.

Soudain, l'horreur de ce qui venait de se produire résonna comme un tambour dont l'écho se propagea dans tout mon être. La nausée monta de nouveau et je vomis, soutenue par Bucătar qui me caressait les cheveux.

– Il l'avait mérité, me murmura-t-elle fermement à l'oreille, avec un venin qui me glaça le sang. Mais ils ne laisseront pas sa mort impunie. Tu dois partir tout de suite. Tout le monde l'a vu t'emmener. Je dirai que je l'ai vu sceller un cheval et te conduire dans les champs.

La voix de Bucătar et le plan qui se formait dans sa tête me sortirent de ma torpeur.

– Je viens avec toi, déclara Mira.

– Mira, rien ne t'oblige à…

– Je ne resterai pas ici, me coupa-t-elle en glissant sa main dans la mienne. Laisse-moi t'accompagner.

Je crachai par terre pour me débarrasser du goût acide que j'avais dans la bouche et hochai la tête. Bucătar acquiesça à son tour.

– Je dirai qu'il t'a enlevée et que Mira est partie à pied à ta recherche. Malovski n'aura pas de mal à le croire. Vereski n'était qu'une brute, et tout le monde le savait.

– Mais où irons-nous ? demandai-je.

– Pas vers le sud. Ce sont les terres du *boyar* Valcar sur des lieues et des lieues. Pas vers le nord, c'est là que se trouve le domaine du Dragon. Partez vers l'ouest, vers les forêts, ou vers l'est, en direction de la mer. Vous y trouverez des Voyageurs. Des Voyageurs libres. Mais vous allez devoir chevaucher au grand galop pour aller le plus loin possible avant que le jour se lève.

Bucătar entrouvrit la porte pour laisser entrer un peu de la lueur de la lune. Les chevaux se cabrèrent et je vis Orsha, la jument de Dika. Je posai une main sur ses naseaux et elle se calma.

Bucătar nous aida à la seller. Le harnachement des Installés, rigide et bardé de métal mordant, me paraissait cruel en comparaison de nos selles souples. Nous jetâmes une vieille couverture sur le dos de la jument pour la protéger et je laissai la cravache, dont la simple vue me répugnait.

– J'aurais voulu avoir le temps d'aller vous chercher de quoi manger, dit Bucătar d'un air agité. Mais Malovski risque d'arriver d'un moment à l'autre.

– Ça ira.

Je posai une main sur son épaule et elle posa la sienne dessus, dans le geste de remerciement des Voyageurs.

– C'est le moins que je puisse faire, reprit-elle d'une voix brisée. Pardonnez-moi de vous avoir trahies.

– Je vous pardonne et je vous remercie, ma tante, dis-je doucement. Vous pourriez venir avec nous.

Mais elle secoua tristement la tête.

– Je ne saurais plus comment vivre libre, aujourd'hui.

Mira se hissa sur le dos de la jument et je montai derrière elle, toujours en évitant de regarder le corps de Vereski. Bucătar prit les clés à sa ceinture, s'assura que la cour était déserte et nous conduisit jusqu'à la porte, qu'elle déverrouilla.

Il n'y eut pas de temps pour de vrais adieux. Elle laissa les clés dans la serrure et la porte entrouverte, pour faire croire à un départ précipité de Vereski. Nous traversâmes la ville plongée dans les ténèbres, prîmes la route en pente raide qui descendait en spirale autour de la colline, passâmes devant la maison de Malovski et franchîmes les remparts, et, pendant tout ce temps, je ne cessai de me demander ce que Bucătar ferait du corps.

J'espérais qu'elle le brûlerait, comme il l'avait fait à ma mamă, obligeant l'âme de Vereski à errer pour l'éternité. Si ce n'était qu'ici, dans ce pays sans arbres, il n'y aurait pas de *iele* pour l'emmener. Il resterait seul et sans attaches, à tout jamais.

21

Une fois que nous atteignîmes les vastes plaines sillonnées de labours, aux monticules de terre entaillée et retournée, je me permis enfin de respirer librement pour la première fois depuis que ma sœur avait été emmenée hors de la salle de banquet.

Les pensées se bousculaient dans ma tête, sans que je parvienne à donner du sens à aucun des événements de la soirée. J'avais chanté, Kizzy avait dansé, et voilà que nous étions jetées chacune dans une direction différente, comme si accomplir notre destin avait rompu le lien de toute une vie.

Et je venais de me tracer un nouveau destin. J'étais une meurtrière. Le mot ne cessait de grossir, murmuré dans ma tête dans un souffle laborieux et écumant. Je collai l'oreille au dos de Mira en tournant l'autre au vent.

J'avais passé les bras autour d'elle et ses côtes saillantes me sciaient les poignets. Elle montait avec aisance, guidant la jument sur la route par laquelle j'étais arrivée un mois plus tôt. À l'orée de la forêt, nous aurions à choisir notre route dans plus d'un sens.

Je savais qu'il me faudrait lui dire au revoir. Mira devait gagner la mer, ou les forêts sans fin dont Bucătar avait parlé. Quant à moi, une seule route se présentait à moi, celle-là même sur laquelle ma sœur était emmenée, vers Albou et Kem. Vers le Dragon.

Je levai les yeux vers la lune, voilée par des nuages à la course rapide. J'avais eu la vie d'une Voyageuse pendant dix-sept ans moins un jour, puis celle d'une esclave durant un mois. Qu'étais-je maintenant ?

Une meurtrière.

Ici et là, des souches d'arbres surgissaient dans le noir et, entre elles, des cabanes et des maisons dont je savais par Fen qu'elles hébergeaient les laboureurs. Il nous avait dit que la vie était moins dure dans les champs, et je le constatais de mes yeux. Ici, il y avait l'air frais, et l'abri de la nuit pour préserver un peu de liberté. Des silhouettes parlaient doucement, sans se préoccuper de notre présence : des amoureux ou des amis, à qui l'obscurité offrait des moments de réconfort.

Nous passâmes devant la maison du Blaireau, sombre et silencieuse, et les habitations se firent de plus en plus vétustes et chancelantes, prenant des allures de chiens craintifs avec leurs poutres bancales et leurs murs affaissés. De la lumière filtrait par le chaume et les parois de la dernière cabane.

Je me redressai, coupant le souffle à Mira par mégarde en resserrant mon étreinte autour de ses côtes.

– Pardon, dis-je. On peut s'arrêter ? Je n'en aurai pas pour longtemps.

Elle tourna la tête et fronça les sourcils.

– S'il te plaît. Rien qu'un petit instant.

Elle mit Orsha au pas, inspecta les alentours, puis s'arrêta. Je me laissai glisser lourdement à bas de la jument, et l'odeur de glaise qui s'éleva du sol me donna envie de tomber à genoux et d'enfouir le visage dans la poussière. Même domestiquée, cela restait de la terre, séchée par le soleil et nourrie par les pluies.

Alors que je commençais à me diriger d'un pas pressé vers la maison d'où fuyait de la lumière, Mira me souffla une mise en garde, mais je l'ignorai.

– Si quelqu'un nous interroge, toi ou moi, répondis-je, pars au galop sans te retourner.

Elle leva les yeux au ciel pour me signifier qu'elle ne partirait jamais sans moi, et cela me réchauffa le cœur.

Des voix me parvinrent de l'intérieur, des voix familières, que j'avais maintes fois écoutées au coin d'un feu de camp. En fermant les yeux, j'aurais presque pu me croire de retour dans la forêt, remplacer les souches par de vieux chênes et les sillons labourés par des fleurs sauvages. Mais je n'avais pas le temps de me laisser aller à la nostalgie.

Je frappai deux fois sur le bois rugueux de la porte. Elle était faite d'un assemblage de chutes de bois superposées, comme des mains aux couleurs de peau différentes. Les voix s'interrompirent brusquement. Des murmures étouffés s'élevèrent comme des petits nuages de vapeur, et je lançai à travers la porte :

– Fen ? C'est Lil.

La porte s'ouvrit si vivement que je basculai à l'intérieur. Avant que j'aie pu retrouver l'équilibre, une forêt de bras se replia sur moi et des rires tintèrent à mes oreilles.

– Lil !

Déjà, Morsh m'agrippait la taille de toutes ses forces. Derrière l'amas des garçons qui se pressaient autour de moi, dans les odeurs mêlées de sueur et de poussière, je distinguai une pièce carrée, au sol entièrement recouvert de paillasses, et, au centre, situé dangereusement près des matelas, un brasero sur lequel grillaient des lapins écorchés, à la peau rose et aux yeux blancs.

Soudain, un vertige me prit. L'éclat des yeux de Vereski dans l'obscurité de l'écurie…

– Laissez-la respirer !

Ramenée à l'instant présent par la voix rieuse de Fen, je m'extirpai de l'accolade de mes frères Voyageurs, qui reculèrent autant que le leur permettait le petit espace. Presque aussitôt, leurs cris de joie firent place à des murmures effrayés. Fen s'avança, le front plissé.

– Lil, tu saignes ! s'exclama-t-il en posant la main sur mon visage.

Je la repoussai doucement.

– Ce n'est pas mon sang, dis-je d'un ton détaché, qui ne reflétait pas mes sentiments.

Je ne voulais plus penser à Vereski, au sang, aux gémissements, à la sensation de l'épée à chaque coup que je portais… *Non.*

– Fen, il faut que je te parle.

Il m'accompagna dehors sans hésitation et referma la porte sur les visages inquiets de nos amis. Mais le triste état de la porte rendait assez vaine ma tentative de nous ménager un peu d'intimité, et je lui fis signe de me suivre plus loin, dans le noir.

– C'est Kizzy ? demanda-t-il, la voix nouée par la peur.

Soudain, il remarqua la présence d'Orsha et de Mira et se raidit.

– Tout va bien, dis-je. C'est une amie.

– C'est une Installée.

– Une amie.

Ils s'observèrent un instant, puis Fen ramena son attention sur moi.

– Où est Kisaiya ?

J'ignorais ce qui se passait dans sa tête, mais si ce que j'avais à lui apprendre n'était pas le pire qu'il puisse redouter, la nouvelle n'était pas bonne, et je ne voyais pas comment l'adoucir.

– Elle a été emmenée par l'hôte de Valcar, le *boyar* Calazan.

Un muscle de sa mâchoire tressaillit.

– Où ?

Je pris une inspiration hachée.

– Dans le Nord.

Il réfléchit, et je devinai qu'il cherchait à s'orienter.

– Chez le *voïevod*.

– Le Dragon ? fit-il d'une voix rauque.

Il ferma les yeux en crispant les paupières et secoua la tête.

– Ce n'est pas possible…

Je posai une main apaisante sur son bras, aussi contracté que le pauvre serpent lorsqu'il s'était préparé à mordre le bouchon.

– Albou et Kem sont là-bas. Ils l'ont emmenée parce qu'ils ont besoin d'une *ursar*.

– Pas pour être esclave ?

Je savais à quoi il pensait, quelle sorte d'esclave il craignait qu'elle ne devienne.

– Non. Mais ils l'ont quand même emmenée de force, repris-je. Je vais la retrouver.

– Avec elle ?

Fen désigna Mira qui scrutait la route, tandis que la jument broutait l'herbe en bordure du champ.

– Non, j'y vais seule.

– C'est dangereux.

– Pas plus que ce que je laisse derrière moi.

Regardant la masse du château posée sur sa colline, je fus prise par l'envie violente de fuir le plus vite et le plus loin possible pour ne jamais le revoir.

– Dans ce cas, je viens avec toi, déclara Fen. Une fille seule éveillerait les soupçons.

Je m'étais attendue à cette réaction, et ma réponse était toute prête.

– Si tu pars avec moi, cela rendra notre histoire moins crédible.

– Quelle histoire ?

Je lui parlai brièvement de l'agression de Vereski et de l'intervention de Bucătar. Je ne mentionnai pas le pire, mais je suis sûre qu'il comprit, car il fixa mon visage taché de sang et me prit la main.

– Je viens avec toi, Lil. Même si tu refuses, je viendrai. Il y a des mules dans l'enclos à côté, et elles sont puissantes, bien qu'elles ne soient pas rapides. J'ai ma préférée. Je l'ai appelée Dorsi.

Nous échangeâmes un sourire triste à la pensée de l'ours tué, puis Fen redevint grave.

– Je dois y aller. Moi aussi, je veux sauver Kizzy.

Je savais qu'aucun argument n'aurait pu le dissuader. Pour Kizzy, nous aurions fait n'importe quoi l'un et l'autre. Et, en réalité, j'étais profondément soulagée à l'idée qu'il m'accompagne.

– Très bien, cédai-je. Mais que vas-tu dire aux autres ?

– Rien. Moins ils en sauront, mieux ça vaudra pour tout le monde. Ainsi, ils n'auront pas à mentir.

Il alla chercher la mule tandis que je rejoignais Mira. Elle avait amené la jument au niveau d'un montoir, mais ne tendit pas la main pour m'aider à me remettre en selle. Son expression était glaciale et elle se raidit lorsque je passai les bras autour de sa taille.

– Qui est-ce ?

– C'est Fen. Il vient avec moi.

Elle me répondit par un grognement, mais fit patienter Orsha jusqu'à ce que Fen arrive sur une mule robuste, mais trop petite pour lui. Il était obligé de plier les genoux, ce qui lui donnait une allure ridicule. Mira étouffa un petit ricanement en lançant la jument au trot.

– Ralentis, lui dis-je à l'oreille.

Mais elle se pencha en avant pour éviter le contact de mon visage, et ne ralentit que lorsque nous atteignîmes l'abri bienvenu des arbres.

– Arrête-toi, dis-je en essayant de lui prendre les rênes.

Cette fois encore, elle éloigna ses mains dans un geste de colère, avant de sauter à bas de la jument et de filer entre les arbres. Je vis ses poings blancs se serrer dans la pénombre.

– Mira ?

Ma voix l'arrêta, mais elle ne se retourna pas. Je descendis de cheval à mon tour et tins les rênes d'Orsha pour attendre Fen.

Bientôt, j'entendis le souffle lourd de sa mule et il apparut dans le noir. Il sauta à terre en jetant un regard furieux en direction de Mira, qui nous tournait le dos.

– Que se passe-t-il ?

Je haussai les épaules.

– Avançons un peu dans les bois, au moins jusqu'au premier carrefour. Ce serait plus prudent, au cas où on nous aurait suivis.

Il acquiesça d'un signe de tête, et nous repartîmes à pied pour laisser Dorsi se reposer un peu. Mira marchait quelques pas derrière nous. Je n'arrêtais pas de me retourner, mais elle gardait obstinément les yeux baissés et je ne voyais que son crâne aux cheveux ras qui luisait au clair de lune.

J'étais habituée aux bouderies de Kizzy, et j'en devinais généralement la cause. Or, je n'arrivais pas à comprendre ce qui poussait Mira à se comporter ainsi avec Fen, mais le moment était mal choisi pour tenter d'éclaircir le mystère. Je voulais d'abord m'enfoncer dans le couvert des bois.

Dès que Dorsi cessa de souffler, nous nous remîmes en selle et repartîmes au galop. Les battements de mon cœur s'apaisaient un peu plus à chaque foulée. À cet endroit, la forêt était clairsemée et malade, les troncs et les fourches des branches mangés par les moisissures, mais il y avait des feuilles au-dessus de ma tête pour la première fois depuis des semaines, et des racines qui ridaient la terre sous mes pieds. Et cela me faisait le même effet qu'une bénédiction de la main de la Vieille Charani, apaisant et familier.

Peu à peu, les bois s'épaissirent et nous finîmes par arriver à une bifurcation. Un des chemins allait vers l'est tandis que l'autre se poursuivait tout droit.

Vers le Nord.

Sur le conseil de Fen, nous menâmes les montures à l'écart du chemin, dans une trouée assez grande pour qu'elles puissent se tenir côte à côte, et Mira nous suivit.

– Tu vas bien ? lui demandai-je.

Je tendis la main vers elle, mais elle resta à distance. Puis je les désignai l'un et l'autre.

– Fen, je te présente Mira. Nous travaillions ensemble en cuisine. Mira, Fen fait partie de ma famille de Voyageurs.

– Frère ? fit-elle.

Fen fronça les sourcils. Je la comprenais sans peine, mais lui n'était pas accoutumé à son murmure rauque.

– Elle demande si tu es mon frère.

– Dans un sens, oui, répondit-il. Nous avons grandi ensemble.

– Il espère le devenir pour de vrai, ajoutai-je en souriant à Fen.

Je sentis qu'il était gêné, mais il ne pouvait pas ignorer que son amour pour ma sœur n'était un secret pour personne.

– Kizzy ? demanda-t-elle en se tapotant la poitrine à l'endroit du cœur.

– Oui, répondit Fen, qui avait compris. Kizzy.

Le visage de Mira s'éclaira.

– Bien.

J'évitai de la regarder, mais la chaleur me monta aux joues. J'avais le cœur lourd de devoir lui dire au revoir.

– Nous devons continuer vers le nord, Mira. Fen et moi, nous devons essayer de délivrer Kizzy.

– Je sais, me répondit-elle d'un ton presque léger.

Le fait qu'elle ne semble pas très affectée par notre séparation me causa un pincement au cœur.

– Cela ne t'ennuierait pas trop que Fen et moi prenions la jument ? demandai-je. Elle aura moins de mal que la mule à nous porter tous les deux.

Elle me fixa de ses yeux d'orage.

– Nous pouvons la monter toutes les deux.

– Nous ? fis-je en clignant bêtement les paupières.

– Oui.

Je n'osais pas encore espérer.

– Toi et moi ? Tu viens avec nous ?

Elle leva les yeux au ciel.

– Oui ! Elle n'est pas très maligne, hein ? ajouta-t-elle avec malice à l'adresse de Fen.

Celui-ci lui répondit par un large sourire.

– Je prendrai la mule. Ça ne me dérange pas.

– Tu ferais mieux d'aller jusqu'à la mer, dis-je à Mira. Ce sera dangereux dans le Nord.

– Je ne sais pas nager.

– Ou dans les montagnes.

– Mes parents sont morts, dit-elle, d'un ton qui rejetait toute compassion. Et vous allez avoir besoin de toute l'aide possible.

– Mais tu n'es pas obligée de…

– Je sais, me coupa-t-elle en levant le menton d'un air décidé.

Son cou luisait dans le noir comme l'intérieur d'un coquillage, et elle prononça la suite en grimaçant sous l'effort, mais très distinctement :

– Je te le jure, Lillai. Je ne ferai plus jamais rien que je ne veuille pas faire, jamais.

22

Nous nous enfonçâmes dans le noir. Chaque pas me libérait un peu plus de l'horreur de cette soirée, remplacée par l'ivresse de me retrouver dans la forêt, d'avoir des amis à mes côtés et un voyage devant moi. L'appréhension de ce que me réservait l'avenir pouvait attendre : cette nuit-ci, je savourerais ma liberté, sans laisser ma joie gâchée par la pensée de ce que j'avais laissé derrière moi dans l'écurie.

La route serait longue jusqu'à Ardeal, mais ne présentait pas de difficultés.

Le fait que l'on puisse passer du pays libre aux terres du *voïevod* sans le savoir, faute de frontière visible, avait toujours été une source de malaise et de crainte pour la Vieille Charani.

« Ce n'est pas normal, c'est sournois, disait-elle. Son domaine devrait être cerné par des montagnes aux pics acérés comme des crocs, pour nous prévenir lorsque nous nous jetons dans la gueule de la bête. »

Or les mâchoires voraces qui lui avaient arraché la vie étaient celles d'un autre monstre. J'avais tué cet homme-là de mes mains, et son maître se mourait de maladie. C'était une mince consolation. Mais j'avais remarqué – et je savais que Fen s'en était aperçu aussi – que notre trajet nous ferait passer tout près de là où nous avions vu nos familles pour la dernière fois, tout près du lieu de l'incendie.

En y repensant, la Vieille Charani n'aurait pas pu prévoir que le *boyar* Valcar avait suivi l'exemple du Dragon en enlevant à son tour des Voyageurs pour les faire travailler. Ces forêts avaient toujours été sûres, n'avaient jamais appartenu qu'aux oiseaux, aux ours et aux sangliers qui peuplaient les collines. Mais le monde avait changé, et continué de le faire du vivant de Charani. Dans les mois qui avaient précédé notre capture, j'avais croisé de moins en moins de Voyageurs sur les routes, et ils étaient toujours plus nombreux à s'installer dans les villages pour y travailler dans les champs ou comme domestiques. Peut-être le monde était-il devenu une bête prête à frapper quiconque n'était pas comme elle, toute créature qui refusait de rejoindre la meute. Peut-être les nôtres finiraient-ils par en être rejetés, ou forcés de vivre comme les Installés.

Mais pas nous, pensai-je. *Pas maintenant.* Je ne pouvais pas deviner ce que cachaient les murailles du domaine du Dragon, mais jusqu'à ce que je les aie franchies, j'étais maîtresse de mon propre chemin. Je me montrerais courageuse, comme Kizzy, et peu importait que ma route me mène dans un piège tant que je m'y jetais de mon plein gré.

Et c'était plus facile avec Mira et Fen à mes côtés. Ils se parlaient plus naturellement, maintenant. Quelle qu'ait été la raison de la contrariété de Mira, elle semblait l'avoir oubliée, et ils bavardaient paisiblement à mi-voix, tandis que nos montures suivaient le chemin du Nord. Au bout de quelques heures, bien que le lever du soleil fût encore loin, les oiseaux commencèrent à lancer leurs appels : des alouettes, des sansonnets, et même un rossignol. Leur chant était aussi doux que du miel versé sur ma langue.

Au même moment, Fen s'était tu.

– Nous approchons, me dit-il.

Je hochai la tête. Je le sentais aussi. Mes poils s'étaient dressés sur mes bras.

– Nous approchons de quoi ? demanda Mira.

L'oreille collée contre elle, j'entendis sa question résonner en grondant dans son dos, et fus soudain accablée d'une grande fatigue emplie de tristesse.

– De l'endroit où nous avons été enlevés, répondit Fen, d'une voix étouffée par le chagrin. Là où ils ont…

Soudain, il s'interrompit pour scruter les arbres. Je tournai lentement la tête, en me disant qu'il avait peut-être repéré un ours, ou un éclaireur lancé à notre recherche, mais je ne vis que des arbres, aux troncs peut-être un peu épais, entourés d'un tapis de fougères moins dense.

– Est-ce par ici que nous sommes passés, Fen ?

Je me souvenais de l'endroit où nous avions débouché sur la route, mais le reste était flou dans mon esprit.

– Oui, murmura-t-il.

Mira guida la jument sur la droite, vers une trouée presque imperceptible dans les arbres.

– Que fais-tu ? demandai-je.

– Vous ne voulez pas y aller ?

– On doit retrouver Kizzy, répondis-je avec un regard hésitant à Fen.

Fen se tourna vers le nord.

– On peut aussi couper par la vallée. Je pense même que ce serait préférable. Le fait de suivre la rivière aiderait à brouiller notre piste.

Tout en hochant la tête, je me rendis compte que sa réponse n'était pas celle que j'avais espérée. Si le campement avait été le dernier endroit où j'avais été vraiment heureuse, c'était aussi celui où ce sentiment était mort, en même temps que mamă. Quel que soit notre avenir, bon ou mauvais, il y aurait toujours une blessure à vif dans mon cœur, une déchirure faite par ce que nous avions vu et ce que nous avions perdu.

Fen dut percevoir mon hésitation, car il fit accélérer sa mule pour me rejoindre.

– Je sais que c'est difficile, me dit-il simplement. Mais nous devons y aller. Kizzy n'hésiterait pas.

Il avait raison, bien sûr. J'acquiesçai de nouveau, plus fermement, et nous nous engageâmes sur le sentier. La forêt ne l'avait pas entièrement englouti, n'avait pas totalement effacé les traces du passage de la cage. Des animaux l'avaient peut-être adopté après nous, ce qui pouvait expliquer l'absence de mauvaises herbes et de lianes autour des jambes de nos montures.

Je refusais de penser que nous avions infligé cette cicatrice à la forêt, même malgré nous. Il était important pour nous de quitter un endroit sans laisser la moindre marque durable de notre présence sur le monde. « Ne prenez que ce dont vous avez besoin, nous répétait la Vieille Charani. Laissez-en assez pour ceux qui passeront après vous. »

Je revis les champignons qui remplissaient mon tablier le jour de l'incendie, leurs petites racines mourantes et desséchées. Les doigts agiles et précis de Kizzy, eux, n'avaient rien abîmé. Je revis le visage de mamă nous faisant signe de partir avant de se retourner vers le feu. Le feu qui avait englouti nos roulottes.

Des piqûres dans mes paumes me rappelèrent à la réalité. Réalisant que j'y enfonçais les ongles, je me forçai à desserrer les poings, glissai les mains autour de la taille de Mira et me concentrai sur le bourdonnement de sa voix qui prodiguait à la jument des paroles d'encouragement.

Connaissant les bois pour y avoir souvent chassé, Fen ouvrait la marche, et ce fut lui qui donna le signal de l'arrêt.

– Nous y sommes.

Je fermai les yeux en serrant les paupières, si fort que je vis des petites étoiles, comme des braises jaillissant d'un feu. Je me mis à trembler.

Je ne peux pas je ne peux pas je ne peux pas.

Mira desserra doucement mes bras et se retourna. Je sentis la chaleur et la force de ses jambes contre les miennes, et ses mains sur mes joues mouillées de larmes.

– Tu peux le faire, me dit-elle, comme si elle avait entendu ma litanie.

Lorsque je rouvris les yeux, son visage était tout proche, et elle me dit très bas :

– Tu dois leur dire au revoir, Lil. C'est une réparation, une réparation qui ne m'a pas été accordée.

– Tes parents ont été tués ?

– Pas mes parents. Cristina. Ils l'ont enlevée pendant la nuit. À mon réveil, elle était partie depuis longtemps.

J'eus un pincement au cœur. Mira avait-elle dormi avec cette Cristina ? Je détournai les yeux pour lui cacher mon désarroi.

Une odeur verte et propre montait du sol moussu. Mais, même après toutes ces semaines, il restait à sa surface une croûte brûlée. J'arrachai une petite poignée de mousse moelleuse pour la humer.

Puis nous gagnâmes la lisière de la clairière. Le jour se levait, l'obscurité quittait la forêt et les arbres commençaient à luire d'un doux éclat immobile. Je tendis la main vers un rai de soleil et le laissai danser sur ma peau, m'accordant un dernier instant de répit avant de découvrir les vestiges de notre ancienne vie. Ensuite, je ne pourrais plus jamais les oublier.

– Prête ? me demanda Fen.

Et nous émergeâmes de l'ombre.

Les coquilles calcinées des roulottes gisaient dans la clairière comme des squelettes d'animaux abattus, ou des baleines échouées. Toute la cendre avait été balayée par le vent, et il ne restait que les débris de bois les plus gros : tronçons de poutres qui avaient soutenu nos toits, planches que nous avions récurées, arpentées, sur lesquelles nous avions dansé. Exposées aux éléments, leurs surfaces noires étaient rayées de blanc là où la chaleur du feu avait attaqué la peinture.

Les roues de la roulotte de la Vieille Charani avaient perdu leurs rayons, et leurs jantes métalliques brillaient sous les premiers rayons du soleil. Après avoir pris une grande inspiration, je me tournai vers l'endroit où je l'avais vue pour la dernière fois, la main levée pour demander grâce…

Il ne restait rien. Ni d'elle, ni de Dika ou d'Erha, ni d'aucune des victimes. Rien que la fourrure de Dorsi, l'ours d'Erha, nettoyée par les loups.

Je relâchai longuement mon souffle. Les animaux de la forêt nous avaient épargné la vision de nos familles, de leurs os luisants tel du métal fondu dans la chair putréfiée. Nous n'aurions pas pu espérer une scène qui ressemble autant à une cérémonie funéraire à ciel ouvert.

Et je crois que Fen en fut aussi soulagé que moi : il me prit la main et je vis des larmes rouler lentement sur ses joues, comme ce jour-là, dans la cage.

Je pressai sa main en retour avant de faire le tour de la clairière, suivant le trajet le plus long possible vers la destination que je ne pouvais fuir plus longtemps : l'endroit où mamă avait été assassinée.

Je dépassai la terre piétinée où se lisaient encore les traces des violences, les roulottes détruites, la chaîne brisée d'Albou gisant dans la poussière. La hache de mamă était toujours là où je l'avais lâchée en découvrant Kem. Je me penchai pour refermer la main sur son manche enveloppé de cuir.

L'épisode surgit brusquement sous mes yeux, comme si j'avais traversé les fissures du temps telle une Voyante. Je luttai contre la panique qui m'assaillait en me rappelant les grondements d'Albou, Kem muet et terrifié, les râles d'agonie de nos anciens, nos roulottes en flammes, Kizzy qui se brûlait les paumes en essayant d'ôter la barre qui bloquait la porte.

La main de Mira sur mon épaule me fit tressaillir.

– Calme-toi.

J'étais accroupie, serrant la hache à m'en faire mal aux mains.

– Pose ça, Lil.

– Non, dis-je, avec une virulence à laquelle je ne m'attendais pas moi-même.

Mira recula.

– Non, répétai-je plus posément. Tout va bien. Je la garde. Il nous faudra une arme.

Et puis son poids dans ma main me rassurait. Cela me rappelait la force que j'avais découverte en moi en me battant pour libérer Albou et Kem. J'en aurais encore bien besoin.

Mais soudain, ma résolution, mon désir de lutter s'évanouit d'un seul coup à la vue de notre roulotte. Notre foyer, construit par la grand-mère de ma grand-mère, réparé tant de fois qu'il ne restait plus des éléments d'origine que la porte. Mais elle était restée la même en esprit, parce que notre famille y avait toujours vécu. Si ses organes vieillissants avaient été remplacés un à un, nous avions été sa constante, son cœur battant.

Mais elle n'était plus que cendres et écailles de peinture noire, dispersées sur une terre calcinée en profondeur. Je me dirigeai vers la roulotte en sentant à peine le sol sous mes pieds, comme si je flottais. En m'approchant, je vis des stries rouges sur la terre brûlée, et deux taches d'un mauve étrange.

Je me penchai pour m'assurer de ce que je voyais. Ici et là avaient poussé de délicats champignons, aux pieds fins comme des moustaches de chat, aux chapeaux grands comme des ongles.

– Fen, viens voir.

Il me rejoignit aussitôt, et étouffa un cri de surprise en découvrant le tapis de champignons.

– Les *iele* ?

– Que veux-tu dire ? demanda Mira d'un ton méfiant. Des Dames des bois ?

Je confirmai d'un hochement de tête.

– Oui. Des *iele* sont venues ici. Regarde, elles ont laissé des champignons.

– Ils n'ont pas pu pousser tout seuls ? fit-elle, sceptique.

Je savais que les Installés avaient d'autres explications pour ces phénomènes, mais les champignons, la terre rouge… c'était évident.

Les esprits de la forêt avaient sauvé l'âme de ma mère.

23

Lâchant la hache, je tendis une main hésitante vers les champignons, comme vers des petites flammes. Une violente douleur m'irradia la poitrine en me coupant le souffle lorsque je touchai les décombres, comme si mon cœur allait jaillir de mes côtes. Mes genoux heurtèrent le sol et j'enfouis le visage dans les champignons, tout ce qui restait de chez nous et de mamă.

Lorsque j'en cueillis un des petits mauves, mon ongle s'enfonça si facilement dans son pied que je le sentis à peine se briser.

– Lil ?

Il y avait une mise en garde dans la voix de Fen, mais un pouvoir qui me dépassait avait pris le contrôle de mes actes.

Je portai le champignon à mes lèvres et l'avalai. Il était fondant, avec un goût un peu fumé de noisette. D'abord, il ne se passa rien. Puis ce fut comme si ma vision s'emplissait de sang.

– Lil ?

Mira s'était agenouillée à côté de moi, mais je m'écartai aussitôt. Une substance glaciale s'infiltrait dans mes veines, quelque chose qui ne venait ni de ce monde ni de l'autre, mais de quelque part entre les deux, ce qui me parut à la fois parfaitement limpide et totalement obscur.

– Lil ?

La voix de Mira me parvenait de plus en plus loin, couverte par une autre voix qui semblait m'appeler depuis l'intérieur de ma tête.

Lillai.

La voix de mamă.

Tout s'effaça autour de moi. J'avais la sensation qu'un autre corps s'était allongé sur le mien, pesant sur moi de tout son poids. Je me sentais vieille comme les arbres et jeune comme Kem, j'étais moi et Kizzy et mamă et tous les corps qui avaient un jour été tués, blessés ou guéris. J'éprouvais de la rage, de la peine et un amour immense, infini, qui me submergeait comme une fièvre, qui me piquait de milliers d'aiguillons minuscules comme la proximité d'un feu.

Je n'arrivais pas à ouvrir les yeux, mais c'était sans importance : je voyais les racines des arbres qui couraient en quête d'eau sous la terre, les feuilles qui cherchaient la lumière au-dessus de moi. Je voyais luire les champignons rouges et je savais qu'ils étaient là pour être mangés. Je voyais du mauve qui palpitait et je savais que c'était la vie. Je sentis une main dans la mienne, la main de mamă, et même si je ne pouvais pas tourner la tête pour la regarder, elle était là, à côté de moi et en moi, me soulevant haut au-dessus des arbres et me montrant le chemin.

Des arbres blancs luisaient en dessous de nous, et mamă plongea pour me rapporter une fine branche d'if, à l'extrémité taillée en pointe. Dès que je la pris, je ressentis une grande force, et une violence terrible grandit en moi.

Nous avions pris de la vitesse, survolant le chemin qui traversait la forêt telle une liane serpentant sur de l'écorce, s'enroulant autour d'un cœur noir.

Puis, derrière une colline cernée par d'indescriptibles monstres, ce fut précisément ainsi que m'apparut le château du *voïevod* : comme un grand cœur mangé par le cancer, bouillonnant plutôt que palpitant, gonflé d'un sang salé comme des larmes.

En bordure de ce chaos écumant se dressait une bâtisse blanche et carrée, pas plus grande qu'une colombe jetée dans un ciel sanglant. Un asile, paré de la même vertu protectrice que les ifs blancs malgré la proximité du danger.

Nous nous approchâmes du cœur noir du château, nous faufilant dans la roche comme des scarabées, puis nous élevant au-dessus d'elle comme des faucons. Pénétrant dans des couloirs, nous vîmes des gens en pleurs, à la peau sombre comme la mienne. Et, au sein de cette masse informe qui palpitait de souffrance et de peur, je perçus la colère, la colère de l'homme qui vivait là.

Ce n'est pas un homme, dit ma mère dans ma tête. *Il n'y a rien qui bat, pas de chaleur en lui.*

Et nous nous trouvâmes derrière lui dans une grande salle, plus sombre et plus vaste que celle du *boyar*, tandis qu'il fixait un ours blanc et une fille qui dansaient sans s'arrêter. Un fil rouge se dévidait de sa bouche à lui jusqu'à celle de la fille, comme si leurs langues étaient de fines lanières qui s'enchevêtraient monstrueusement. Avant que j'aie pu crier, il se retourna et me sourit.

Ou plutôt, comme je le compris ensuite, il découvrit ses dents, pointues comme celles d'un chat et aussi blanches que son teint.

Je me tournai vers Kizzy, qui me sourit aussi avant de parler avec sa voix à lui.

Toi, la fille qui ne mourait pas dirent-ils tandis que du sang se déversait de leurs bouches, *porte la mort en terre.*

Brusquement, la main de mamă me lâcha et je tombai à pic au milieu des taches de noir et de blanc, de mauve, de vert et de bleu, jusqu'à ce qu'enfin, enfin, je regagne mon corps et que je sente des mains – de vraies mains – sur mon épaule et dans ma bouche, agrippant ma langue.

Je me débattis en cherchant la hache à tâtons, persuadée que Malovski était là et voulait m'arracher la langue, mais ce fut la joue de Fen que mes mains rencontrèrent, et le bras de Mira dont je me libérai.

– Lil ! souffla-t-elle.

Et je la vis, haletante, affalée sur la terre brûlée devant les décombres de notre roulotte.

– Calme-toi, Lil.

– Que faites-vous ? sifflai-je.

Je portai les mains à ma bouche et sentis le goût du sang.

– Pourquoi me teniez-vous la langue ?

– Tu faisais une sorte de crise, me répondit Fen. Tu tremblais si fort qu'on a eu peur que tu t'étouffes.

– J'ai vu… J'étais…

Je tremblais comme une feuille. Ma paume, écorchée, avait étalé du sang sur mes lèvres et j'aurais donné cher pour chasser ce goût odieux avec l'eau fraîche d'un ruisseau. Je cherchai les mots pour m'expliquer.

– Je volais.

Mira et Fen échangèrent un regard inquiet.

Je me redressai à genoux.

– Non, écoutez-moi, dis-je en tâchant de reprendre mon souffle et de parler plus calmement. Les *iele* ont laissé les champignons pour nous. Ils se sont nourris des cendres de mamă. Elle m'a emmenée chez le *voïevod*, nous sommes entrées, et j'ai vu Kizzy et Albou qui dansaient.

– Kizzy ? dit vivement Fen. Elle allait bien ?

Mira nous dévisagea tous deux en fronçant les sourcils.

– Tu as fait une crise, Lil. Ce champignon que tu as mangé devait être vénéneux, il t'a donné des hallucinations. J'ai déjà vu cela, des filles qui suivaient des lumières et qui parlaient aux animaux…

– Non, dis-je fermement. Je sais que cela paraît fou, Mira, mais c'était la réalité. La Vieille Charani nous a parlé de ces choses, pas vrai, Fen ? De la nourriture des morts qui montre des prophéties aux vivants qui la mangent.

– Des présages des ombres, me répondit-il. Elle n'en avait jamais vu elle-même, seulement entendu parler…

– Oui, admis-je, résolue à convaincre au moins Fen. Mais moi, j'ai vu. J'ai vu le chemin qu'il faut prendre à travers la forêt. C'est le meilleur trajet, qui contourne les montagnes.

– Mais comment ? fit-il d'un ton un peu sarcastique. Nous n'avons qu'une jument et une mule, et pas de fourrures pour nous tenir chaud.

– Nous avons celle de Dorsi. Dika aurait voulu que nous la prenions pour nous protéger. Et nous devrions cueillir des champignons des *iele*, les rouges, qui sont comestibles. Ils nous nourriront mieux que ceux de la forêt. Je suis sûre que nous pouvons prendre tout ce dont nous avons besoin. Il nous faut des branches d'if et les tailler en pieux pour nous défendre. Kizzy est là-bas, Fen. Ou elle ne tardera pas à y arriver. Elle devra danser pour lui. Nous devons la rejoindre avant que…

Une horreur indicible me saisit à la gorge, la même sensation que celle qui m'avait assaillie à la vue de leurs langues, ou de leurs veines, quoi qu'eussent été ces choses qu'ils lançaient l'un vers l'autre et qui semblait la relier physiquement à lui.

– Avant que quoi ? me pressa Fen rudement. Avant que quoi, Lil ?

– Avant que nous ne la perdions, dis-je simplement.

Quelque chose au fond de mon cœur, quelque chose qu'y avait laissé mamă, me soufflait qu'il était peut-être déjà trop tard. *Mais comment savoir ?* pensai-je. « Porte la mort en terre. » Était-ce une menace ? Une prière ?

Je me levai vivement en prenant la hache de mamă.

– Venez. Le temps presse.

24

Quittant la clairière où la mort avait emporté ma mère, nous chevauchâmes sans trêve.

Les pensées bourdonnaient dans mon esprit, dont la perception paraissait décuplée par ma vision. Il me semblait pouvoir prédire ce qui nous attendait après chaque tournant, et poser un regard familier sur chaque endroit nouveau. Et, malgré tous mes efforts pour l'oublier, la respiration noyée de Vereski me poursuivait sans répit, soufflant dans un flux souterrain en rythme avec les battements de mon cœur.

Au bout d'une demi-journée, je commençai à me rassurer sur le fait que nous n'étions pas traqués. Après tout, le *boyar* ne devait pas se soucier assez de deux esclaves et d'une fille de cuisine en fuite pour lancer des hommes à leurs trousses, encore moins juste après le déshonneur jeté sur sa cour par le suppôt du *voïevod.* Nous n'étions même pas certains que le meurtre de Vereski avait été découvert.

Chaque fois que je songeais au contact de sa peau sur la mienne, à son haleine chargée de bière sur ma joue, je revoyais la bouillie sanglante à laquelle je l'avais réduit et me rappelais qu'il m'avait changée en tueuse, et je devais me coller au dos de Mira pour ne pas tomber.

J'avais la chair de poule en pensant au châtiment que Malovski infligerait à Bucătar si la vérité venait à se faire jour. Malgré l'abri des arbres et toutes ces lieues qui nous séparaient d'elle, il me semblait encore voir son regard, sa manière de montrer les dents tel un renard, sa peau blanchâtre et craquelée barrée par sa bouche écarlate, aussi rouge que le fil qui reliait ma sœur au Dragon.

J'ignorais combien de temps durerait notre voyage, et cette incertitude me mettait les nerfs à vif. Fen, lui, semblait libre de ces préoccupations. Plus nous avancions, plus sa joie d'avoir retrouvé la forêt paraissait prendre le dessus, malgré ses sentiments pour Kizzy. Grâce à lui, nous trouvâmes des ifs pour faire des petits pieux, comme ceux que ma vision m'avait montrés, et du bois pour allumer le feu, et une source nichée au creux des racines d'un mélèze. Nous mangions des baies et les champignons au goût de noisette des *iele*. Le deuxième soir, nous capturâmes même un lièvre dans un piège fait de brindilles et de mousses et fîmes un feu pour le rôtir. Nous nous endormions blottis sous la peau de Dorsi, en priant pour qu'il ne pleuve pas.

Mira avait un sommeil perturbé : je le voyais aux cernes qui se creusaient sous ses yeux et à l'air irrité avec lequel elle acceptait sa part de nourriture le matin. Les Installés n'étaient pas dans leur élément à l'extérieur, ils n'avaient pas l'habitude d'y passer tant de temps. Moi-même, j'étais déroutée par l'absence du toit d'une roulotte au-dessus de ma tête. Mais sa main cherchait souvent la mienne la nuit, et cela me rassurait. Je me demandais comment j'avais pu dormir sans elle avant aujourd'hui. Elle me manquait dès le réveil.

Quant à Fen, il dormait comme un bébé, recroquevillé à côté de moi. Cela me rappelait cruellement l'absence de Kem, un sentiment que j'avais à peu près réussi à ignorer jusque-là. Je me demandais où il était, si Kizzy était arrivée au château et s'ils s'étaient retrouvés. Je ne l'avais vu nulle part dans mon présage des ombres.

J'écoutais les arbres, en espérant entendre mamă dans le vent. Les *iele* pouvaient se montrer taquines ou cruelles si telle était leur humeur, mais je ne percevais que le murmure bruissant des feuilles. La jument et la mule dormaient à côté de nous, et je savais qu'en cas de menace elles seraient les premières à la détecter.

Mais lorsqu'elle se présenta au bout du quatrième jour, ce fut sous une forme que je n'aurais jamais pu prévoir.

* * *

C'était notre dernière soirée avant de pénétrer sur les terres du *voïevod*, et nous nous préparions à faire halte pour la nuit. Une sorte de routine s'était installée : lever en même temps que le soleil, pause en début d'après-midi pour manger un peu, et nous chevauchions ensuite jusqu'à la tombée de la nuit. Les Montagnes Maudites se dressaient à l'est, et je me félicitais que notre trajet nous permette de demeurer dans les bois.

Nous n'étions pas assez stupides pour nous déplacer la nuit : c'était le royaume des loups, et mieux valait ne pas les déranger. Nous les entendions parfois chasser et mes poils se hérissaient lorsqu'ils hurlaient à la lune, mais ils ne s'approchaient jamais davantage que pour faire tressaillir les chevaux. Les *iele* nous offraient peut-être leur protection depuis que nous mangions leur nourriture.

Nous nous étions arrêtés pour manger une poignée d'airelles et prendre un peu de forces en mâchant des racines de pissenlit, avant de nous lancer à la recherche d'une clairière assez grande pour y dormir, lorsqu'un bruissement nous parvint d'un virage sur la route.

Dans cette partie de la forêt, les chemins, un peu plus larges que nos montures, suivaient les pistes sinueuses tracées par les ours pour se rendre aux rivières. Nous prenions juste soin de faire le plus de bruit possible afin d'avertir les animaux de notre présence. Mais nous avions fini notre repas en silence et, quand les chevaux commencèrent à se cabrer en hennissant et en secouant la tête, ma première pensée fut qu'il y avait un ours dans les parages.

– Vous entendez ? demanda Fen.

Des branches craquèrent, et je me levai en prenant la hache tandis que Mira tirait sa branche d'if de sa ceinture.

La meilleure conduite était de paraître le plus gros possible, d'être perçus comme des ennemis et non comme des appâts. J'écartai les jambes en carrant les épaules.

Les craquements se firent plus forts, comme si l'ours, ivre de miel, s'écartait du chemin. Je m'ancrai fermement dans le sol, prête à pousser un rugissement. Mais la silhouette qui surgit du tournant n'était pas celle d'un ours.

C'était un homme, qui courait avec des gestes désordonnés en écarquillant les yeux d'un air paniqué. Il semblait avoir l'esprit dérangé, et je reculai instinctivement pour ne pas rester sur son chemin. Fen leva les mains dans un geste pacifique.

– Es-tu… ?

– Poussez-vous !

Fonçant droit sur lui, l'homme le renversa sur son passage. Mira, lâchant un grondement, le rattrapa par sa cape. Il sentait la sueur et le sang, et le grand froid des montagnes.

– Pourquoi l'as-tu poussé ? s'exclama-t-elle.

En cherchant à s'enfuir, l'homme déchira sa cape, trébucha, et tomba non loin de Fen. Il jeta derrière lui des regards de bête traquée en essayant de se relever. Mira fit mine de l'arrêter de nouveau.

– Laisse-le partir, dis-je en la retenant.

À cet instant, je me rendis compte que les craquements n'avaient pas cessé. L'homme était pourchassé. Alors que j'ouvrais la bouche pour avertir Mira et Fen, une silhouette de la taille d'un enfant surgit dans le tournant. Elle était enveloppée d'une épaisse peau de bête qui la recouvrait entièrement et paraissait avancer en glissant sur le sol, un peu comme un rat.

– Par tous les saints ! gémit l'homme, d'un ton terrifié qui me donna la chair de poule.

Son poursuivant était bien un enfant. Il me sembla qu'il était blessé et je levai ma hache en direction de l'homme, qui continuait à se traîner par terre. Fen saisit un pan de sa cape.

– Que se passe-t-il ici ?

– Laissez-moi ! Lâchez-moi !

L'enfant l'avait rattrapé et je distinguai de longs cheveux bruns tout emmêlés. C'était une fille. L'homme se débattit en la voyant arriver et sa botte heurta la pauvre créature, qui vacilla. Je vis une petite main ensanglantée qui se tendait. De nouveau, Fen saisit l'homme, et le força à rester à terre en appuyant un genou sur ses reins.

– Tout va bien ! lançai-je à la fillette.

Mais elle quitta le chemin pour filer dans les broussailles. Je fis volte-face.

– Que faites-vous ? criai-je. Qu'avez-vous fait à cet enfant ?

– Lâchez-moi !

Tandis que l'homme essayait de repousser Fen, Mira vint à la rescousse en le menaçant avec sa branche d'if. Lentement, je m'avançai vers l'endroit où la fillette avait disparu entre les arbres.

Qu'était-il arrivé ? Lui avait-il fait du mal ? Lui aussi avait les mains en sang. Je savais que certains Installés abandonnaient leurs enfants dans les bois en période de disette, et Bucătar avait signalé que les temps étaient durs dans les montagnes. Peut-être s'agissait-il de cela. Peut-être était-il allé jusqu'à la frapper pour l'empêcher de le rattraper.

– Lâchez-moi ! répéta-t-il, terrifié. On doit s'éloigner !

– De quoi ? demanda Fen, avant de grogner tandis que l'homme lui frappait la poitrine en se débattant.

– Ma fille. Enfin, c'était ma fille, mais maintenant… Oh, par tous les saints, laissez-moi partir !

Je me tournai de nouveau vers les taillis. Il me sembla distinguer une ombre qui m'épiait, parfaitement immobile. Je voulus m'approcher, mais un cri résonna derrière moi. Fen était tombé sur le dos et Mira s'agrippait aux bottes vides de l'homme. Celui-ci s'élança sur le chemin, prit un tournant et disparut.

Presque aussitôt, on entendit un bruissement dans les taillis et l'enfant fila sur les traces de l'homme, volant entre les troncs à la vitesse de la lumière.

Nous nous étions mis à courir tous les trois. Alors que je débouchais du tournant, l'enfant jaillit des broussailles. On aurait dit un chien de chasse sur la piste d'un lièvre. Sans trop comprendre ce qui se déroulait sous nos yeux, nous ne pûmes que regarder la fillette se jeter sur son père dans un bond surnaturel et replier ses jambes frêles autour de sa poitrine.

L'homme poussa un hurlement et tenta de la repousser. La peau de bête que portait l'enfant empêchait de voir ce qu'elle faisait, mais son père avait l'air de souffrir. Les atteignant le premier, Fen tenta de faire lâcher prise à l'enfant, mais il eut beau détacher ses bras de son cou, elle restait collée à lui, le visage enfoui au creux de son épaule.

Mira s'était figée, pétrifiée par les cris désespérés de l'homme, son pieu pendant inutilement au bout de son bras. Me précipitant pour aider Fen, je vis que la fillette ne s'était toujours pas détachée de son père et qu'elle avait planté les dents sous son oreille. Du sang coulait de la gorge de l'homme qui hurlait et gémissait dans un bruit mouillé semblable au gargouillis de Vereski qui me donna envie de vomir.

– Arrête ! Lâche-le ! criai-je en tirant sur la peau de bête.

Celle-ci resta dans ma main et je découvris le visage de l'enfant. Pâle comme la lune, il irradiait une sorte de lueur, telle de la neige fraîche. Ses cheveux n'étaient pas bruns mais blonds, couverts de sang, et sa mâchoire, grande ouverte comme la gueule d'un chien, restait rivée à la gorge de son père.

Mais à peine son visage fut-il exposé à la lumière rasante du crépuscule que sa peau se mit à… – je ne trouve pas comment décrire cela – à *bouillonner.*

Tout comme le château de ma vision s'était soudain effondré, tel du cuir sous la flamme, sa peau se racornit en suintant et elle ouvrit brusquement les yeux.

Ils étaient rouge sang, avec de grands iris noirs comme ceux d'un poisson, ou d'un hibou lorsqu'il chasse aux petites heures de la nuit. Sa main chercha la fourrure pour la ramener sur elle, mais déjà sa peau s'effritait.

– *Căcat !* lâcha Fen.

Il empoigna les cheveux de la fillette qu'il enroula autour de son poing et tira, tira, jusqu'à ce qu'elle lâche enfin son père et roule par terre en geignant comme un loup blessé. Ses mains, elles aussi, s'étaient couvertes de cloques.

Puis elle se mit à se tordre en claquant des mâchoires et en se griffant. Prise de pitié, je tentai de la couvrir, mais il était trop tard. Elle émit une longue plainte déchirante et cessa de bouger.

25

Dans la mort, la bouche de la fillette se relâcha, ses lèvres s'entrouvrirent et elle retrouva le visage d'une enfant. Elle était encore plus jeune que je ne l'avais cru.

Je tendis la main pour lui caresser la joue.

– Attention ! me dit Fen.

Mais on voyait bien qu'elle était partie.

Son corps était si froid qu'elle semblait morte gelée, alors que sa peau paraissait brûlée. Elle avait laissé une matière poudreuse sur mes doigts. Je repensai aux roulottes calcinées, aux champignons des *iele* que j'avais trouvés devant et à la vision qu'ils m'avaient donnée.

Je m'essuyai soigneusement la main sur un coin de mousse, révulsée à l'idée qu'une partie de son corps reste collée à ma peau.

Penchée sur le père, Mira pressait sa jupe sur sa gorge pour arrêter le saignement. Nos vêtements étaient salis par plusieurs jours de voyage, mais il n'était plus temps de s'inquiéter d'une infection. Elle cala doucement la tête de l'homme sur ses genoux pour essayer de surélever la blessure mais je savais bien qu'il ne survivrait pas longtemps. Le sol autour d'eux était gorgé de sang, sombre comme un lac dans la nuit.

À mon tour, j'allai m'agenouiller à côté de lui. Il serrait et desserrait les mains sur sa poitrine. Je glissai mes doigts entre les siens et il tressaillit en tournant les yeux vers moi.

Ils étaient bruns, et je me demandai si sa fille avait eu les mêmes. Ses mains étaient encore tièdes, mais refroidissaient à chaque spasme de sa poitrine. Mon cœur se serra. La maladie qui avait frappé la petite était-elle en train de s'infiltrer dans son sang ?

Ses lèvres remuèrent, comme s'il avait lu la question dans mes yeux.

J'approchai le visage le plus près possible du sien pour entendre ses paroles.

– Tuez-moi. Tuez-moi.

– Que dit-il ? demanda Mira.

Je secouai la tête, m'adressant autant à l'homme qu'à elle. Mais il s'agrippa à mon poignet et je me baissai de nouveau.

– Avant que je ne devienne un monstre à mon tour.

Ses mains ne cessaient de refroidir et il était de plus en plus pâle.

– Que s'est-il passé ? demandai-je doucement.

– Le Dragon, murmura-t-il. Il n'a pas voulu la laisser mourir, et je ne voulais pas qu'il continue à boire son sang.

– Vous parlez de votre fille ?

– J'ai essayé de la sauver, mais elle a survécu. Je ne voulais pas la suivre, et je ne pouvais pas non plus la tuer.

Clignant les paupières, il me fixa avec des yeux où ne luisait plus qu'une faible lueur voilée.

– Je l'ai livrée au crépuscule.

J'avalais ma salive avec difficulté.

– Qu'avait-elle ?

Il prononça le mot dans mon oreille, et je compris. Son regard était implorant et, sans plus réfléchir, je pris la branche d'if de Mira.

– Que fais-tu ? me demanda-t-elle.

Avant que mes compagnons aient pu intervenir, je levai le bâton et l'enfonçai entre les côtes de l'homme. Mira lâcha un cri et me poussa, mais la manière dont le corps de l'homme avait tressailli, le long sifflement de son souffle et l'expression vitreuse de son regard me dirent que le pieu avait trouvé sa cible.

J'avais transpercé son cœur et la vie s'en était échappée.

Mira recula d'un pas vacillant, des larmes de colère plein les yeux.

– Qu'as-tu fait ? Tu l'as tué !

– Il allait mourir de toute façon, intervint Fen. Lil a fait preuve de clémence.

– Plus que tu ne crois, dis-je. Il ne serait pas mort.

– Quoi ?

Les larmes coulaient sur les joues de Mira, et je me retins de tendre la main pour les sécher.

– Il ne serait jamais mort, repris-je. Pas si nous avions laissé la malédiction suivre son cours.

Je désignai le corps de la fillette, qui n'était plus qu'un petit tas de cendres amoncelé sur des os frêles. Fen serra les dents en frémissant.

– Il était… ? C'étaient des… ?

Je hochai la tête d'un air sombre en regardant un peu de cendres voler et retomber dans le vent. Bientôt, la brise les emporterait, mais jamais les *iele* ne les laisseraient les accompagner. Je serrai les bras sur ma poitrine tandis que Mira nous regardait l'un après l'autre, avec une impatience mêlée d'horreur.

– Quoi ? De quoi parlez-vous ?

– C'étaient des morts-vivants, dis-je enfin, avec un goût amer dans la bouche. Des *strigoï*.

26

Mira eut un rire âpre, strident comme le cri d'un hibou.

– Un *strigoï* ?

– Regarde, dit Fen. Installée ou pas, tu ne peux pas ignorer ce qui se trouve devant tes yeux.

Elle fixa les corps avec une grimace.

– Mais les *strigoï* n'existent que dans les contes inventés pour effrayer les enfants.

– *Regarde*, insista Fen. Cette fillette n'a rien de normal.

– Elle avait la fièvre. Ou elle a pu se faire mordre par un chien enragé. Ces choses-là arrivent.

Le sang me battait furieusement dans les tempes et j'avais la sensation de flotter en surplomb de la scène.

– Le soleil l'a changée en cendres, Mira, dis-je posément. Et elle a essayé de boire le sang de son père.

Elle m'interrompit d'un geste de la main.

– Que t'a-t-il dit ? Qu'a-t-il dit avant que tu le tues ?

Fen gronda, mais j'ignorai l'accusation qu'elle avait mise dans sa voix. Elle avait peur, tout comme moi. Tout comme l'homme avant de mourir. Et – qui sait – peut-être même comme sa fille avait eu peur.

– Il voulait que je le tue.

– Comme c'est pratique, répliqua Mira.

– Il m'a dit aussi que le Dragon avait changé sa fille en monstre, en *strigoï*. On raconte que la soif de sang est une sorte de folie, qu'ils ne peuvent pas résister à l'instinct de la satisfaire. Même avec quelqu'un de leur propre famille.

– Tu l'as tué, reprit Mira. Il était vivant, son corps était chaud, il respirait, il…

La peur brisa net ma patience comme une lame tranche un fil.

– Il serait devenu un *strigoï* d'ici le lever du soleil, la coupai-je. Ne comprends-tu pas que c'était un acte de pitié ?

Elle prit une inspiration saccadée et je repliai mes bras autour d'elle. Elle me repoussa, avant de fondre en larmes en enfouissant le visage au creux de mon épaule.

Personne ne parlait. La nuit se refermait sur nous, murmurant à nos oreilles. Mira finit par s'apaiser, sa respiration se calma. Elle s'écarta, le visage rouge et bouffi.

– Il faut les brûler, alors ? demanda-t-elle d'une voix pâteuse.

Enfin, elle me croyait. Ces *strigoï* étaient morts, délivrés de l'entre-deux-mondes, mais les brûler était plus prudent. C'était le seul moyen de s'assurer qu'ils ne se relèvent pas.

Il restait peu de choses à brûler de l'enfant en dehors de sa pelisse. Quant à l'homme, il n'était pas entièrement devenu un *strigoï* au moment de sa mort, et son corps ne s'était pas désagrégé autour du pieu fiché dans son cœur.

Les mains tremblantes, j'aidai à le tirer jusqu'à un endroit que Fen avait dégagé et couvert de petit bois. Le tuer avait été bien pire que de tuer Vereski, parce que c'était un innocent, quoi qu'il ait pu faire. Que m'avait-il dit ?

Je l'ai livrée au crépuscule.

Je ne me sentais pas moins coupable que lui. Bien que j'eusse agi en réponse à sa prière, j'avais ôté deux vies. *Je n'ai pas eu le choix*, me répétais-je. Mais cela ne suffisait pas à me consoler.

Même l'enfant, malgré sa rage, était une innocente. Je savais que les *strigoï* étaient enchaînés à leur désir de sang, une force qui était ce qu'ils pouvaient ressentir de plus proche d'un instinct de vie. Ce désir les nourrissait autant qu'il les affaiblissait. Certes, j'étais blessée par la défiance initiale de Mira, mais si je n'avais pas senti la peau de la fillette se dissoudre sous mes doigts, moi aussi, j'aurais eu du mal à le croire. Toutes mes connaissances sur les *strigoï* se limitaient jusque-là aux histoires que j'avais entendues. Or cette fillette, elle, était bien réelle.

Je jure que j'entendis les corps hurler alors qu'ils partaient en fumée.

* * *

Je renonçai à faire semblant de dormir. Même Fen ne parvenait pas à trouver le sommeil, et nous passâmes la première moitié de la nuit à faire un autre feu, en tournant le dos aux dépouilles fumantes de l'homme et de l'enfant.

– Il a dit que c'était le Dragon qui avait transformé sa fille ? me demanda Fen en frottant sa mâchoire non rasée.

Il avait presque une barbe, maintenant, ce qui lui donnait un air plus adulte. Il évitait mon regard et je compris qu'il pensait à Kizzy, qui était sûrement arrivée au château depuis un ou deux jours.

– Ce qui voudrait dire… ?

J'avalais ma salive, en sentant au fond de ma gorge un goût amer auquel je ne voulais pas penser.

Comme il ne se décidait pas à l'exprimer, je le fis pour lui :

– Que le Dragon est un *strigoï* ? C'est ce que je crois.

– Ce serait logique, ajouta Mira d'une voix hésitante. Les histoires qu'on nous a racontées au château ne devaient pas être que des histoires, après tout.

– Que disent-elles ? demanda Fen.

Il s'assit en ramenant les genoux contre sa poitrine, une posture qui rappela soudain qu'il n'était guère plus âgé qu'un enfant malgré sa barbe d'homme, et j'éprouvai une vague de tendresse pour ce garçon qui avait grandi avec nous, et qui aimait assez ma sœur pour voyager pendant des jours et affronter des monstres afin de la retrouver.

– Elles disent qu'il boit du sang, répondit Mira. Qu'il est aussi féroce et puissant qu'un dragon.

J'acquiesçai d'un hochement de tête. Je connaissais déjà ces récits, mais ils ne devaient pas circuler dans les champs. De toute évidence, Fen les ignorait.

– Les offrandes se pratiquent depuis des dizaines d'années, poursuivit Mira. Ils envoient toujours les meilleures d'entre nous. Il y a eu Cristina. (Sa voix s'étrangla et un élan de pitié m'envahit, mêlé à autre chose qui me brûlait le ventre.) Elle est sûrement morte, à l'heure qu'il est.

– Peut-être pas, dis-je, faute d'avoir une meilleure consolation à offrir. Elle est peut-être devenue une simple servante.

– Sait-on comment il est devenu ainsi ? demanda Fen. A-t-il été un homme autrefois ?

Mira haussa les épaules.

– Certains disent que oui, d'autres, que c'est un *demon* venu sur terre. Mais si c'est un homme, il a dû vendre son âme pour devenir aussi puissant, non ?

Sa remarque m'étonna. Je n'aurais pas cru que les Installés avaient entendu parler de ces pactes que les vivants passaient avec les esprits. Ce faisant, ils se condamnaient à être maudits, sous une forme ou une autre.

Elle rit en voyant mon expression, et ce son me réchauffa le cœur.

– Rassure-toi, je ne suis pas en train de devenir mystique, me dit-elle. Je me contente de répéter ce que j'ai entendu. Mais maintenant, après ce que nous venons de voir… (Elle frissonna, sans se retourner vers les corps qui achevaient de se consumer derrière nous.) Maintenant, il me semble bien que je le crois…

– Nous devons réfléchir à un plan, déclara Fen, en se levant si brusquement qu'il me fit sursauter.

– Oui, acquiesçai-je. Si c'est vraiment un *strigoï* et qu'il est aussi puissant qu'on le raconte, nous devons trouver un moyen de le combattre.

– On ne peut pas le combattre, Lil. Le mieux que l'on puisse espérer est de sauver Kizzy.

– En abandonnant les autres ? Mira vient de dire que cela durait depuis plusieurs dizaines d'années. Il y a eu son amie, et maintenant cette fillette. Après avoir retrouvé Kizzy, tu serais prêt à laisser les choses continuer ainsi ?

– Que t'arrive-t-il, Lil, toi qui t'es toujours satisfaite de vivre dans l'ombre de ta sœur ? Qu'est-ce qui a changé, tout à coup ?

Ses paroles me blessèrent, parce qu'elles étaient vraies. Je repoussai la main pacifiante de Mira d'un coup d'épaule.

– Je sais que nous pouvons y arriver, voilà ce qui a changé. Mamă m'a montré…

Fen lâcha un grognement d'incrédulité, et la colère me traversa comme une lame.

– C'est vrai, Fen. Les *iele* m'ont montré la route…

– Qui nous a menés droit sur le danger.

– Elles m'ont montré ce qui nous attendait, ripostai-je. Elles m'ont montré Kizzy qui dansait pour lui. Et je sais que je peux mettre fin à tout cela. Si tu m'as toujours vue dans l'ombre de ma sœur, c'est peut-être parce que tu t'attendais à m'y trouver. Mais où est-elle maintenant, Fen ? (J'ouvris les bras pour embrasser la forêt.) Et moi, où suis-je ? Qui a tué ce *strigoï* ? Qui l'a reconnu pour ce qu'il était ?

– C'était une évidence, grommela-t-il.

Mais il se rassit avant d'ajouter plus calmement :

– Je ne veux pas me disputer avec toi.

– Alors arrête de dire des bêtises.

Il ouvrit la bouche, la referma, et rit doucement en secouant la tête.

– On croirait vraiment entendre Kizzy.

Puis il pressa ses mains sur son visage.

– Elle me manque, Lil, reprit-il tristement. Je voudrais tant qu'elle soit à l'abri !

– Moi aussi, murmurai-je, toute colère retombée.

– Tu te souviens de ce qu'a dit la Vieille Charani ? Qu'une fille glisserait une bague à mon doigt avant la fin de l'année ?

Je hochai la tête, le cœur lourd, en me rappelant la prédiction que Bucătar avait faite à Kizzy : « Je ne vois pas de mari. Ni d'enfants. » Je ne pouvais pas dire cela à Fen, c'était trop cruel. Et puis la Vieille Charani n'avait-elle pas vu cette bague, et le mariage pour Fen ? De ces deux prédictions, à laquelle me fiais-je le plus ? Je suivis les lignes de ma main du bout de l'index. La Vieille Charani aurait-elle vu pour moi le même destin de *lăutari* que Bucătar ?

– On devrait au moins essayer de dormir, nous signala Mira.

Fen nous tourna le dos et se roula en boule là où il était. Ses épaules tremblaient, et je regrettai que sa fierté l'empêche de demander du réconfort, et que la mienne ne me laisse pas lui en offrir sans qu'il me le réclame.

27

Mira et moi nous allongeâmes face à face. Au bout d'un long moment, alors que la chaleur du feu s'était réduite à une tiédeur rougeoyante, Fen se mit à ronfler.

Mira restait éveillée, la tête posée sur mon bras. Ses yeux fixés sur moi étaient de grands puits dans lesquels étincelaient les reflets de la lune. Son souffle, chaud et vivant, agitait doucement des mèches de mes cheveux. Elles me chatouillaient le nez, mais je n'osais pas bouger. J'avais trop peur de rompre la magie de cet instant, où son attention nous reliait comme un fil d'argent.

Elle tendit la main pour repousser mes cheveux. Le travail en cuisine avait rendu ses doigts calleux. Elle était encore imprégnée d'un léger parfum de sauge, d'écorce de saule et d'autres végétaux de la forêt.

Même dans le noir, je discernais quelque chose de nouveau dans son regard, un mélange indémêlable de fougue et de tendresse. Elle se mit à suivre les traits de mon visage, de ma joue jusqu'à mon oreille. Ma peau fourmillait sous ses doigts. Je dus chasser le souvenir du contact avec le visage de l'enfant quelques heures plus tôt. Je ne voulais vivre que le moment présent, avec cette fille, dans cette forêt, sous l'immensité du ciel étoilé.

J'avais presque peur de respirer. Comme elle hésitait, je posai ma main sur la sienne pour l'autoriser à continuer. Elle s'approcha doucement et j'appuyai mon visage sur sa paume.

– Lil ?

Sa voix était une douce brise, son souffle était frais comme la menthe sauvage que nous mâchions le soir. Il me semblait presque en sentir le goût dans ma bouche, et j'étais péniblement consciente du bruit de ma propre respiration et des martèlements de mon cœur dans ma poitrine. Une délicieuse sensation de chaleur se diffusa dans tout mon corps, poussée par le flux de mon sang jusqu'à mes extrémités. J'aurais voulu me blottir contre elle, sentir chaque partie de son corps contre mon corps, mais pas de la façon dont les *iele* s'étaient cramponnées à moi dans la clairière. J'avais besoin de sentir la réalité de son corps contre le mien pour m'assurer que j'étais bien vivante, après notre rencontre avec les *strigoï*.

– Lil, répéta-t-elle, presque dans un soupir.

Ses cheveux étaient doux entre mes doigts. Elle eut un sourire triste. Je m'approchai à mon tour et nos lèvres se frôlèrent. Je n'eus qu'un bref instant d'hésitation avant de coller ma bouche sur la sienne, qui était tiède comme du sang.

Tout s'évanouit autour de nous. Je devins fumée, ou vent, humaine seulement aux endroits où nos corps se touchaient. Je n'avais jamais embrassé personne, et je ne pouvais pas imaginer vouloir un jour embrasser quelqu'un d'autre. Elle glissa une jambe entre les miennes et j'eus envie de me dissoudre entièrement, tant mon désir d'en avoir plus était violent. Je l'attirai à moi, le plus silencieusement possible, mais un gémissement m'échappa lorsque ses lèvres s'entrouvrirent. Nous nous embrassâmes comme si nous étions nées pour cela, comme si mon corps était fait pour le sien…

Fen remua dans son sommeil, et nous nous séparâmes brusquement. L'air de la nuit était rempli du murmure des arbres et du crissement des insectes. J'avais l'impression que la forêt était pleine d'yeux qui me jugeaient, mais je n'arrivais pas à éprouver de honte. Seuls comptaient le cœur de Mira qui battait tel un tambour contre ma poitrine, et nos doigts entrelacés comme si nos mains étaient une même toile, dont les fils ne pourraient jamais se disjoindre.

– Mira, dis-je.

Elle me fit taire par un nouveau baiser.

– Dors, *dragă.* Nous avons tout le temps.

Du temps, il me semblait au contraire qu'il n'y en aurait jamais assez. L'éternité ne nous suffirait pas.

Je roulai de l'autre côté. Elle se colla à moi en me mordillant la nuque et je me sentis fondre comme un chaton transporté par la peau du cou. Après toutes les semaines passées au château, cette tendresse me donnait envie de pleurer. Mais il me manquait les mots pour le lui dire, et, tandis que la fatigue me fermait les paupières, je priai les *iele* de protéger Mira et de nous permettre de rester ensemble, dans ce monde où nous n'avions pas notre place.

28

Si Fen s'aperçut d'un changement entre Mira et moi, il ne dit rien. Mais il me semblait plus probable qu'il fût trop pris dans ses propres pensées à propos de Kizzy. Et si nos conversations tournaient principalement autour d'elle, de Kem et du Dragon, et que chaque pas nous rapprochait un peu plus du danger, je ne pouvais m'empêcher d'être – il n'y a pas d'autre mot pour décrire cela – heureuse.

J'étais minée par la culpabilité de me trouver dans cet état d'esprit alors que ma sœur était entre les griffes du Dragon. Pourtant, dès que la main de Mira frôlait la mienne, ou qu'elle collait son dos contre moi tandis que nous chevauchions, la joie qui irradiait mon corps ne ressemblait à rien de ce que j'avais connu. Ce ne pouvait être de l'amour, pas encore, mais cela y ressemblait ; c'était une affinité profonde, lumineuse et puissante.

Sa main dans ma main, ses lèvres sur mes lèvres, sa cuisse entre mes cuisses, son cœur qui battait en rythme avec le mien : tout cela était une promesse que je ne pouvais pas tenir. Je la fis, pourtant, encore et encore. Mira m'apportait la paix, alors même que nous marchions vers une sorte de guerre.

Cependant, mes rêves étaient tout sauf paisibles. Et plus nous approchions des terres du *voïevod*, plus ils s'assombrissaient. Souvent, je revoyais le château de ma vision, palpitant comme un cœur malade, ma sœur qui dansait avec Albou, le Dragon qui se retournait pour me sourire, et la ligne rouge reliant leurs bouches qui se dirigeait vers la mienne en ondulant comme un serpent.

Je me réveillais en criant, et seul le front de Mira pressé contre le mien parvenait à me rassurer. Elle caressait l'arête de mon nez de son index calleux et, même si nous ne pouvions pas nous embrasser – mes cris réveillaient aussi Fen –, elle faisait voleter ses mots à la menthe sauvage sur ma nuque, ou sur mon poignet, et les battements de mon cœur ralentissaient.

À mesure que nous avancions, le terrain devenait plus accidenté. La forêt se clairsema, les collines se couvrirent peu à peu de pans de cultures vertes et dorées et nous rencontrâmes de plus en plus de gens sur la route, qui nous observaient d'un air fatigué et méfiant. Cela ne nous changeait guère, Fen et moi.

C'était plus perturbant pour Mira.

– Pourquoi croisent-ils les doigts à notre passage ? nous demanda-t-elle un jour qu'elle vit un couple âgé, tirant un âne chargé de petit bois, le faire à notre approche.

– Devine, dit Fen, désignant son propre visage.

Elle le fixa. Je crois qu'elle avait oublié que nous étions des Voyageurs, un peuple ostracisé par les siens. Je ne l'en aimai que davantage, mais cela restait frustrant de constater que

Fen et moi devions nous faire tout petits pour éviter d'attirer l'attention tandis qu'elle pouvait marcher tranquillement la tête haute. Chaque nuit, j'avais le sentiment que nous grandissions ensemble, enchevêtrées comme des racines se nourrissant de la même terre, mais dès le soleil levé, les regards qu'on nous jetait nous séparaient de nouveau.

Une semaine et un jour après l'enlèvement de Kizzy, nous traversâmes un village niché au pied d'une colline, coupé en deux par la route. Nous dépassâmes les maisons principales, mais il nous fallait nous procurer des vivres, car nous ne disposions plus de l'abri et de la nourriture fournis par la forêt.

Il n'était pas question de vendre ma hache, et Dorsi et Orsha étaient ce que nous possédions de plus précieux. Toutes deux étaient en bonne santé malgré notre périple, et nous vendîmes la mule sans peine, à un fermier qui n'accepta de parler qu'à Mira.

– Si vous comptez vous installer ici, il vous faut vous adresser au *boyar* Calazan, nous précisa-t-il d'un air soupçonneux.

Mira et moi échangeâmes un coup d'œil. Ainsi, ce village était sous l'autorité de Calazan, sur le territoire du pacte.

– Non, répondit Mira. Nous poursuivons notre route vers le Nord.

L'homme fit le signe de croix pour éloigner le mal.

– Vous savez que vous êtes sur les terres du *voïevod* ?

– Oui, dit Fen.

Le fermier continua à regarder Mira en l'ignorant.

– Ce serait mieux pour toi de rester ici. Je cherche une domestique.

Son ton me déplut. Sa maison, petite et délabrée, ne devait pas contenir plus d'un lit.

– Je ne cherche pas de travail, répliqua-t-elle d'un ton raide. Mais vous, vous n'avez pas peur de vivre aussi près de la maison du *voïevod* ?

– Notre maître a passé un accord avec lui, fit-il en la reluquant de plus belle. Il lui apporte des choses qu'il désire et, en contrepartie, le *voïevod* nous laisse en paix.

Ma main se rapprocha subrepticement du manche de ma hache. Kizzy avait servi de monnaie d'échange pour acheter la tranquillité de cet homme. Cela paraissait cher payé.

– Et quelles sont ces « choses » qu'il fournit au dragon ?

L'homme haussa les épaules.

– Je ne sais pas ce que vous cherchez, mais ce n'est pas dans le Nord que vous le trouverez.

– Combien de jours faut-il pour arriver au château ?

Il se signa de nouveau, dans un geste presque convulsif.

– Le château est à une journée de route. Ce village est le dernier avant d'entrer sur son domaine.

Je regardai Orsha, qui patientait docilement près de la maison. Je ne tenais pas à l'emmener dans la tanière du *voïevod*, mais c'était une vaillante jument, et nous trouverions peut-être un endroit sûr où la cacher.

La vente de la mule nous avait rapporté assez de pièces d'argent pour acheter une lame chez le forgeron, et le fermier nous vendit de mauvais gré deux miches de pain dur, dont la qualité confirma qu'il aurait eu grand besoin d'une domestique.

Le ventre gonflé par le pain grumeleux, nous reprîmes notre route, marchant à tour de rôle. Fen chercha des ifs en traversant les maigres bosquets.

* * *

Finalement, les choses ne se passèrent pas comme la Vieille Charani l'aurait supposé. Nous ne nous glissâmes pas naturellement sur les terres du Dragon telle de la glace dans une rivière en dégel. La frontière était clairement marquée par une haute palissade qui nous apparut du sommet d'une colline. Je crus tout d'abord que les piquets étaient surmontés de *demoni*, comme les remparts du château du *boyar* Valcar. Mais en approchant, je vis ce qu'il en était.

– *Căcat !* lâcha Mira.

Fen, qui marchait à côté de la jument, s'arrêta brusquement, se plia en deux et vomit. Sa part de pain dur se répandit par terre.

Je me sentais mal, mais mes yeux restaient rivés malgré moi à la vision d'horreur que je découvrais.

Ces silhouettes aux membres monstrueusement tordus, aux bouches ouvertes, n'étaient pas de pierre mais de chair et d'os.

C'étaient des personnes, empalées sur des piquets aussi loin que portait le regard.

29

Orsha fit un pas de côté et secoua la tête en tirant sur son mors. Mira, qui tenait les rênes lâches, les laissa aller, et la jument remonta une partie de la colline au petit galop. Fen nous suivit comme il put, tandis que j'essayais de convaincre Mira de reprendre le contrôle.

Lorsqu'elle arrêta enfin Orsha, je glissai de la selle et repris fermement les rênes en tenant la bride courte.

– Mira, dis-je en lui attrapant la cheville. Mira, rien ne t'oblige à venir.

Le regard fixé au loin, elle ne réagit pas, et je compris qu'elle pensait à Cristina. Elle ne m'avait jamais parlé d'elle au cours de nos échanges nocturnes, mais je me demandais souvent si elles avaient été l'une pour l'autre ce que Mira était maintenant pour moi.

Fen nous rattrapa en se tenant les côtes, à bout de souffle.

– Et toi non plus, lui dis-je. Aucun de vous deux n'a besoin de m'accompagner. Vous pouvez prendre la jument et partir.

Ils se regardèrent. Le visage de Fen était blême et crispé. Celui de Mira était totalement impassible. Toute trace d'émotion en avait été balayée par le choc, et aussi par un autre sentiment, une sorte de rage glaçante que je reconnus car je l'éprouvais moi-même. Le cœur battant comme un glas, je me forçai à me retourner vers le bas de la colline.

Au-delà de la palissade se trouvait le château. Qui savait quelles horreurs m'y attendaient ? Ma seule certitude était que je devais y arriver avant la nuit. Fen se tenait à côté de la jument, les mains croisées, prêt à me faire la courte échelle pour me hisser en selle.

– Vous êtes sûrs ?

– Vite, me répondit Mira en me faisant signe de monter. On doit arriver au château avant le coucher du soleil. Avant qu'ils se réveillent.

* * *

Nous franchîmes le seuil du domaine du Dragon sans relever la tête. Pour la première fois, je compris ce qui lui valait son surnom. J'eus la sensation de pénétrer réellement dans l'antre d'un dragon. Les jeunes Voyageuses n'entraient pas dans ces endroits dans les récits. Il n'était question que de chevaliers, ou d'autres héros. Mais jamais d'une fille à la recherche de sa sœur jumelle, avec une hache et une branche d'if pour toutes armes.

Mira semblait s'être enfermée en elle-même depuis le spectacle des corps empalés. Nous n'avions guère envie de parler – qu'y aurait-il eu à dire ? – mais le réconfort de sa voix me manquait, comme celui d'un baiser sur ma joue. Je me demandais si Kizzy avait vu cette scène macabre à son arrivée, avant de repousser mes suppositions sur l'horrible destin qu'elle avait pu subir…

Mais non. Tu l'as vue. Tu l'as vue danser.

D'autres voix m'assaillirent.

Et la Vieille Charani a vu une bague de fiançailles pour Fen.

Mais Bucătar n'en a pas vu pour Kizzy.

Et où était Kem dans tout cela ? Pas la palissade… Non. Nous devions continuer jusqu'en haut de la colline suivante, au pied de laquelle la clôture formait un collier macabre de perles de tailles différentes. En face de nous, au sommet d'une autre colline de hauteur presque identique, s'élevait le château du Dragon. Mais, contrairement à celui de ma vision, il n'était pas noir et palpitant comme un organe malade. Étrangement, avec ses murs blancs passés à la chaux et ses tuiles rouges luisant sous le soleil de l'après-midi, il était presque beau.

Ses tourelles étaient plus trapues que celles du château du *boyar* Valcar, et il évoquait plus une forêt de pierre aux troncs miroitants qu'un dragon enroulé sur lui-même en haut d'une montagne. L'appréhension me nouait les entrailles. J'avais retenu la leçon de Malovski : ce n'était pas parce que quelque chose paraissait inoffensif qu'il n'allait pas vous écraser la gorge.

Après nous être arrêtés un instant pour l'observer, nous plongeâmes dans la vallée. La palissade disparut derrière nous, mais je savais qu'elle resterait gravée dans ma mémoire jusqu'à la fin de mes jours.

Au fond de la vallée, il y avait un petit groupe de maisons visiblement abandonnées. Leurs toits avaient été arrachés ou s'étaient effondrés. Je frissonnai à la vue des poutres en bois dépassant telles des flèches des touffes de chaume. Elles me rappelaient trop des os dénudés dans une chair torturée.

Je resserrai les bras autour de la taille de Mira. Aurais-je été aussi heureuse de sa présence au cours des derniers jours si j'avais su vers quelles horreurs je la conduisais ? Même si la réputation du Dragon avait largement débordé des frontières de son domaine, je pense qu'aucun de nous trois n'aurait pu entrevoir dans ses pires cauchemars ce que nous venions de voir. Même la scène de la fillette *strigoï* ne m'avait pas fait prendre la mesure de sa perversité. Quel mal avait ainsi changé son cœur en pierre ? Était-il né monstre, ou l'était-il devenu ?

Tandis que nous traversions le village fantôme, le vent se leva brusquement, mugit en passant sur nos visages et fit battre les portes sur leurs gonds brisés.

Orsha se cabra. Déséquilibrée, je basculai en entraînant Mira. Ses pieds glissèrent des étriers et elle tomba lourdement sur moi. De mon côté, j'atterris de tout mon poids sur ma hache, dont le manche me rentra dans les côtes.

Nous roulâmes l'une sur l'autre alors que Fen tentait d'attraper les rênes d'Orsha.

– Holà ! Du calme !

Les sabots de la jument frappèrent la terre battue, une fois, puis deux, faisant trembler le sol. Puis elle repartit au galop vers le haut de la colline que nous venions de descendre. Fen se lança à sa poursuite, mais elle était bien trop rapide pour lui, libérée de sa charge et poussée par la peur.

– Ça va ? me demanda Mira d'une voix entrecoupée.

Je roulai sur le dos et toussai en me tâtant les côtes, les yeux larmoyants. Nous avions eu de la chance d'avoir échappé aux sabots d'Orsha. Prenant la main offerte par Mira, je me relevai en grimaçant. Elle me serra fort contre elle, et ne me lâcha qu'à regret en voyant Fen revenir.

– Rien de cassé ? nous demanda-t-il. J'ai cru qu'elle allait vous écraser le crâne.

Je crachai, la bouche pleine de terre.

– Ça va. En fait, je suis plutôt soulagée qu'elle soit partie. Je m'en voulais de l'amener ici.

Je levai la tête vers le château, qui semblait aussi abandonné que le hameau, et moins anodin maintenant que je le voyais de près. D'étroites fentes noires tenaient lieu de fenêtres, ne laissant filtrer aucune lumière. Il était aussi anormalement calme et silencieux. Il n'y avait pas de pieux, pas de *demoni* sur les murs.

– Ça paraît si tranquille ! souffla Fen. J'ai du mal à croire qu'il se trouve à l'intérieur.

– Oui. Mais cette palissade de corps humains… dit Mira en frissonnant. Pourquoi protéger un château de cette façon ?

– C'est une manière de narguer ses ennemis en leur montrant sa toute-puissance, dis-je. Personne ne peut rien contre lui.

– Sauf toi, pas vrai ? répliqua Fen avec un petit rire.

Mais ses paroles me heurtèrent la poitrine, comme l'avait fait le manche de la hache lorsque j'étais tombée dessus.

– Regardez ces maisons, reprit Mira. Elles ont toutes une croix.

Elle avait raison. Au-dessus de chaque porte était clouée une croix de bois, ou bien on distinguait une marque là où une croix semblait avoir été arrachée.

– Nous devrions en prendre quelques-unes.

Déjà, Fen avait glissé la lame de son couteau derrière l'une d'elles et la faisait jouer pour la décrocher. Sa suggestion m'étonnait. C'était la même superstition que le signe de croix qu'avait fait le fermier.

– Tu vois bien qu'elles n'ont pas marché, Fen, remarquai-je en désignant les ruines.

Mais Mira s'était jointe à lui en ramassant les croix qui gisaient au sol.

– Dans ce cas, pourquoi la *biserică* est-elle la seule bâtisse du village qui soit encore debout ? répliqua Fen.

Il montra quelque chose derrière moi, et je sursautai en découvrant l'édifice de ma vision : blanc, petit et carré. Une église. Son toit pointu était encore couvert de chaume, sa porte, fermée, ses gonds, intacts, ses volets, ouverts.

– Un asile, soufflai-je.

En posant la main sur la porte, j'éprouvai la même poussée d'énergie que quand j'avais pris la branche d'if.

– Ici, nous pouvons nous abriter.

– Tout de suite ? me demanda Mira avec espoir.

Elle devait déjà rêver de dormir avec un toit au-dessus de sa tête, à l'écart du danger, fût-ce pour quelques heures.

– Vas-y, si tu veux, dis-je. Mais il reste encore deux heures de jour. Je ne dois pas les gâcher.

– Il vaudrait sûrement mieux y aller la nuit, objecta-t-elle en plissant le front.

Puis elle comprit.

– Ah, c'est vrai. Les *strigoï* ne doivent pas s'exposer à la lumière du jour.

Je fis rouler mes épaules, qui craquèrent en lançant des petites étincelles de douleur dans mon dos.

– Tout à fait. Si la fillette a tenu aussi longtemps l'autre jour, c'est uniquement parce qu'elle était protégée par sa pelisse et la pénombre de la forêt. Je voudrais voir comment les choses se présentent et essayer de découvrir les moyens de pénétrer à l'intérieur.

Je piochai une poignée de champignons des *iele* dans ma poche. Il n'y en avait plus beaucoup de rouges, mais il m'en restait un mauve, pour faire venir les visions. Mira, me voyant réfléchir, m'arrêta en posant une main sur mon poignet.

– Tu ne crois pas que c'est dangereux ? La dernière fois, ton cœur battait si vite que j'ai cru qu'il allait exploser.

C'était précisément l'effet que me faisait sa main, et je retirai la mienne pour réfléchir plus posément.

– Les *iele* veulent nous aider, je le sais. Elles nous ont déjà amenés jusqu'ici, et elles ont peut-être encore des choses à nous dire.

– Si tu le manges maintenant, nous perdrons les derniers moments de lumière. Ta crise a duré presque une heure l'autre jour.

J'aurais voulu pouvoir apaiser la crainte que je lus dans le regard de Mira en déposant un baiser sur ses paupières.

Je fermai les yeux et inspirai à fond. Elle avait raison : si je prenais le champignon maintenant, il ne resterait plus de temps pour inspecter le château. Après avoir marché vers cet instant depuis des jours, nous arrêter maintenant, perdre notre élan paraissait idiot. Mais le champignon était frais dans ma main moite, et je me languissais de revoir mamă. De savoir ce que je devais faire.

Je rouvris les yeux. Fen et Mira m'observaient, suspendus à ma décision. Je songeai à toutes les fois où j'avais regardé Kizzy ainsi, et je sus que je n'aurais pas de répit tant que je n'aurais pas essayé de la retrouver.

Fen dut lire mon choix sur mon visage, car il se redressa bien droit et se tourna vers le château.

30

Les pavés de la route étaient glissants, bien qu'il n'ait pas plu depuis des jours. Elle était déserte et, lorsque nous atteignîmes le château, la porte à deux battants était grande ouverte. On aurait dit une bouche avide, attendant que nous soyons entrés pour nous avaler.

– Prête ? demandai-je à Mira, qui resserra sa prise sur son bâton.

Elle n'avait pas voulu en changer quand Fen nous en avait proposé un autre, et je vis que la pointe était rouge du sang de l'homme mort dans la forêt. Elle acquiesça d'un hochement de tête, et nous entrâmes dans la cour.

Je m'attendais presque à ce que la porte se referme en claquant derrière nous et que des *strigoï* bondissent des recoins pour nous sauter dessus, ou au moins que des gardes jaillissent de toutes parts.

Mais la cour était enveloppée dans un silence de tombeau.

– Où va-t-on, maintenant ? demanda Fen.

Il observait les dépendances, qui ressemblaient un peu trop à mon goût à celles de notre *boyar*. En entrant dans l'écurie, je n'aurais pas été étonnée d'y trouver Vereski massacré. Le simple fait de me trouver dans cette cour faisait ressurgir des souvenirs cuisants que je me hâtai de repousser.

Je suivis Fen et Mira vers une petite grange aux fenêtres obscurcies par des volets. Aucun bruit ne parvenait de l'intérieur. Fen prit une grande inspiration et ouvrit prudemment.

Je ne réalisai pas tout de suite ce que je voyais. Je pensai d'abord que la grange était remplie de gros sacs suspendus aux poutres du plafond. Mais lorsque Mira plaqua une main sur sa bouche pour réprimer un cri, je compris.

C'étaient des gens. Des dizaines de personnes, pendues par les pieds. Je crus être en face d'une nouvelle vision d'horreur semblable à celle de la palissade, de nouveaux cadavres, mais l'un d'eux remua légèrement à l'exclamation étouffée de Mira, et je me rendis compte que ce que je voyais était presque pire.

Ces gens dormaient, la tête en bas, les pieds repliés en crochet sur les poutres telles des chauves-souris, ou des lianes monstrueuses étranglant le bois. Le spectacle aurait été presque comique si leurs visages n'avaient pas été d'une pâleur extrême et leurs paupières, rouge sang.

– Sortez, nous souffla Fen. Vite.

Nous ne nous le fîmes pas dire deux fois. La porte se referma derrière nous avant que j'aie recommencé à respirer. Nous avions eu de la chance que les derniers rayons du soleil ne les aient pas touchés, ou ils se seraient mis à hurler et une vingtaine de *strigoï* nous seraient tombés sur la tête.

Je rêvai de bloquer la porte et de mettre le feu à cette grange. Avec son toit de chaume, elle partirait en flammes en quelques minutes, emportant avec elle chacune de ces âmes damnées. Mais notre présence devait rester secrète le temps de retrouver Kizzy, et les cris aigus des *strigoï* auraient alerté tous les autres occupants du château.

– Alors, Fen, prêt pour une petite visite de tous les bâtiments au cas où il y aurait d'autres dortoirs à *strigoï* ?

Il étouffa un rire sarcastique en secouant la tête et me désigna la façade du château. Un perron, aux marches balayées et récurées, menait à une grande porte, tandis qu'une plus petite, au niveau du sol, descendait dans les soubassements. Ce fut celle-là que je poussai.

Elle n'était pas verrouillée. Je supposai que le *voïevod* n'avait pas à craindre les intrusions. L'esprit malfaisant qui flottait sur les lieux m'enveloppa comme un linceul. Ces gens avaient-ils tous été changés en *strigoï* par le Dragon, comme la fillette dans les bois ?

Derrière la porte tombait un lourd rideau en laine, noir comme la nuit. Je me mis à trembler violemment, mais la fraîcheur de la main de Mira qui se repliait autour de mon poignet m'aida à ralentir ma respiration. Resserrant ma prise sur la branche d'if, j'écartai doucement le rideau.

J'eus à peine le temps de découvrir un large couloir, chichement éclairé par des torches, avant qu'une masse se lève du sol. Fen me tira en arrière en ouvrant vivement le rideau, et les derniers rayons du soleil éclairèrent un visage barbu aux yeux englués de sommeil, qui se réveillaient un peu plus à chaque instant.

Il ne gronda pas, ne recula pas face à la lumière, pas plus qu'il ne tomba en poussière. Ses yeux bleus étaient écarquillés de surprise. Je me demandai à quoi nous devions ressembler, après tous les jours et les nuits passés dans la forêt, les vêtements encore tachés du sang du père de la *strigoï*.

Sur sa poitrine était brodé un écu : un dragon enroulé autour d'un cœur, le même que celui du *boyar* Calazan. Nous nous dévisageâmes un moment en battant des paupières, puis il ouvrit la bouche pour crier en portant la main à son épée.

Nous passâmes à l'action comme si nous nous étions concertés. Mira se jeta de tout son poids sur son bras et l'arme tomba par terre en cliquetant. Je fourrai le bout de rideau que je tenais à la main dans la bouche de l'homme pour étouffer son cri. Ses dents m'éraflèrent la main, jusqu'au sang. Fen, qui l'avait saisi par l'autre bras, lui donna des coups de pied derrière les genoux jusqu'à ce qu'il chute.

Nous nous jetâmes sur lui pour l'immobiliser. Puis, bloquant ses épaules sous mes genoux, je me penchai pour lui murmurer à l'oreille :

– Je ne te veux pas de mal. Mais si tu cries, je te tranche la gorge.

Le simple fait de prononcer ces paroles, d'entendre le souffle rauque et saccadé de l'homme, lourd comme celui de Vereski dans l'écurie, suffit à me donner la nausée. Mais quelque chose s'était mis à gronder en moi, qui me rendait téméraire et dangereuse comme un chien acculé, et je sus avec certitude que je n'hésiterais pas à mettre ma menace à exécution si j'y étais contrainte. Pour Kizzy, je pouvais me changer cent fois en meurtrière s'il le fallait.

Le garde dut le sentir, car il cessa de se débattre presque aussitôt et se laissa aller.

– Bien, dis-je en parlant à mi-voix, posément, d'un ton que j'avais appris de Malovski. Je vais bouger un peu pour que tu puisses répondre par oui ou par non avec la tête. Êtes-vous plusieurs gardes ?

Il hocha la tête. Fen inspecta le couloir, les mâchoires crispées.

– Près d'ici ?

L'homme secoua la tête.

Les gardes devaient veiller sur le château pendant la journée, et les *strigoï*, envahir l'endroit dès la nuit tombée. Secourir Kizzy m'apparut soudain comme une tâche impossible. Je savais qu'il valait mieux affronter les hommes, mais l'opération restait risquée. Il nous fallait élaborer un plan et, pour cela, nous devions trouver un endroit sûr où nous réfugier.

– L'église, murmurai-je à Fen et à Mira. On doit retourner à l'église.

– Et lui ? demanda Fen.

Le garde, qui s'étranglait dans le rideau, me fixait avec de grands yeux paniqués. Je ne pouvais pas le tuer de sang-froid.

– Il vient avec nous. Il peut nous être utile.

Fen parut sur le point d'objecter et ramassa l'épée de l'homme, mais je savais qu'il n'était pas plus capable que moi d'abattre un innocent. Il glissa l'arme dans sa ceinture. Mira me signifia son approbation d'un hochement de tête et nous l'aidâmes à se relever.

Il était grand, mais maigre, et ne protesta pas lorsque, ayant découpé un pan de rideau avec ma hache, je m'en servis pour lui lier les mains en serrant fort. Nous ressortîmes en fermant la porte derrière nous et retraversâmes la cour à la hâte. Je frémis en glissant un coup d'œil vers la grange aux *strigoï*.

Les derniers rayons du soleil plongeaient à l'horizon quand nous arrivâmes devant l'église. Mira poussa la porte, mais celle-ci ne bougea pas.

– C'est fermé à clé, dit-elle en y donnant un coup d'épaule.

– Impossible, répliqua Fen. Il n'y a pas de serrure.

Il avait raison. Il passa la main autour de la poignée et secoua la tête.

– Elle doit être coincée. Reculez-vous.

Mira prit sa place pour tenir le garde tandis que Fen faisait cinq grands pas en arrière.

– Mais qu'est-ce que tu… ? commençai-je.

Puis il s'élança vers la porte, l'épaule en avant, et fonça dedans de tout son poids.

Elle ne bougea pas davantage, et Fen, projeté en arrière, s'affala à nos pieds avec un gémissement.

– Fen !

Nous nous accroupîmes autour de lui, entraînant le garde avec nous.

– Bon, je crois qu'elle est verrouillée, siffla Fen entre ses dents.

Je retins un rire, mais déjà Mira gloussait, mon regard croisa celui de Fen et nous pouffâmes tous les deux. Pendant un instant, ce fut comme si toutes les horreurs des dernières heures, des dernières semaines s'étaient effacées. Je riais tellement qu'aucun bruit ne sortait de ma gorge et que je ne pouvais plus respirer.

– Ça fait… mal… lâcha Fen entre deux spasmes, en se tenant l'épaule avec une grimace. Arrêtez…

Nous rîmes de plus belle, sous le regard éberlué du garde.

Mira fut la première à se remettre. Elle s'assit par terre, les cheveux en bataille, le visage couvert de poussière et les joues en feu. Elle était si belle, la bouche encore étirée dans un sourire, sans les petits plis d'inquiétude qui séparaient si souvent ses sourcils, que j'en reçus un coup à la poitrine. Je n'avais qu'une envie, la serrer de toutes mes forces dans mes bras, mais déjà elle se relevait en obligeant le garde à en faire autant, et je l'imitai en tendant une main à Fen.

Après avoir frotté mes vêtements maculés de terre, je me tournai de nouveau vers l'église. Si quelqu'un avait pris soin de fermer sa porte, ce n'était pas pour rien. J'étais maintenant sûre que nous devions y entrer. Mais la tentative de Fen avait été sans effet et les fenêtres étaient trop hautes pour être accessibles.

– Il y a une clé ? demandai-je au garde.

Il me répondit par un haussement d'épaules. Il nous observait d'un air plus méfiant que jamais. Peut-être nous prenait-il pour des fous à cause de notre crise de rire. Dans ce cas, il n'avait pas totalement tort.

– Reculez, dis-je en prenant la hache à ma ceinture.

31

De l'église émanaient des relents de renfermé et d'autre chose, une odeur dérangeante qui ne venait ni de la poussière, ni des cierges consumés. L'odeur de la mort. Pas celle du sang, immédiate, métallique et un peu piquante, ni même celle de la décomposition : plutôt l'odeur stagnante d'un tombeau.

Hésitant devant la porte, je glissai un coup d'œil par une fente faite par la hache de mamă, qui projetait des rais de lumière sur le sol. À l'odeur, j'avais deviné ce que j'allais découvrir, et je ne m'étais pas trompée.

De vieux os entassés en piles le long des dalles de pierre et des bancs. Des os sur l'autel et derrière la porte à mes pieds. Ici et là, la terre apparaissait dans les fissures, diffusant dans l'édifice un léger souffle végétal : de la mousse, des champignons et des pissenlits. Il n'y avait rien à faire ici, mais beaucoup à pleurer.

– Que vois-tu ? demanda Fen.

Je m'écartai pour le laisser regarder.

– Oh ! lâcha-t-il dans un souffle presque inaudible.

Je passai la main à travers la fente pour tâter le bois à la recherche de ce qui bloquait la porte. Mes doigts rencontrèrent une barre en fer, que je réussis à retirer.

Nous entrâmes en repoussant les os devant nos pieds.

– Vous croyez que tous ces gens ont été tués ? demanda Mira d'un ton où grondait la colère.

Tandis que l'homme se recroquevillait sous la flamme de son regard, Fen posa une main sur son épaule.

– Ils sont morts depuis des dizaines d'années, Mira. Cet homme ne devait même pas être né.

– Et il n'y a pas de traces de violence, ajoutai-je tout bas. Je crois que ces gens se sont enfermés ici pour se mettre à l'abri. Pour se protéger des *strigoï*.

Voyant un petit tas d'os gisant à côté d'un plus gros, je ne pus faire autrement qu'imaginer un enfant blotti contre le flanc de sa mère, et je pensai à Kem.

– Mais ce ne sont pas les *strigoï* qui les ont obligés à rester enfermés pendant la journée, objecta Mira, toujours aussi indignée. Ce devait être des humains.

Elle avait raison. Ce ne pouvait être que les hommes du *boyar* qui les avaient empêchés de sortir de l'église, en les laissant mourir de faim.

Je déglutis. J'avais toujours considéré mon inaction comme inoffensive. J'étais parfaitement satisfaite de laisser Kizzy prendre des décisions, se jeter au-devant du danger ou de la menace, riposter aux insultes. Mon silence, ma passivité m'apparaissaient comme des réactions très correctes. Et soudain, je me rendais compte que cela me rendait aussi coupable que ces hommes qui avaient pris le parti d'un monstre, qui avaient surveillé cette porte pendant que des enfants mouraient de faim à l'intérieur.

Je posai la main sur le petit crâne du squelette de l'enfant. Depuis le moment où je m'étais extirpée de griffes de Vereski, j'avais la sensation que j'avais hérité d'une partie du courage de Kizzy. Mais peut-être s'agissait-il d'une nouvelle moi. Peut-être avais-je changé.

Je déplaçai soigneusement les os sur le côté et me relevai.

– Amenez-le.

Fen et Mira poussèrent le garde à l'intérieur. Il vacilla en passant au milieu des os, et se débattit lorsque Mira voulut le faire asseoir. Puis Fen abattit le plat de son épée sur le banc et l'homme se tint tranquille.

– Surveille-le, Mira, dis-je en lui tendant ma hache. On doit trouver un moyen de refermer cette porte.

L'air chargé de poussière de l'église avait tourné au bleu-gris dans le crépuscule. Nous remîmes toutes les pièces en bois qui tenaient encore sur la porte pour y replacer la barre en fer et je partis en quête de bouts de chandelle. Fen traîna une lourde table jusqu'à la porte et la fit basculer devant pour la bloquer, sans se préoccuper des craquements. Cela fait, nous nous retrouvâmes plongés dans l'ombre. J'allumai les chandelles et une douce lumière vacillante se répandit, faisant luire les ossements.

Une fois certaine que nous avions rendu l'endroit le plus sûr possible, je m'occupai du garde. Il baissait la tête, les yeux fermés, et sa peur était palpable. Nous avions eu de la chance de tomber sur lui plutôt que sur un homme aux désirs tordus comme Vereski. Celui-ci avait une vie à lui, une famille, peut-être. Il pouvait nous être utile.

Après avoir vérifié que ses mains étaient bien attachées, je lui retirai son bâillon. Il bascula en avant et vomit par terre.

– S'il vous plaît, me dit-il en pleurant, s'il vous plaît, ne me tuez pas.

– Je m'étonne que tu n'aies pas préféré te tuer toi-même plutôt que de travailler pour le Dragon, lui cracha Fen.

L'homme eut un rire amer.

– Vous croyez que j'ai le choix ? Je suis un soldat.

Un domestique muni d'un sabre. Les paroles de Malovski me revinrent sans crier gare.

– Un soldat au service d'un monstre, riposta Fen.

– Je suis bien obligé d'obéir aux ordres si je veux nourrir les miens.

J'avais donc vu juste. Reprenant espoir, je m'agenouillai à côté de lui en écartant les mains pour lui montrer que je ne tenais pas d'arme.

– Comment t'appelles-tu ?

Il releva la tête, et détourna rapidement les yeux. Une coulée de morve brillait sous son nez.

– Moi, je m'appelle Lillai.

– Ne lui dis pas ton nom, gronda Mira.

Mais je lui fis signe de se taire sans cesser de regarder l'homme.

– Lillai, répéta-t-il, comme pour tester les sonorités. Je m'appelle Tamăs.

– S'il te plaît, Tamăs. Nous avons besoin de ton aide.

Il me dévisagea pour la première fois et blêmit aussitôt, avec une expression d'horreur absolue, comme s'il découvrait un gouffre sans fond.

– Tu es elle, gémit-il. Tu es à lui.

– Quoi ?

– C'est un piège ? Vous allez me tuer ?

Ses yeux s'étaient de nouveau remplis de larmes.

– Je ne…

– Il te prend pour Kizzy, dit Fen d'une voix atone. C'est bien cela ? Tu penses qu'elle est la fille qui a été livrée au Dragon ?

Tamăs m'examina plus attentivement, et je vis qu'il distinguait ce qui me différenciait de ma sœur. Soudain tout son corps se relâcha, et je dus tendre la main pour l'empêcher de tomber.

– Non, ce n'est pas toi. Mais tu es…

– Je suis venue chercher ma sœur. Kisaiya.

Tandis que je prononçais ces mots, la peur me mordit le ventre comme une bête fauve.

– Pourquoi dis-tu qu'elle est à lui ?

– C'est vrai ? Tu es sa sœur ?

– Sa jumelle.

– Je suis vraiment désolé, dit-il, d'une voix empreinte d'une compassion sincère.

– Quoi ? s'exclama Fen en lui secouant l'épaule. Désolé pour quoi ?

– Fen ! dit Mira en essayant de l'arrêter. Laisse-le parler.

– Eh bien alors, parle ! lança Fen en se mettant à faire les cent pas au milieu des ossements. Raconte-nous.

Tamăs baissa la tête d'un air abattu.

– Vous feriez mieux de fuir cet endroit le plus vite possible. Il n'y a plus rien pour vous ici.

– Elle est morte ?

Fen essayait de prendre un ton menaçant, mais sa voix s'était éraillée, et ne fit que se briser davantage lorsqu'il ajouta :

– Il l'a tuée ?

Tamăs secoua la tête et mit un moment à répondre, d'une voix rauque :

– Pire.

Nous comprîmes tous trois ce qu'il voulait dire. Ma sœur, la belle, la brillante, la flamboyante Kizzy, était pire que morte. Elle ne mourrait jamais d'une mort naturelle, et je ne sentirais plus son contact tiède sur ma peau, plus jamais.

J'avais la gorge serrée, les poils hérissés. Et j'avais très chaud tout à coup, comme si les flammes d'un feu me léchaient le dos et s'infiltraient dans ma tête. Toutes les épreuves qui avaient ponctué notre voyage défilèrent soudain dans ma tête, depuis ma lutte contre Vereski jusqu'à la fillette *strigoï* dans la forêt et aux corps empalés.

Tout se mit à tourner autour de moi. Mira, me prenant dans ses bras, embrassa mes joues couvertes de larmes que je n'avais même pas conscience d'avoir versées. Je sentis ses lèvres sur mon visage, puis le sel de sa bouche sur la mienne. Elle ne fit que me frôler, mais cela suffit à me faire retrouver mes esprits.

Lorsque je tournai les yeux vers Tamăs, il nous fixait l'une après l'autre, avec un mélange déplaisant de dégoût et de curiosité. Fen poussa rudement sa joue pour lui faire tourner la tête.

– Ne les regarde pas comme ça.

Glissant un coup d'œil vers mon frère Voyageur, je vis que lui aussi avait les joues humides de larmes. Son expression me dit qu'il savait déjà pour Mira et moi, peut-être même depuis le début. Il n'y avait rien d'autre que de l'amour et du chagrin sur son visage.

J'aurais voulu le serrer dans mes bras, mais il y avait plus urgent. Si nous avions perdu Kizzy, il restait Albou, et Kem.

– Un ours, dis-je, si soudainement que Mira tressaillit. Y a-t-il un ours blanc ?

Comme Tamăs clignait des paupières d'un air dérouté, je le secouai, à bout de patience.

– Est-ce qu'elle danse avec un ours blanc ?

– Oui, oui.

– Y a-t-il aussi un garçon ? Il a dix ans, mais il est petit pour son âge. Il te paraîtrait sans doute bien plus jeune. Il me ressemble, il a les mêmes cheveux bouclés que moi.

Tamăs plissa le front.

– Il y a tellement d'enfants Voyageurs qui passent ici… Parfois il les garde, parfois il les vend. Parfois il les tue.

Je frissonnai, et me demandai s'il aurait parlé de ses compagnons Installés avec une telle désinvolture.

– Ce garçon-là a dû arriver avec l'ours.

Tamăs secoua lentement la tête.

– Je suis désolé, je ne sais pas. Ils ont tous la même tête.

Je résistai à l'envie de le frapper, accoutumée à ignorer les remarques blessantes des Installés. Mira, qui n'y était pas habituée, le gifla violemment.

– Si tu es encore en vie, c'est uniquement grâce à cette Voyageuse, lui lança-t-elle. S'il ne tenait qu'à moi, je t'aurais volontiers abattu à coups de hache. D'ailleurs je peux encore le faire. Lil ?

Je savais que ce n'était qu'une feinte, mais je lui en fus reconnaissante.

– Laisse-le, Mira. Dis-nous où les enfants sont retenus.

– Dans les cachots, me répondit Tamăs avec un frisson. Au bout du couloir où vous m'avez trouvé. Mais il en a laissé partir beaucoup, après… l'arrivée de ta sœur.

– Pourquoi ?

– Je ne sais pas. On les a emmenés dans la forêt. On le fait souvent, mais d'habitude on y va de nuit pour que les *strigoï* puissent chasser.

Tamăs avait au moins eu la décence de prendre un air honteux en disant cela.

– Mais ce jour-là, c'était un matin, pour qu'ils aient le temps de franchir la frontière. Ils avaient de bonnes chances d'y arriver.

Je réfléchis. En quoi l'arrivée de Kizzy avait-elle pu provoquer cette libération ? Et Kem s'était-il trouvé parmi eux ?

– Que veux-tu faire, *dragă* ? me demanda Mira en glissant une mèche de mes cheveux derrière mon oreille.

32

Ce fut une nuit agitée. Tamăs fut le seul à dormir, seulement réveillé occasionnellement par ses propres ronflements. Je l'admirai presque de réussir à trouver le sommeil alors que nous parvenaient sans cesse du dehors de grands bruits d'ailes inquiétants, comme ceux d'oiseaux géants qui s'envolaient. Des ombres couraient sur les murs, et aucun de nous ne se tourna vers les fenêtres pour en avoir le cœur net.

Alors que les bougies avaient achevé de se consumer et que minuit était passé depuis longtemps, Fen et Mira continuèrent à échanger des idées et des plans en murmurant dans le noir, tandis que je me débattais avec mes pensées. Elles me ramenaient sans cesse au champignon des *iele* dans ma poche. Le premier nous avait guidés jusqu'ici ; il était temps pour le deuxième. Peut-être m'en apprendrait-il davantage sur le sort de Kizzy et m'aiderait-il à savoir où était Kem.

– Le champignon, soufflai-je.

Bien que j'eusse parlé tout bas, j'entendis Fen et Mira sursauter. Ils s'étaient habitués à mon silence. Je répétai le mot.

– Tu es sûre ? me demanda Fen, avec une lueur d'espoir dans la voix.

– Je ne veux pas que tu le fasses, protesta Mira en m'agrippant la main. C'est dangereux.

– Mamă les a laissés pour nous. Tout ira bien.

Elle me pressa la main en signe d'assentiment. Alors, prenant le champignon mauve dans ma poche, je le mis dans ma bouche et le mâchai. Presque aussitôt, je fus submergée par la même sensation que la première fois, et Mira eut juste le temps de me rattraper avant que je tombe.

Je m'envolai par le toit de l'église. Il y avait des corps enchevêtrés dans le chaume, qui se réduisirent à des os sous mes yeux alors que leurs doigts se tendaient toujours pour appeler au secours. Je m'élevai encore. Quand mamă me prit par la main, elle n'était pas seule à côté de moi.

L'air était rempli de créatures sombres qui se déplaçaient toutes ensemble en virevoltant, comme une nuée d'étourneaux revenant chez eux au printemps. Mais ce n'étaient pas des oiseaux. Ce n'étaient pas même des humains. Leur peau luisait comme du givre et leurs yeux étaient rouges comme des baies de houx, étincelants comme des braises dans le noir. J'aurais voulu hurler, mais ma voix me manquait. Puis mamă m'entraîna encore plus haut, au-dessus des nuages, qui nous masquèrent les *strigoï*.

Soudain nous plongeâmes, si vite que mon cœur s'arrêta un instant de battre. Nous redescendîmes à travers la nuée des *strigoï*, à travers le toit de l'église, à travers les dalles jonchées d'ossements, jusqu'à un passage sous la terre. Je le suivis à une vitesse folle, comme dans un brouillard, avec la sensation d'avoir la bouche pleine de glaise. Et lorsque nous remontâmes, ce ne fut pas dans la grande salle où se trouvaient Kizzy et Albou.

Cette fois, nous volions dans le couloir où nous étions tombés sur Tamăs. Des *strigoï* planaient dans les tunnels de pierre, et je détournai les yeux en passant au milieu d'eux comme dans un banc de brume.

Redescendant de nouveau le long d'une volée de marches, nous arrivâmes dans un long couloir percé d'une succession de portes. De l'une d'elles filtrait une vive chaleur. J'eus le temps de compter une, deux, trois portes, avant que mamă m'entraîne de nouveau ailleurs, jusque dans la grande salle, cette fois, où une fille dansait…

Je me penchai en avant pour accélérer. Enfin, j'allais savoir. Enfin, je verrais ce qui avait été fait, et si je pouvais le défaire. Mais alors que j'allais pouvoir distinguer le visage de Kizzy, je fus violemment rejetée en arrière, comme tirée par un crochet. Mamă essayait de me retenir, mais je lui échappai.

Non, pensai-je. *Ce n'est pas fini !*

Puis une vive douleur dans mon cuir chevelu me ramena dans mon corps, dans l'église sombre remplie d'ossements, au milieu des cris.

Je voulus m'asseoir, mais quelque chose retenait mes cheveux. J'entendis Mira crier : « Non ! » et Fen jurer. Enfin, mes cheveux furent libérés et les bottes de Tamăs passèrent juste à côté de ma tête avant de s'éloigner. Un éclair dans sa main me signala qu'il avait récupéré son épée. Il avait dû la reprendre à Fen pendant que mes deux compagnons se concentraient sur moi. Je saisis ma hache, et la branche d'if pour faire bonne mesure

– Où vas-tu, Tamăs ? demandai-je posément.

– C'est de la magie de Voyageur, gronda-t-il d'une voix où la peur l'emportait sur la raison. Tu es dangereuse.

– Tu n'as rien à craindre. Il faut juste que tu te calmes.

Il y eut un bruit de frottements, suivis d'un raclement sonore. Fen se jeta en avant et j'entendis le sifflement d'une lame qui fendait l'air.

– Recule, Fen. Laisse-le. Tamăs, si tu sors d'ici, ils te tueront.

– Je suis au service de Calazan, répliqua-t-il d'une voix tremblante de nervosité. Je suis protégé par le pacte.

– Ils se ficheront bien de ton pacte lorsqu'ils sentiront ton odeur, riposta Mira. Nous avons vu une fillette essayer de tuer son propre père.

– Nous avons sa parole, s'obstina Tamăs, s'accrochant à son assurance de sécurité. Ils ne me feront rien.

– Tu seras assassiné ! cria Mira.

Mais il ne voulait rien entendre. Arrachant la barre en fer, il ouvrit la porte en grand. Nous nous précipitâmes pour la refermer. Fen et Mira se dépêchèrent de repousser la grosse table et je remis la barre en place en jetant un coup d'œil dehors par les fentes dans le bois.

Le clair de lune baignait tout d'une lumière argentée : la tête nue de Tamăs qui courait vers le château, les semelles de ses bottes qui battaient les pavés lisses. Même son cri eut une tonalité métallique lorsqu'il voulut donner l'alarme. Puis il y eut l'éclat des visages des *strigoï* qui fondirent sur lui et l'étouffèrent. Leurs dents luisirent et étincelèrent, frappant comme des lames, jusqu'à ce que ses cris se taisent.

33

Nous n'eûmes guère de difficulté à trouver le chemin secret qui menait de l'église au château, mais en dégager l'accès fut une autre histoire. Il était mieux barricadé que la porte, à l'aide de gros blocs de pierre et de piles de meubles entassés sur la grande dalle qui le bouchait.

Le jour commençait à poindre. En fouillant l'église, Fen trouva des pans de rideau qu'il noua pour fabriquer une corde, et nous bricolâmes un système de levier en la passant sur une poutre basse pour déplacer les pierres les plus lourdes. Nous fîmes au plus vite, mais notre corde n'arrêtait pas de se briser et devait sans cesse être renforcée.

Après notre troisième tentative, Fen s'aventura dans le village baigné de soleil à la recherche de matériel. Mira et moi l'attendîmes sans parler, assises dans les bras l'une de l'autre, inspirant nos odeurs réciproques. Même dans ce décor, je parvins presque à savourer l'instant.

Fen revint avec une longue corde et une toile qui avait dû être une voile, ainsi qu'avec l'épée et la tunique de Tamăs. Elles étaient toutes deux tachées de sang.

– Pourquoi rapportes-tu cela ? demanda Mira avec une grimace de dégoût.

Cette fois, nous n'avions pas pris la peine de nous séparer en le voyant arriver, et c'était bon de continuer à tenir la main de Mira devant Fen.

– J'ai pensé que ça pourrait toujours servir, dit-il en posant le tout par terre.

Alors qu'il enfilait la tunique, on entendit un cliquetis, et Fen écarquilla les yeux.

– Quoi ? demandai-je.

Sans répondre, il arbora un trousseau de clés, qu'il me lança.

– D'accord, fis-je avec un grand sourire. J'avoue qu'elles peuvent se révéler utiles. Mais que comptes-tu faire dans ce déguisement ?

Le vêtement était un peu trop long et ses manches, trop étroites. Mais, associé au pantalon sombre de Fen, il formait un uniforme presque acceptable.

– Il te faut des bottes, décréta Mira.

Fen fit une grimace, ressortit, et revint avec les bottes du mort aux pieds.

Puis nous nous remîmes au travail. Nous fabriquâmes une sorte de fronde avec la toile de voile et renforçâmes la corde de sorte qu'elle résiste. Bientôt, nous découvrîmes que la plaque qui se trouvait sous tous ces débris était une dalle funéraire.

Elle était lissée et usée par le temps, mais on pouvait encore lire l'inscription, formée d'un seul mot.

Dracul. « Le dragon ».

C'était donc l'endroit où il aurait dû trouver le repos éternel, en emportant sa noirceur avec lui. Au lieu de cela, lorsque nous réussîmes à briser la dalle en deux, nous ne trouvâmes qu'un trou béant, une sorte de gueule ouverte dont montait un froid démoniaque.

– Il y a bien un passage, constata Fen.

– Évidemment, ripostai-je, vexée qu'il ne m'ait pas crue.

– Je me demande qui l'a creusé, dit Mira. Ça ne peut pas être le Dragon, bien sûr. Et les *strigoï* ne peuvent pas entrer dans les églises… si ?

– Non, répliquai-je, sans en être plus certaine que cela.

J'examinai la fosse et je m'y laissai glisser à contrecœur. Le tunnel qui en partait n'était pas plus haut que ma taille.

– Il va falloir ramper, dis-je en ravalant un haut-le-cœur.

– Bon, eh bien, rampons, répondit Mira avant de sauter pour me rejoindre.

On ne pouvait pas espérer la moindre lumière dans ce boyau. Bientôt l'église inondée de soleil me parut bien loin derrière nous, et j'eus la sensation de n'avoir jamais connu autre chose que le froid et l'obscurité. Je n'avais jamais eu de raison de craindre les espaces clos, mais celui-ci me causait une peur primitive, avec la terre qui s'effritait et tombait sur nous de tous côtés, et l'idée du château pesant de tout son poids au-dessus de nos têtes.

Je fermai les yeux, incapable de supporter plus longtemps la pression palpable des ténèbres, et continuai à avancer à tâtons. Il n'y avait pas d'autre bruit que celui de nos respirations. Parfois, Mira me saisissait la cheville, juste pour me signifier qu'elle était là, derrière moi. *Toujours là, avec moi*, songeai-je. Et cela me réconfortait.

Après un temps qui me parut infini, mais qui ne dut pas dépasser quelques minutes, mon front heurta quelque chose de dur. Je levai les mains et, à mon grand soulagement, sentis un anneau métallique, absolument glacé. Une main sur ma hache, je rampai jusqu'à me placer dessous.

– Prêts ?

– Oui, dit Mira.

Je tournai l'anneau et poussai la trappe avec l'épaule. La plaque crissa sur ses gonds, mais ne bougea pas.

– C'est coincé.

– Fen n'a qu'à prendre son élan et foncer dedans, suggéra Mira.

– Ha, ha, fit platement l'intéressé.

Mira rampa jusqu'à mon niveau. Je tournai de nouveau l'anneau, nous poussâmes toutes les deux et, cette fois, la trappe se souleva avec un grincement, qui résonna horriblement dans le tunnel. Je vis que nous avions débouché dans un couloir en pierre. Je regardai à gauche et à droite, mais il n'y avait personne.

– La voie est libre, murmurai-je avant de me hisser hors du tunnel.

Mira me suivit et nous tirâmes Fen sur le plancher avant de rabattre la trappe. Elle se fondait parfaitement dans le sol, s'alignant exactement avec les lames du parquet, mais la rouille des gonds avait laissé une trace rouge sombre. Je la recouvris de quelques tiges de jonc imprégnées d'une odeur de poussière.

Deux rangées de portes bordaient le couloir, comme dans la vision que mamă m'avait montrée, et je comptais jusqu'à trois.

– Celle-là, murmurai-je en sortant les clés de Tamăs.

J'étais si agitée que j'avais du mal à les manipuler. Se pouvait-il que Kem se trouve de l'autre côté de cette porte ?

– Calme-toi, *dragă*, me dit Mira en me prenant le trousseau.

Elle essaya les clés dans la serrure jusqu'à tomber sur la bonne.

– Voilà.

Puis elle recula. Alors que je posais la main sur la poignée, Fen me retint d'un geste.

– Tu es sûre ?

Collant l'oreille contre la porte, j'entendis un bruit qui ressemblait au gémissement d'un chien.

– Tu entends quelque chose ? me demanda Fen.

– Un enfant, chuchotai-je.

J'ouvris, et les pleurs cessèrent.

Devant moi étaient assis quatre enfants éclairés par une torche, deux filles et deux garçons, tous jeunes, serrés les uns contre les autres. Kem n'y était pas. Comme aucun d'eux n'avait le teint pâle ni les yeux rouges, j'entrai, tandis que Fen et Mira observaient la scène depuis le seuil.

Les enfants reculèrent, sauf l'une des deux filles, qui restait allongée sur le ventre, immobile, et qui semblait inanimée. J'écartai les mains dans un geste de paix.

– Tout va bien. Je ne vous ferai pas de mal.

Je glissai ma hache dans ma ceinture et me tournai vers la torche pour leur montrer que ma peau ne scintillait pas et que mes yeux étaient bruns, et non rouges.

– Je m'appelle Lil.

Pas de réaction. Je réessayai :

– Lillai. Je cherche mon petit frère, Kem. Il me ressemble un peu.

Ils ne parlaient toujours pas. La fillette avait le nez qui coulait, et ses jambes tremblaient lorsqu'elle se releva en masquant l'autre fille.

– Bonjour. Comment t'appelles-tu ?

– Tu es la danseuse, déclara-t-elle d'une voix rauque, brouillée par les larmes. Tu es à lui.

Son visage était déformé par la peur et par quelque chose de froid et de tranchant qui la vieillissait : la haine.

– Non. Mais j'ai une sœur, Kizzy. Est-ce d'elle que tu me parles ?

– Si, dit l'un des garçons entre ses dents. C'est toi. Tu es à lui.

– Nous sommes jumelles. C'est pour cela que nous nous ressemblons. Mais je vous jure que ce n'est pas moi.

Un poids s'était abattu sur ma poitrine. Qu'avait-on contraint Kizzy à faire, pour inspirer une telle frayeur à Tamăs et ces enfants ?

– C'est vrai, confirma Mira en entrant. Mais c'est elle que nous cherchons : la danseuse avec son ours.

Les enfants avaient frémi en la voyant si pâle.

– Ils sont à lui, dit la fillette en me dévisageant avec méfiance. Ce n'est pas toi, c'est vrai ?

– Non. Je suis seulement sa sœur. Et toi, tu es leur sœur aussi ? demandai-je en désignant les trois autres.

Elle hocha la tête.

– Ils ont pris Olga, notre grande sœur. Ensuite ils l'ont ramenée, mais elle ne se réveille pas.

– Je peux voir ? demanda Mira.

Les garçons s'écartèrent. Olga restait inerte, pâle comme une *strigoï*. Il y avait deux petits trous dans son cou, nets comme des piqûres d'épingle. Je ne les aurais pas remarqués si je n'avais pas su quoi chercher.

Mira s'avança et le plus petit des garçons fit mine de s'interposer, mais je lui dis :

– Tout va bien. C'est une bonne guérisseuse.

Cela parut le rassurer, et ils regardèrent Mira soulever une paupière d'Olga. Son œil était bleu et vitreux. Mira posa les doigts dans son cou et me regarda en secouant la tête. La fille était morte, mais sa mort l'avait sauvée d'un sort encore pire.

– Comment vous appelez-vous ? demandai-je.

Les garçons baissèrent le nez, mais la fille me répondit :

– Alina.

– D'où venez-vous ?

– De très loin. C'est notre père qui nous a envoyés ici. Nous n'avions pas assez à manger, et on lui a promis de la nourriture s'il nous laissait venir ici. On lui a dit que nous serions des héros.

Je ravalai ma colère. Quel genre de père pouvait envoyer ses enfants dans un endroit pareil ?

– Vous devez sortir d'ici, dis-je. Vite, avant que la nuit tombe. Nous connaissons un passage…

– C'est trop loin, dit Alina. Olga dit que…

– Olga ne peut pas se réveiller pour le moment, mais je suis sûre qu'elle vous dirait de partir. Il y a un village derrière la colline. On peut vous montrer le chemin.

Alina pleurait, maintenant.

– Ils nous ont dit de ne pas bouger. On doit obéir, ou ils nous empêchent de dormir. Comme ils ont pris Olga, elle, elle peut dormir, maintenant. Bientôt, ce sera à mon tour.

Je m'accroupis, réfléchissant à toute allure.

– C'est ce qu'ils t'ont dit ?

– Oui. On raconte qu'il a promis à ta sœur de laisser partir les autres. Mais pas nous. Il voulait Olga. Il ne fallait pas que ta sœur l'apprenne.

Un goût de bile me monta à la gorge. En ajoutant cela à ce que m'avait dit Tamăs, je commençais à deviner ce qui avait pu se produire.

– Donc, elle ne sait pas que vous êtes ici.

– Seulement des adultes à partir de maintenant, c'est ce qu'elle a demandé. Mais nous, on était spéciaux. Et il y a un garçon aussi. Il doit aller dans la grande salle ce soir.

– La grande salle ?

– Là où Olga est allée.

Puis Alina pencha la tête sur le côté.

– Il est comme toi.

Mon cœur se mit à battre plus vite.

– Comme moi ? Tu veux dire qu'il a la peau et les cheveux bruns ?

Elle hocha la tête.

– C'est la dresseuse d'ours qui choisit. Ça se passe comme ça depuis qu'elle est arrivée. Je ne sais pas pourquoi elle l'a choisi, lui.

Alina semblait presque jalouse, et je me demandai quels raisonnements tordus on leur avait mis dans la tête, dans leur village et ici, où on faisait croire à ces enfants qu'ils étaient des héros.

– Et il doit aller dans la grande salle ce soir, dis-tu ?

– Oui.

Puis, se tournant vers sa sœur :

– Olga va bientôt se réveiller ?

Doucement, je posai la main sur son épaule. Elle ne bougea pas, se contenta de me fixer en attendant ma réponse. Une terrible sensation de fatigue s'abattit sur moi.

– Alina, Olga ne peut pas se réveiller.

Elle plissa les yeux et son petit visage se fit féroce.

– Ne dis pas cela.

– Je suis désolée.

Elle repoussa rudement ma main.

– Va-t'en.

– Alina…

– Va-t'en, ou je crie !

Impuissante, je regardai mes compagnons. Le visage de Fen était noyé de tristesse et Mira était au bord des larmes.

– Emmène tes frères loin d'ici, Alina. Ce serait bien mieux pour vous.

Sa lèvre se mit à trembler.

– Il y a une sortie, ajoutai-je en désignant la trappe. Nous allons la laisser entrouverte en ressortant. Vous pouvez même partir tout de suite.

– On ne part pas, dit-elle en regardant Olga.

– Alors nous reviendrons.

Et je me levai pour m'en aller, laissant derrière moi une nouvelle promesse impossible à tenir.

34

Une fois nos yeux réaccoutumés à l'obscurité, nous reprîmes le passage souterrain jusqu'à des marches qui nous ramenèrent dans le couloir où nous avions trouvé Tamăs. Il n'avait pas été remplacé, et le rideau déchiré pendait toujours à sa tringle.

J'étais triste pour lui, si sûr d'être protégé par sa loyauté, mais assez insignifiant aux yeux de son maître pour que ce dernier ne semblât pas même s'être aperçu de son absence.

– Par là ? me demanda Fen, visiblement aussi pressé que moi de découvrir ce qui nous attendait au bout de notre voyage.

Je hochai la tête et nous prîmes le couloir jusqu'à un autre rideau, que Fen repoussa.

Un garde se tenait là, nous tournant le dos. Il fit volte-face.

Aussitôt, Fen nous saisit par les poignets, Mira et moi, et nous poussa à genoux. Grâce à son uniforme, il pouvait facilement passer pour un autre garde.

– Tout va bien ?

L'homme le détailla des pieds à la tête, depuis ses bottes jusqu'à l'écu qu'il portait sur la poitrine, s'attarda sur son visage et fronça le nez.

– Où est passé l'autre ? Le grand maigre.

– Tamăs ?

Le garde haussa les épaules et je vis qu'il ne faisait que se montrer poli envers le nouvel arrivant, mais que tout cela ne l'intéressait pas réellement.

– Il est malade. Il m'a envoyé pour le remplacer.

– D'accord. Je ne savais pas qu'il y avait des Tziganes libres dans la région.

– Je ne suis pas un Tzigane, répliqua Fen en se hérissant.

Ce n'était pas un mensonge. Nous n'admettions pas cette appellation.

Le regardant par-dessous ma frange, je vis que le garde avait pris un air déconcerté.

– Je ne voulais pas te vexer.

– Pas de problème.

– Et elles, c'est quoi ? Encore des réserves secrètes ?

Je me hâtai de baisser les yeux.

Jamais nous ne pourrons ne pas éprouver de violence à entendre parler de nous de la sorte, me dis-je.

– Ouais, répondit Fen en réussissant à garder un ton détaché. C'est quoi, cette histoire, au fait ?

Le garde racla des glaires dans sa gorge et les souffla par le nez. Une masse gluante atterrit devant moi et je fermai les yeux.

– On voit que t'es nouveau, toi… Depuis que cette poseuse est arrivée, le maître a un faible pour elle. Du coup, elle a ses exigences – les femmes, toutes les mêmes !

Il s'esclaffa et Fen l'imita en serrant les dents.

– Entre autres, elle a décidé qu'il n'y aurait plus de gamins. Ce qui va bien me faciliter la vie, je dois reconnaître. Ils me détestent là-bas, au village.

On se demande pourquoi, pensai-je.

Le garde rota.

– Enfin, grâce au pacte, au moins, on est en sécurité, c'est ça qu'il faut se dire. C'est pas très drôle comme boulot, mais il faut bien que quelqu'un le fasse.

– Mais il reste encore des gamins ici, reprit Fen l'air de rien. Comment ça se fait ?

– Il les garde au cas où elle changerait d'avis.

Je me raidis, et je vis que Fen envisageait la même hypothèse que moi : celle que nous soyons arrivés trop tard.

– Comment ça ?

L'homme frémit, mais il était évident qu'il prenait du plaisir à montrer qu'il était dans la confidence de son maître. Les dalles de pierre me râpaient les genoux, et je devais me tordre les épaules pour faire croire que j'avais les mains attachées dans le dos. Je me demandais combien de temps le garde allait mettre à se rendre compte que nous n'avions pas réellement les poignets liés.

– Écoute, je sais pas tout. On sort tous d'ici dès que la nuit tombe. Je n'ai jamais vu un seul… Enfin, tu vois, une seule de ces créatures. Mais comme je dis toujours, ne pose pas de questions et tu peux bien gagner ta vie ici.

– Mais changer d'avis comment ? insista Fen.

Je compris aussitôt qu'il s'était montré trop curieux. Le garde le regarda de travers.

– T'es là pour quoi, au fait ?

– Je les conduis dans la grande salle. Elles font partie du festin de ce soir.

– Oh, je croyais qu'y en avait qu'un, répondit le garde en haussant les sourcils.

Et il désigna la porte à deux battants, plus haute que tout ce que j'avais pu voir dans le château du *boyar*.

– Changement de programme, commenta Fen en nous faisant nous relever et en nous poussant vers la porte. Il y a quelqu'un à l'intérieur ?

Le regard du garde restait soupçonneux.

– Rien que le gamin. Les autres sont tous dans leur gîte. Tu suis les ordres du Dragon, là ?

– Qui d'autre ? répliqua Fen en avançant d'un pas. Tu veux peut-être lui demander personnellement ?

L'homme pâlit.

– Non, non, tout va bien. Bon, à demain, euh… comment t'as dit que tu t'appelais ?

Déjà, Fen avait ouvert la porte et nous avait poussées à l'intérieur.

– Je ne me rappelle pas te l'avoir dit.

Puis il referma derrière nous et se laissa glisser par terre, le front luisant de sueur.

– Je n'ai jamais vu quelqu'un mentir aussi mal, commenta Mira.

– On est entrés, oui ou non ? se défendit Fen, qui avait du mal à y croire lui-même.

– Oui, on y est, murmurai-je, prise de vertige, en regardant autour de moi.

Nous étions dans la salle de ma vision, aussi sombre et profonde qu'une grotte. Au centre se trouvait l'espace où j'avais vu Kizzy danser. Il y avait la table où le Dragon devait se tenir en souriant pour profiter du spectacle. Et enfin, au beau milieu de la salle, une chaise. Sur laquelle était assis Kem.

Il avait la tête baissée, mais je reconnus sa chevelure bouclée. Il était recouvert d'une énorme pelisse, dont je vis en m'approchant qu'il s'agissait d'une peau d'ours. Il bougea, et geignit avec un mouvement de recul lorsque je lui soulevai le menton.

– Kem ?

Je scrutai son visage à la recherche de signes de maladie. Mais s'il était pâle, privé de soleil, sa peau était tiède. Ce n'était pas un monstre mais bien un petit garçon, mon frère. Je le pris dans mes bras et je pleurai.

– Lillai ?

Il avait du mal à articuler. Était-il drogué ?

Je ne parvenais pas à donner de sens à tout cela, en particulier à ce qu'avait dit Alina, que Kem aurait été choisi par Kizzy en personne – choisi pour quoi ? Tout ce que je savais, c'était que je devais l'emmener loin d'ici le plus vite possible.

– Oui, Kem. Je suis là.

Le serrant de toutes mes forces, je répétai son nom encore et encore, pour rendre sa présence plus réelle.

Une larme roula sur sa joue, et je l'essuyai tandis que les miennes continuaient à se déverser. Fen s'empressa de défaire les nœuds des liens qui attachaient mon frère à la chaise et, dès qu'il fut détaché, son corps menu bascula en avant, s'affalant sur moi comme un poids mort. Il avait bien été drogué. Mais pourquoi ? Par pitié pour ce qui l'attendait ?

– Lil, marmonna-t-il. Lil, Kizzy…

– Chut.

Mais Fen se rapprocha.

– Quoi, Kizzy ?

Je tentai de le repousser, en vain.

– Qu'y a-t-il à propos de Kizzy, Kem ?

– Il… Il…

Mon frère fondit en larmes.

– Arrête, dis-je à Fen en perdant patience.

Mon frère, mon petit frère était vivant, là, dans mes bras, et je n'étais pas prête à le lâcher. Pourtant, il le fallait.

– Mira, tiens-le, s'il te plaît.

– Que vas-tu faire ? me demanda-t-elle en tendant les bras.

– Nous faire gagner du temps.

– Dans quel but ?

Je dus détourner le regard de ses yeux gris, ses yeux de nuage d'orage, de lune et d'eau vive aux reflets d'argent. J'avais appris à les connaître mieux que mon propre visage, et je savais que si je continuais à les fixer, je perdrais le peu de résolution qu'il me restait.

– Vous enfuir.

Je filai avant qu'elle ait pu protester.

– Emmenez Kem, Alina et ses frères. Allez vous cacher dans l'église, n'en bougez pas avant le lever du soleil, puis partez. Toi aussi, Fen. Ça ne servirait à rien de rester tous les trois.

Il croisa les bras d'un air déterminé.

– Je suis venu pour sauver Kizzy, je reste.

Je compris que je ne le ferais pas changer d'avis.

– Mira, je t'en prie, insistai-je en me forçant à la regarder. Emmène Kem. C'est une partie de moi-même. S'il lui arrivait encore quoi que ce soit…

– Et moi ? me demanda-t-elle tout bas. Que fais-tu de la partie de moi-même que je t'ai donnée ?

J'appuyai mon front contre le sien.

– Je te retrouverai. Je te le promets.

– S'il te plaît, me répondit-elle avec une douceur pleine de tristesse. Ne me fais plus de promesses.

Et tout en parlant, elle me prit Kem des bras et le souleva.

– Il adore les têtes de fougère, ajoutai-je. Et il a peur du noir. Et des sangliers. Et de beaucoup de choses, en réalité, et…

– Il n'aura rien à craindre, me dit-elle en me faisant taire d'un doigt sur ma bouche.

Je hochai la tête en ravalant mes larmes.

– Mets fin à tout cela, reprit-elle en me donnant son bâton, taché du sang du père innocent. Si tu dois rester, fais tout ce que tu peux pour que cela s'arrête.

Fen lui tendit son silex.

– Tiens, pour faire du feu. Et tiens-toi à l'écart des chemins.

Elle prit la pierre et se pencha à mon oreille pour me murmurer quelque chose.

Puis elle partit, en emportant mon frère à demi inconscient dans ses bras. Et je me rendis compte alors que j'aurais dû lui dire, moi aussi, que je l'aimais.

Parce que c'était vrai, puisque mon cœur venait de se briser. Fen posa une main sur mon bras. Il avait compris.

35

Bien assez tôt, la nuit allait tomber et nous découvririons à quel sort mon frère venait d'échapper.

Nous mîmes au point ce qui pouvait passer pour un plan. Il y eut un débat pour décider qui, de Fen ou de moi, prendrait la place de Kem, mais bien qu'il fût plus grand que moi, je ne pouvais nier que ses cheveux courts le rendaient plus crédible dans le rôle de mon frère. Dans ma vision, je me trouvais en surplomb de la salle et non au centre, et je supposai que, si elle nous avait menés à bon port jusqu'ici, le mieux était de continuer à nous y fier.

J'enroulai les liens autour de ses poignets sans les nouer et glissai le bâton d'if dans ses mains.

Il le serra fermement et je me penchai pour l'embrasser sur la joue. Quoi qu'il eût à affronter, je savais qu'il y ferait face avec courage, mais je m'en voulais de ne pas avoir réussi à le convaincre de partir. J'étais moins sûre que jamais que nous ayons une chance de survivre à cette nuit.

Puis j'allai me cacher derrière l'une des lourdes tentures noires qui pendaient derrière la grande table et j'attendis. En levant la tête, je pouvais voir le ciel s'assombrir, mais je n'eus pas besoin de voir la nuit tomber pour reconnaître le moment où les *strigoï* se réveillèrent.

Car lorsqu'ils se mirent à bouger, ils s'appelèrent les uns les autres, sur des tons presque chantants, presque doux, mais qui me glacèrent le sang comme l'auraient fait des plaintes de loups.

À travers l'interstice entre les rideaux, je les vis se déverser dans la salle. Ils émettaient une sorte de lumière, comme des fantômes, et portaient tous des tenues raffinées, noires rehaussées d'or, qui miroitaient telles des écailles. Il y avait non seulement des hommes, comme chez le *boyar* Valcar, mais aussi des femmes. Ils allèrent s'asseoir à la table, sans assiettes ni couverts, mais chacun avait devant lui une timbale couleur d'ivoire. Je dus me pincer pour me convaincre que je ne rêvai pas.

Le Dragon entra le dernier.

Tous se figèrent à son arrivée, comme saisis dans la glace. Mille petits aiguillons de froid me piquèrent la peau, comme si sa simple présence suffisait à aspirer la vie dans mon corps. Malgré ma répugnance, je ne pus faire autrement que le regarder.

Il était grand, encore plus que Tamăs et Calazan, d'une taille inhabituelle, dépassant tous ses invités d'au moins une tête. Son visage, dont les angles semblaient taillés dans du marbre blanc, luisait à la lueur des bougies au point que ses traits paraissaient flous.

Si les hommes étaient parés de leurs plus beaux atours, il les surpassait tous de loin. Il portait une fourrure noire, que ses cheveux de jais faisaient paraître marron, et des bagues en or à tous les doigts. L'une était sertie d'un rubis de la taille d'une noisette, une autre, d'une opale laiteuse. Il s'approcha de la tenture, si près que j'aurais pu toucher ses cheveux. Il était beau. Ses traits étaient ceux d'un loup, dangereux, mais plus fins que je n'en avais vu sur le visage d'aucun homme. Ses yeux rouges étincelaient comme le rubis qu'il portait au doigt.

Il était repoussant, élégant, magnétique. J'aurais volontiers enfoncé le pieu de Mira dans son cœur. Mais dans quelques instants, nous allions pouvoir apprendre le sort de Kizzy, et le nôtre en même temps. La mort du Dragon pouvait attendre un peu.

Le silence se fit total. Dracul frappa dans ses mains, avec un bruit auquel le cliquetis de ses bagues donnait une curieuse teinte métallique. Une porte s'ouvrit au fond de la salle et Kizzy et Albou parurent sous de tièdes applaudissements.

Mon cœur acheva de se briser.

Elle était toujours aussi belle, sa peau, toujours aussi cuivrée, mais elle luisait d'une lumière étrange, comme recouverte d'un vernis, et ses yeux étaient rouge sang.

Je pense qu'au fond de moi j'avais espéré jusqu'au bout que Tamăs se soit trompé mais, devant l'évidence, tout s'évanouit. J'aurais dû bondir de derrière la tenture, tuer le Dragon et dire à Fen de fuir. Mais je regardai ma sœur et l'ours de mamă avancer vers lui avec un sentiment d'impuissance. Fen ne ressortirait jamais vivant au milieu des centaines de *strigoï*.

Je ne savais que faire. Quel choix avais-je, avec tous ces immortels assis à table devant moi ? Était-ce cela qu'avait souhaité mamă en m'envoyant une vision ? J'aurais voulu tomber à genoux et fondre en larmes en voyant Kizzy passer devant Fen. Mais je ne pus que la regarder prendre les pattes d'Albou et se mettre à danser au son d'une musique fantôme.

Elle était plus belle que jamais, plus lumineuse qu'aucun être humain ne pourrait jamais l'être. Mais elle n'était *plus* humaine. Elle était désormais une *strigoï*, et je n'avais pas réussi à la sauver. Alors qu'elle dansait, Fen sursauta. La regardant par-dessous sa frange épaisse, il vit sa peau brillante et ses yeux rouges, et ses épaules se mirent à trembler.

Tous étaient absorbés par le spectacle et nul ne s'en aperçut. Ni les monstres élégants assis à table, ni Kizzy elle-même, dont l'attention restait concentrée sur notre ours blanc, ni même Dracul.

Car, lorsque je me tournai vers lui, ses yeux étaient rivés sur moi.

36

Le Dragon me sourit, du même sourire que dans ma vision, que j'avais vu et revu dans mes cauchemars. Mais cette fois, Mira n'était plus là pour me réveiller par ses doux baisers et ses paroles encore plus douces.

Ses dents pointues luisirent au clair de lune, dont, imprudemment, j'avais laissé filtrer la lumière entre les rideaux. Tandis que ma sœur continuait à danser, il me fit signe d'approcher.

Mes jambes se mirent en marche sans que je pusse les en empêcher, même si je tenais toujours fermement le bâton de Mira. Me voyant sortir de derrière les tentures, Kizzy trébucha. Du coin de l'œil, je la vis s'arrêter et lâcher Albou, qui retomba à quatre pattes en haletant.

Toutes les paires d'yeux rouge sang se tournèrent vers moi, et la température me parut tomber encore de quelques degrés. J'eus la sensation que chacun des *strigoï* avait posé la main autour de mon cou, et serrait.

– Eh bien, déclara Dracul d'une voix qui était à la fois miel et piqûre d'abeille, voici donc la jumelle, je suppose.

Dans un geste trop vif pour me laisser le temps de réagir, il me saisit le poignet, d'une main si froide qu'elle me brûla. J'ouvris les doigts et la branche d'if tomba sur les dalles de pierre avec un bruit grêle qui me fit grimacer. Comment avais-je pu être assez stupide pour espérer le vaincre avec ce fétu aussi léger qu'une allumette… ?

– Nous t'attendions.

J'osais à peine respirer.

– Regarde, Kisaiya, reprit-il tandis que toute l'assistance continuait à me dévisager. Ta sœur est là.

Quelque chose dans le visage de Kizzy, une ombre passant sur l'éclat de sa beauté, me fit comprendre qu'elle m'avait reconnue. Il ne l'avait pas encore totalement détruite.

– Kizzy…

Mais déjà, Fen était passé à l'action. Rejetant la peau d'ours qui le recouvrait, il lui fit un croche-pied. Albou se cabra aussitôt, mais je prononçai le mot d'apaisement de mamă et il reposa les pattes avant par terre en grognant doucement. Fen avait bloqué Kizzy en passant le bras autour de son cou, et pressait son pieu sur sa poitrine. Il n'y avait pas un bruit dans la salle, et ce silence était plus terrible que des hurlements.

– Lâchez-la, gronda Fen d'une voix instable à l'adresse de Dracul. Lâchez-la ou je tue Kisaiya.

– Qui es-tu ? demanda le Dragon. Où est l'autre garçon ?

– Parti depuis longtemps.

– Comment êtes-vous entrés ?

Son ton était nonchalant, presque amusé. Fen ne répondit pas mais Dracul leva une main chatoyante et claqua des doigts.

– Ahhh, mais oui ! Le passage ! Les villageois l'ont creusé depuis ma vieille tombe, au temps où ils essayaient encore de résister à mon règne. Ils ont vite compris que c'était peine perdue. Vous auriez dû l'admettre aussi.

– Il n'empêche que nous sommes arrivés jusqu'ici, signala Fen d'un air de défi. Et que vous devez laisser repartir Lillai.

Dracul eut un petit rire.

– Tue-le, Kisaiya.

– C'est moi qui la tuerai, répliqua Fen, surpris.

– Oh non. Elle peut te maîtriser en un instant. Elle n'a pas besoin d'arme, puisqu'elle en est une elle-même. C'est le choix qu'elle a fait en décidant de devenir comme moi.

– Comme vous ?

Je scrutai l'assistance. Tous ces gens avaient-ils réellement fait un tel choix ?

– Non, non. Ceux-là sont mes sujets, mes *strigoï*, me détrompa Dracul avec son sourire de loup.

De nouveau, il fit claquer ses longs doigts. Aussitôt, les *strigoï* se levèrent et quittèrent la salle en glissant tels des spectres, nous laissant seuls avec lui.

– Kisaiya est mon cygne, mon égale. Du moins, elle le sera après cette nuit. Elle cherche le pouvoir. Et c'est ce que je lui ai donné.

– Elle n'aurait jamais choisi cela, protestai-je, retrouvant enfin ma voix. Elle n'aurait jamais désiré devenir un monstre.

– C'est pourtant ce que vous êtes déjà dans l'esprit de beaucoup de gens, argumenta Dracul. Je sais comment sont traités les Voyageurs : souvent plus mal que des chiens. Plus mal que des *strigoï*, parce que la peur que vous inspirez ne pousse pas les autres au respect. Désormais, ils la respecteront, comme ils me respectent. Et je lui ai offert mieux que cela. (Il se pencha en avant.) Elle peut devenir comme moi. Il lui suffit de boire mon sang et elle sera libre.

– Boire votre sang ? dis-je à mi-voix. Rester enfermée ici, est-ce cela, la liberté que vous lui offrez ?

– Elle l'a choisi.

– Non. Kizzy, est-ce vrai ?

Ma sœur me regarda, et je sus. Après un éclair de peur, je fus prise d'une puissante colère.

– Et Kem ? criai-je. Elle n'aurait jamais fait de mal à Kem.

– Elle a eu le choix, insista Dracul. Elle pouvait faire de lui l'un des nôtres ou le tuer. Elle a jugé la seconde possibilité plus clémente. Le pouvoir est un lourd fardeau. Elle le sait, maintenant.

– Cela fait mal, Lillai, de se perdre, dit Kizzy, d'une voix qui, bien que toujours la sienne, avait pris une dimension vibrante, hypnotique. Je suis déjà… Je ne me sens plus moi-même. Un peu comme si j'étais toujours au bord de la mort. Mon cœur ne bat plus, et pourtant il ressent la douleur. Si j'avais su, j'aurais fait un autre choix.

Elle se laissa aller de nouveau dans les bras de Fen. Des larmes roulèrent sur ses joues et il les embrassa.

– Je devrais peut-être laisser quelqu'un d'autre faire ce dont je n'ai pas été capable, ajouta-t-elle doucement.

Dracul se redressa sur son siège en resserrant sa prise autour de mon poignet.

– Si tu le laisses te tuer, tu romps notre accord et je tuerai chaque homme, chaque femme et chaque enfant qui se trouve en bas. Je tuerai tous les gens des environs.

Je compris alors ce qui avait poussé Kizzy à faire ce choix. Ils avaient passé un arrangement : la vie de ma sœur en échange de celle de centaines d'innocents. Mon cœur se gonfla de fierté, en même temps qu'il menaçait d'exploser de rage dans ma poitrine.

– Alors je demande deux autres vies, répondit Kizzy en nous désignant, Fen et moi. Deux autres vies, et je resterai à jamais à tes côtés.

– Je t'en ai déjà accordé assez.

– Eh bien adieu.

Arrachant le pieu des mains de Fen, elle appuya la pointe si fort sur son cœur que je vis sa peau commencer à bouillonner, comme l'avait fait celle de la fillette sous l'effet du soleil.

– Une ! céda Dracul. Une vie, et n'en parlons plus.

Il ôta la bague sertie d'une opale.

– Ce bijou garantira à son porteur la sécurité et la libre circulation sur toutes mes terres. Nul n'irait loin sans elle. Mais tu ne peux désigner qu'une personne.

Elle se tourna vers moi, et je sus qu'elle allait dire mon nom. Je vis ma vie se séparer en deux, comme les lignes sur ma paume. L'un des chemins me promettait une vie passée à vivre pleinement, à respirer, à aimer Mira et à regarder Kem grandir et devenir un homme. C'était cette vie-là que je voulais, si violemment que c'était plus douloureux que la main du Dragon autour de mon poignet.

Mais je secouai la tête. Un éclat brun passa brièvement dans les yeux rouges de Kizzy et je sus qu'elle avait compris.

– Me laisseras-tu le faire moi-même ? demanda-t-elle à Dracul.

Il acquiesça d'un signe de la tête.

– Mais d'abord, il me faudra une démonstration de ta loyauté.

Il se leva, et j'eus un vertige en me voyant si petite face à sa haute stature. M'ignorant totalement, les yeux toujours fixés sur Kizzy, il sortit une fine dague de sa manche, si aiguisée que j'eus mal rien qu'en la regardant.

– Kizzy ! m'écriai-je pour l'avertir du danger.

Mais elle me répondit par une espèce de sifflement en me montrant des dents pointues, et cette horrible vision me pétrifia.

Puis, au lieu de s'en prendre à elle comme je l'avais craint, Dracul fit courir la pointe de sa dague sur son bras. Coulant le long de son poignet, un sang couleur d'argent tomba dans l'une des timbales en étain gravé laissées par ses *strigoï*.

– D'abord, tu dois boire mon sang.

– Kizzy, non !

Mon cri déchira l'air, et Dracul me jeta un regard de dédain, comme si mes larmes étaient quelque chose de répugnant.

Ma sœur prit la timbale et but jusqu'à la dernière goutte. Elle lâcha le gobelet, ses yeux roulèrent en arrière et elle convulsa, une fois, puis deux. Des gouttes de sang argenté perlaient sur ses lèvres. Albou gronda tandis que la lueur qui émanait d'elle s'intensifiait. Soudain, je crus qu'elle s'élevait du sol, avant de comprendre qu'elle s'était mise à grandir, de plus en plus, jusqu'à ce qu'elle atteigne la taille de Dracul et que je ne lui arrive plus qu'à l'épaule. Ses cheveux bruns se firent encore plus sombres, prenant la même teinte bleutée que ceux du Dragon. Sa peau brillait comme de l'acajou.

Enfin, les convulsions cessèrent et elle se redressa.

– Le sens-tu, mon cygne ? lui demanda Dracul d'une voix langoureuse.

– Oui, souffla-t-elle. Oui.

– Quel est ton choix ?

Kizzy me regarda et sa bouche parfaite s'ouvrit.

– Fen.

– Non ! cria ce dernier.

Mais déjà, Dracul avait lancé son opale à Kizzy. Elle la rattrapa d'une main, sans lâcher la branche d'if, et glissa l'anneau au doigt de Fen.

À cet instant, je compris que Bucătar et la Vieille Charani avaient toutes les deux vu juste. Il y avait bien un anneau de promesse dans l'avenir de Fen, mais ce n'était pas une promesse de mariage. Seulement celle d'un sauf-conduit pour partir loin de celle qu'il aimait.

Une fois encore, Dracul claqua des doigts. La grande porte s'ouvrit. Les *strigoï* se tenaient alignés derrière, formant une masse lumineuse et compacte qui semblait infranchissable.

– Eh bien pars, dit-il à Fen, mais hâte-toi. Je ne pourrai pas les retenir très longtemps.

Les *strigoï* se mirent à avancer. Albou se tapit dans une attitude d'attaque. Kizzy replia les bras autour de son cou massif et lui murmura quelque chose à l'oreille. L'ours se calma. Prenant Fen entre ses grosses pattes, il le glissa sur son dos, de même qu'il l'avait fait pour Kem, et Fen eut juste le temps de crier le nom de Kizzy avant qu'ils ne disparaissent. Partis rejoindre Mira, et Kem, retrouver une vie que je n'aurais jamais.

Car déjà, le Dragon, aussi grand qu'un arbre à côté de moi, me conduisait vers ma sœur. Elle me prit dans ses bras aussi froids que la glace, à la peau aussi lisse que du verre. Avec un soupir de désespoir, je me laissai aller contre elle, et ses lourdes boucles masquèrent nos deux visages lorsqu'elle se pencha pour approcher sa bouche de mon cou. Je ne sentis rien, aucun souffle.

Elle me murmura à l'oreille :

– Il nous reste une chance, Lil. Fais-moi confiance.

Je sentis la morsure de ses ongles aiguisés sur ma gorge, puis quelque chose s'enfonça dans mon cou. La douleur résonna telle une cloche dans tout mon corps, et je m'évanouis dans un grand frisson.

37

J'avais froid. Comme si l'on m'avait plongée dans une rivière glacée, ou arrachée d'un sépulcre. Je m'assis brusquement en prenant une grande goulée d'air, enveloppée d'une chape d'obscurité.

– Chut, dit une voix.

Kizzy.

– Kisaiya ?

La gorge nouée par la panique, je tentai de me repérer dans les ténèbres, aussi épaisses que celles d'un tombeau. Je me demandai si ce que l'on racontait était vrai, si les *strigoï* dormaient vraiment dans des cercueils. Tâtonnant dans le noir en m'attendant à rencontrer de la pierre, je ne sentis qu'un tissu soyeux, sous moi et autour de moi.

– Je ne vois rien.

– Désolée. Je vais allumer un feu.

Kizzy semblait parfaitement calme, mais cela ne suffit pas à me rassurer.

J'entendis un bruissement, puis elle s'éloigna avec l'assurance et la légèreté d'un chat. Le frottement d'un silex contre… quoi ? Son ongle ? Je frémis en me rappelant ses mains sur ma gorge, la sensation tranchante…

– Tu m'as griffée, dis-je, comprenant enfin. Tu ne m'as pas mordue.

Tandis que la pièce s'illuminait, je portais la main à mon cou et sentis un pansement sous mes doigts. J'étais assise dans un beau lit couvert de soieries, dont le baldaquin était également tapissé. La chambre était richement parée et les fenêtres, bouchées par les lourdes tentures noires identiques à celles qui pendaient partout dans la grande salle.

La silhouette de ma sœur se découpait à contre-jour, accroupie devant la cheminée, me tournant le dos.

– Il t'a forcée, ajoutai-je. Tu devrais avoir le droit de choisir.

Elle se retourna, et son nouvel aspect me frappa dans toute son horreur. Elle luisait, comme éclairée de l'intérieur, et cet éclat de perle surnaturel semblait courir sous sa peau sombre, irisée par la lueur des flammes. Ses yeux rouges étincelèrent.

– Suis-je vraiment si horrible, Lil ? Je ne me rends pas compte.

Elle alla se camper devant le miroir et mon sang se glaça dans mes veines : elle n'avait pas de reflet.

– Tu es magnifique, répondis-je, poussée par ma loyauté de toujours. Mais… oui, tu es horrible.

Elle se tourna vers moi en souriant et je découvris mon visage terrifié dans le miroir, à côté du vide criant là où j'aurais dû voir ma sœur.

– Kisaiya, dis-je, au bord des larmes. As-tu vraiment choisi ceci ?

Elle soupira en fermant les yeux, et je pus m'imaginer qu'ils étaient bruns, qu'elle avait encore son apparence vivante d'avant sa transformation.

– Sur le coup, je ne l'ai pas vraiment vécu comme un choix. Mais me suis-je agenouillée devant lui pour qu'il me morde ? (Elle passa les mains sur la peau sans défaut de son cou.) Oui. Cela commence déjà à être douloureux de me souvenir, mais ce moment, je m'en souviens.

– Mais pourquoi ? m'exclamai-je.

Ma question rebondit violemment sur les murs de la chambre et Kizzy tressaillit comme si je l'avais frappée.

– À cause de ce que Dracul t'a dit, Lil. (Elle prononça son nom sans peur, avec respect.) Pour avoir la possibilité d'être puissance, de façonner mon propre avenir, au lieu de dépendre de fables sur le destin. Il en parle bien, n'est-ce pas ?

Sa voix redevenait vibrante, cadencée, comme la musique terrible des tempêtes.

– Je veux te l'entendre dire, insistai-je. Explique-moi pourquoi tu as choisi d'être un monstre.

– À peu près pour la même raison que toi, répliqua-t-elle durement, paraissant soudain encore plus grande, parée de sa colère. Si je t'avais écoutée, tu serais une *strigoï*, maintenant.

– Mais tu ne l'as pas fait. Alors explique-moi.

Elle s'assit à côté du lit sur une chaise à haut dossier, qui resta vide dans le miroir. Je me détournai résolument de cette image.

– Calazan ne m'a pas amenée directement ici, répondit-elle enfin. Il m'a menti pendant tout le trajet. En réalité, il voulait me conduire à son château et faire de moi sa… je ne sais pas. Sa maîtresse.

Je lui pris la main, que je ne pus tenir qu'un instant avant que sa froideur de glace ne m'oblige à la lâcher.

– T'a-t-il violée ?

– Je l'ai étripé avec sa propre lame, dit-elle simplement.

Puis, tournant vivement les yeux vers moi :

– Tu n'es pas choquée ?

– J'ai tué Vereski. La nuit de ton départ, il m'a traînée dans l'écurie. Je l'ai poignardé.

Je ne m'attendais pas à ce que cette nouvelle l'attriste, mais le sourire franc qui s'épanouit sur son visage avait quelque chose de macabre. De nouveau, j'entrevis ses dents, très blanches et très pointues, qui n'avaient plus rien de l'aspect de ses dents d'autrefois.

– Bravo. Ainsi, nous voilà deux monstres.

– Parle pour toi, répliquai-je.

Elle rit, d'un rire qui sonna comme de l'eau se figeant en glace.

– Et que s'est-il passé ensuite ? demandai-je.

– Ses hommes m'ont amenée ici. Je crois qu'ils prévoyaient que je finisse sur un pieu de la palissade, or Dracul m'a applaudie. Tu as sûrement compris qu'il était plus qu'un simple *strigoï* ?

– C'est assez clair, oui, dis-je froidement.

Elle rit de nouveau.

– Mais tu as trouvé ton sens de l'humour ! Cela me plaît. Oh, non, Lil, ne fais pas cette tête. Si je ne riais pas, je crois que je hurlerais.

Elle porta la main à sa gorge, au cri qui y demeurait bloqué.

– Il m'a offert un choix. Il le fait avec toutes ses favorites, mais il a dit que j'étais spéciale. Celui de ne pas devenir une *strigoï*, sans cesse assoiffée de sang, capable de tuer les gens comme des insectes. Lorsqu'il a bu mon sang, je suis devenue une *strigoï*, mais ensuite, en buvant le sien cela a fait de moi une vampire.

– Une vampire ? Qu'est-ce que c'est ?

Ce mot était aussi séduisant et terrible que le Dragon.

– Un ordre entièrement nouveau de morts-vivants. Un ordre régnant. Il a dit que je devais m'y joindre et que nous bâtirions un monde meilleur.

– Évidemment, fis-je avec un petit rire narquois.

– Non, Lil, écoute-moi jusqu'au bout. Il a dit que j'étais spéciale, et j'ai cru que c'était à cause de la lune rouge, ou de mon don, ou de quelque chose de ce genre-là. Mais il m'a expliqué que non, que les jours de prédiction, la Voyance, le destin, tout cela n'était que fadaises. Il a dit que j'étais spéciale parce que j'avais agi sur mon destin. Je me suis battue, non ? Je me suis battue pour mamă, et contre Malovski, et Vereski et Calazan, je me suis battue contre eux tous ! Et tous les chemins que j'ai suivis, je les ai décidés, moi, par les choses que j'avais faites.

– Ce n'est pas vrai, Kizzy. On nous a emmenées comme esclaves.

– Oui, parce que je me suis battue, s'obstina-t-elle avec une lueur fiévreuse dans le regard. Nous aurions pu nous enfuir, ce jour-là, en voyant le campement en flammes. C'est ce que tu voulais, je l'ai bien senti. Mais j'y suis retournée. Dracul dit que je suis une personne rare.

– Et lui ? dis-je, perdant patience. T'es-tu battue contre lui ?

– Au début, oui. Mais il m'a dit tant de choses, Lil ! Il m'a dit qu'ici je pourrais avoir du pouvoir. Il veut que je reste avec lui, pour toujours.

– Es-tu son épouse ? demandai-je, horrifiée.

Elle rit, là encore, plus cruellement qu'avant.

– Il n'a nul besoin d'une épouse.

– Seulement de sang, dis-je avec répugnance.

– Oui, admit-elle dans une sorte de ronronnement qui me donna la chair de poule. Cette soif-là est presque insupportable. Mais nous n'en sommes pas autant esclaves que les *strigoï*. Seul le pouvoir de Dracul a pu empêcher qu'ils ne te tuent dans la grande salle. C'est grâce à cela que je peux passer du temps avec toi, te parler, même si je sens l'odeur du sang dans tes veines. Je maîtrise mes désirs, Lil.

– Tu es un monstre, murmurai-je. Tu me fais peur.

– Tu n'as rien à craindre de moi, me répondit-elle d'un ton détaché. Mais, Lil, ne te l'avais-je pas dit le premier soir dans les cuisines ? Ne t'avais-je pas dit que je voulais qu'ils me craignent ? Et c'est ce qu'ils feront. Malovski, le *boyar* Valcar… Dracul dit que nous pouvons nous venger.

– Kizzy, dis-je d'une voix presque inaudible. Ce n'est pas toi.

– Si, c'est moi ! cria-t-elle.

Elle se leva d'un bond, si vivement que je manquai tomber du lit dans un mouvement de recul, mais elle se contenta de faire les cent pas devant le feu – dont je m'aperçus qu'il était impuissant à contrer le froid violent qui émanait d'elle.

– C'est enfin moi ! Toute notre vie, on nous a dit ce que nous étions, Lillai : des Voyageurs, des *ursar*, des *lăutari*, des esclaves. Ceci, conclut-elle en désignant sa poitrine à l'endroit où, auparavant, son cœur battait et la réchauffait, ceci est mon propre choix. Et aucun homme ne pourra me posséder.

– Lui, il te possède ! criai-je en retour. Il a dit lui-même que si tu lui désobéissais, votre accord serait rompu. De quel accord parlait-il, Kizzy ? À quelle magie noire t'es-tu engagée ?

– Pour sauver la vie d'innocents, j'abattrai la mort sur les coupables, feula-t-elle, répétant des paroles qui n'étaient pas les siennes. Il a juré de ne plus s'en prendre aux Voyageurs ni aux enfants.

– Il a menti. J'ai vu des enfants prisonniers en bas, en secret. Il y avait une fille, Alina, dont la sœur a été tuée par le Dragon.

Kizzy s'immobilisa, et je compris qu'elle n'en avait rien su.

– Et Kem ? repris-je. Quelle sorte de marché oblige à tuer son propre frère ?

– Jamais je n'aurais fait cela ! cracha Kizzy. Je l'aurais griffé, comme toi, et je l'aurais libéré.

– En le donnant en pâture aux loups. En le jetant dans un monde plein de dangers. La mort eût peut-être mieux valu.

– Je l'aurais conduit en sûreté. Et il l'est, d'ailleurs. Je les ai suivis jusqu'à la frontière, Fen et lui. Ainsi que trois autres enfants, une fille et deux garçons.

– Suivis ?

– En volant.

Sa voix avait l'accent de la sincérité.

– Et Mira ? demandai-je brusquement en remarquant qu'elle n'avait pas parlé d'elle.

Kizzy fronça les sourcils.

– Mira était avec vous ?

Je me mordis la lèvre d'avoir révélé sa venue par inadvertance.

– Nous…

Je me tus. Je ne pouvais pas révéler ce que nous étions l'une pour l'autre, en tout cas pas à cette nouvelle version de Kizzy, scintillante et froide.

– Elle n'était pas avec eux, dit-elle en haussant un sourcil.

Mon cœur s'emballa. Je repensai aux promesses que Mira nous avait faites, à moi puis à Kem. Elle n'était quand même pas restée, si ? Je détournai les yeux de peur que mon expression ne me trahisse.

– Et même si Kem n'était pas parti, il serait à l'abri, dans le nouveau monde que Dracul m'a promis. C'est un innocent.

– Qui décide de qui est innocent ? demandai-je en sentant monter un sentiment d'exaspération. Toi ? Lui ?

Ses discours étaient un mélange de folie et de bêtise. Mais, pire que cela, elle était dangereuse, même pour moi. Je le percevais à sa manière de tourner autour de moi, en jetant des regards furtifs dans mon cou. Elle se retenait pour ne pas me faire de mal.

– Cela vaut toujours mieux que l'ordre actuel, me répondit-elle. Je n'accepterai pas que les Voyageurs deviennent des esclaves.

– Et les Installés ? dis-je en pensant à Mira. Tu estimes peut-être qu'ils le méritent ?

– Beaucoup d'entre eux, en effet. Tu ne peux pas le nier, après tout ce que nous avons subi.

– Écoute-toi parler ! Tu es pire que Malovski.

– Je n'ai rien à voir avec cette femme.

Kizzy respirait lourdement, mais contrairement à mon haleine, qui formait de la vapeur dans le froid, la sienne était invisible.

– Quand doit-il commencer, ce nouveau régime ?

– Il devait commencer quand… Quand Kem…

– … serait mort ? lâchai-je.

– Quand il serait libre. Ces enfants qui se trouvaient dans les soubassements du château devaient être libérés, eux aussi, j'en suis certaine.

– Crois-tu vraiment détenir du pouvoir sur un homme pareil ? demandai-je en secouant la tête.

– Ce n'est pas un homme. Mais oui, je le crois.

Il y avait dans sa voix la même certitude que lorsqu'elle parlait jadis de son avenir d'*ursar*.

– Il a toujours cherché une compagne telle que moi, poursuivit-elle. Et je lui ai promis d'être à lui.

– Il veut encore de toi après t'avoir vue avec Fen ?

Une ombre de chagrin passa sur son visage.

– Bientôt, je n'aimerai plus Fen. Dracul dit que ce sentiment s'estompe peu à peu, ainsi que tous les autres. Des faiblesses humaines.

– Que reste-t-il ensuite ?

– Une cause. J'en ai une, maintenant, Lil. Même si je vois bien que tu ne la partageras pas avec moi.

Alors je l'observai, regardant au-delà de la peau scintillante et des yeux rouges pour retrouver Kizzy. Il en restait peu de traces, et si elle disait vrai, il n'y aurait bientôt plus rien de celle qui avait grandi dans le même ventre que moi, qui avait formé avec moi l'autre moitié d'une âme. Peut-être ne croyait-elle plus au destin, mais peut-être aussi, finalement, la lune rouge l'avait-elle maudite.

Et tandis qu'elle me regardait elle aussi, presque avec douceur, je compris que je ne pourrais pas la laisser affronter seule cette malédiction.

– Toi qui crois me connaître, tu oublies pourtant le plus important, déclarai-je d'une voix ébranlée par la peur et la tristesse.

Elle attendit la suite en pointant le menton en avant d'un air de défi, et je m'approchai pour effacer cette tension. Sa peau était de givre.

– Je t'aime, Kisaiya. Si tu ne crois pas au destin, je sais que je partage le tien. Et aucun des choix que je fais, terrestre ou autre, ne peut m'éloigner de toi.

Elle n'avait pas de larmes à m'offrir, mais me tendit la main en écartant les doigts. J'avançai les miens pour les toucher et, doucement, tout doucement, elle se pencha et posa la bouche sur mon cou. Regardant dans le miroir, je me vis assise seule dans la chambre sombre, seule dans le reflet de ce monde.

Je sentis une vive douleur, puis un froid féroce se répandit depuis les points percés par ses dents, si glacial qu'il en était presque chaud.

– Combien de temps ? demandai-je tout bas.

– Un jour. Cela ne fait pas mal. On ne sent rien. Ensuite, tu pourras boire mon sang.

– Et devenir une vampire ?

– Nous le serons ensemble.

Je continuai à fixer mon reflet, en me demandant quand il s'effacerait. C'est alors que les hurlements retentirent.

38

Kizzy courut écarter les rideaux. Sa peau miroita à la lueur de la mince tranche de lune qui se dessinait dans un ciel de plus en plus clair. Le jour approchait. Elle émit le sifflement d'un chat échaudé.

Je me précipitai, encore un peu étourdie par sa morsure, et regardai dehors. La chambre donnait sur la cour par laquelle nous étions entrés, et où nous avions découvert les *strigoï* endormis dans la grange. Ils l'avaient regagnée après le festin interrompu, et les cris venaient d'eux.

La grange était en feu.

Rapide comme l'éclair, Kizzy bondit sur le rebord de la fenêtre et sauta. Instinctivement, j'essayai de la rattraper. Mais au lieu de tomber, elle *s'envola.*

Rasant les flammes, elle se mit à plonger et remonter autour de la grange, en restant à l'abri de l'ombre des hauts murs. Je revis les roulottes en flammes, sa détermination à sauver mamă, ses mains brûlées.

Et, de même que cette fois-là, le feu avait déjà empoigné sa proie. Les silhouettes en flammes qui tentaient de s'échapper en voletant étaient frappées par le soleil, ou déjà trop brûlées. Kizzy criait, elle aussi, de peur et de colère. Elle s'approcha des premiers rayons du soleil qui faisait son apparition et je lui lançai un avertissement :

– Attention !

Soudain elle plongea, si brusquement que je crus qu'elle avait été touchée par la lumière du jour et qu'elle s'était dissoute en poussière. Puis, les mains plaquées sur le visage, je la vis soulever un corps, un corps si pâle que je le pris pour celui d'un *strigoï*, avant de distinguer sa tête rasée.

Mira. Mira avait brûlé la grange.

Kizzy remonta jusqu'à la fenêtre. Je m'écartai vivement et elle laissa tomber Mira à l'intérieur. Affalée par terre, celle-ci se mit à tousser, et je courus à elle tandis que Kizzy se posait avec la légèreté et la grâce d'un cygne en refermant le rideau sur la lumière des flammes et du soleil montant.

– Espèce de petite *căcat* ! siffla-t-elle en se dressant au-dessus de Mira. Sale meurtrière, je vais te tuer, je vais…

– Arrête, Kizzy ! dis-je en m'interposant entre les deux amours de ma vie.

– Ce sont des *strigoï*, Kizzy ! lança Mira. Ce sont des monstres !

– Tu vas donc me tuer aussi ?

Alors Mira vit Kizzy, et la blessure à mon cou, et poussa un cri.

– Par tous les saints ! *Dragă*, dis-moi que tu n'es pas l'une des leurs !

– C'est peut-être la seule qui reste, après ce que tu as fait, cracha Kizzy. Le Dragon ne va pas être content. Il a mis des années à construire sa cour.

– Mais avaient-ils choisi cette vie ? lui demandai-je. Ou les a-t-il forcés ?

Elle hésita.

– Je ne sais pas.

– Si, tu le sais. Il les a forcés. Ils ne sont pas comme toi. Ils sont esclaves de leurs besoins. Nous en avons rencontré une dans la forêt, une enfant. C'est une vie horrible. Tu as dit toi-même que tu ne l'aurais pas choisie si tu avais su. Peut-être valait-il mieux pour eux qu'ils meurent.

Dehors, les hurlements avaient cessé. L'air était chargé d'une puissante odeur de fumée, douceâtre et écœurante. Kizzy soupira.

– Tu as peut-être raison. Mais Dracul ne verra pas les choses ainsi. Il la tuera.

– Alors sauve-la, implorai-je. Fais-la partir d'ici.

– Le jour est levé. Elle va devoir se débrouiller seule pour fuir.

– Je ne pars pas, déclara Mira. Pas sans Lil.

Je la regardai, le cœur prêt à se briser.

– Je dois rester, Mira.

– Dis-lui, toi, Kizzy, reprit Mira en scrutant mon visage. Dis-lui de partir avec moi.

– Il est trop tard, dis-je en montrant les trous dans mon cou.

Sans répondre, elle tendit ses mains, douces et tièdes, les passa sur mes épaules, me frotta les bras, et le désir qui m'envahit était si douloureux que je songeai qu'il serait plus facile de vivre sans.

– Lil ?

Ses yeux fouillèrent les miens dans l'attente de la réponse que je ne pouvais pas lui donner.

– Alors je reste, reprit-elle. Au diable les conséquences.

– Tu dois partir, dis-je d'une voix saccadée. Parce que je ne supporterais pas que tu vives ainsi.

Alors, fondant en larmes comme une enfant, elle se jeta dans mes bras et couvrit mon cou de baisers, comme s'ils avaient le pouvoir d'aspirer le poison qui courait dans mes veines.

– Non, dit-elle. Je suis revenue pour toi. Je suis revenue…

– Mais maintenant, il faut que tu partes, répétai-je, les yeux brouillés de larmes. Kizzy peut t'aider à rejoindre Fen et Kem. Tu ne seras pas seule.

J'aurais tout donné pour qu'elle reste. J'aurais voulu lui donner tous les jours de ma vie, lui dire que j'acceptais avec joie son offre de nous lier pour l'éternité.

– Kizzy ? Tu l'accompagneras ?

– D'accord, céda ma sœur. Mais cela devra attendre la nuit. Je reviendrai au crépuscule, avant que tu ne sois devenue entièrement une *strigoï* et que cela ne soit un danger pour elle.

Puis elle sortit rapidement en refermant la porte derrière elle. Aussitôt, le feu parut brûler plus fort et la chaleur revint dans la pièce.

Mira me regarda et, à ma stupéfaction, un petit sourire apparut sur son visage.

– Et si tu me mordais, Lil ? Dis oui.

Je ris, tandis qu'une flèche de désir se fichait dans mon cœur.

– Mira…

Mais elle se serra contre moi, embrassa mon cou, mon épaule, mes seins. Je frissonnai dans ses bras, ma peau encore tiède se mit à danser sous ses mains. Je l'embrassai à mon tour, partout où elle voulait, et nous pûmes bouger comme nous ne l'avions jamais fait dans la forêt. Je n'ai pas de mots pour décrire ce délice, que je ne pouvais explorer qu'avec mes mains et ma bouche, découvrant chaque partie de son corps, au plus près d'elle, jusqu'à ce qu'il n'y ait plus de frontière entre son plaisir et le mien. Je murmurais son nom dans son oreille, elle gémissait le mien et j'aurais dit que j'étais réellement vivante pour la première, et la dernière fois.

* * *

Après, je l'enveloppai dans mes bras, lui embrassai la joue et lui dis tout bas ce qu'elle m'avait murmuré dans la grande salle avant de partir, des siècles plus tôt :

– Je t'aime. Pour toujours.

– Ce sera le cas, déclara-t-elle tristement. Je reste. Je veux rester.

– Je le voudrais aussi. Mais il ne faut pas. Tu le sais bien, non ?

Son silence fut une torture, et lorsqu'elle parla enfin, sa réponse me fit si mal que j'en aurais pleuré.

– Oui, admit-elle d'une toute petite voix, en caressant ma joue de son haleine chaude. Veux-tu chanter pour moi, Lil ?

Rien n'aurait pu être plus naturel que de partager une chanson avec elle. Un chant doux, tendre, aussi léger que ses baisers.

Lorsque j'eus fini, elle se retourna et cala son dos contre moi, prodiguant sa chaleur à tout mon corps. Je la contemplai dans le miroir et elle m'observa en retour avec une attention intense.

Enfin, elle me dit :

– Tu m'oublieras ?

Lui faisant lever le menton, j'embrassai son cou lisse et elle frissonna.

– Ta bouche est froide.

Nous continuâmes à nous regarder dans le miroir jusqu'à ce que le feu meure dans la cheminée. Bientôt, les étoiles embrasèrent le ciel, et je sus que c'était accompli. Certaines amours se construisent lentement, brique après brique. Le nôtre s'était forgé telle une lame, aiguisée et brûlante, il était né et s'était achevé dans la violence. Mira était une blessure dont je ne guérirais jamais, une cicatrice que je garderais toujours dans mon cœur avec celle de mamă.

Je la contemplai dans le miroir jusqu'à ce que la lumière se soit estompée, jusqu'à ce que la nuit tombe, que Kizzy revienne pour emporter mon amour au loin, et que mon reflet s'estompe à son tour.

LE REBOND

Je l'oubliai, bien sûr. J'essayais de me souvenir, mais à mesure que les années se changèrent en décennies, puis en siècles, elle s'estompa comme je l'avais fait dans ce miroir. Lorsqu'elle mourut, âgée selon les normes des vivants, je la pleurai, mais sans larmes, et ce chagrin-là ne s'allège pas facilement. Alors je décidai de la laisser partir.

Dracul tint parole. Lorsque j'eus bu le sang de Kizzy, il m'apprit à voler et nous découvrîmes beaucoup de merveilles. Au bout d'un siècle, notre duo de vampires s'étoffa d'une comtesse, épargnée par Dracul après qu'il eut vidé son mari de son sang. Nous nous entendions bien.

Voyageuses, esclaves, nos autres statuts s'effacèrent jusqu'à ce qu'il n'en reste qu'un : vampires. Nous étions craintes, nous étions puissantes. Nous avions la liberté de choisir nos proies et ne nous nourrissions que de ceux dont nous jugions qu'ils le méritaient. Nous prîmes le *boyar* Valcar, buvant son sang infecté avant que sa tumeur ne l'emporte, et tuâmes un grand nombre de *boyars* et d'esclavagistes. Nous épargnâmes Malovski, la marionnette de Valcar, aussi détruite que les filles qu'elle commandait, mais j'espère que nos visites nocturnes lui donnèrent des cauchemars qui la poursuivirent jusqu'à sa mort.

Et elle mourut tout comme Bucătar, et Dot, et Szilvie, Albou, Fen et Kem, et Mira ma bien-aimée d'autrefois, mais entre-temps ils vécurent libres jusqu'au bout. Bientôt, leurs morts ne furent plus que des petits points à l'horizon.

Les hommes ne cessaient jamais de pécher et nous ne cessions jamais de nous nourrir d'eux. Mais nous évitions de faire parler de nous. Sans que les hommes oublient tout à fait Dracul, la vérité devint rumeur, la rumeur, conte, et il passa ainsi dans la légende.

Avec le temps, nous finîmes par l'y rejoindre. Nous fûmes appelées les trois sœurs – deux brunes et une blonde – ou pire. Les belles damnés, les maîtresses de Dracul, les filles qui ne mouraient pas.

Et si ma loyauté à l'égard de Kisaiya ne faiblit pas, il ne m'arriva plus jamais de sentir mon cœur s'emballer dans ma poitrine, mon sang faire palpiter mon corps au contact d'un autre corps. Un vampire ne connaît pas l'amour, rien que la soif. Et c'est en cela, plus qu'en tout autre chose, que nous sommes maudites.

NOTE DE L'AUTRICE

Le plus grand plaisir qu'il y a à revisiter l'histoire des « sœurs de l'ombre » de *Dracula* est que le héros lui-même était une réincarnation, une unique création durable issue de la refonte de nombreux mythes. À côté du *Vampire* de Polidori et du *Carmilla* de Le Fanu, *Dracula* devint le véhicule idéal des Victoriens pour se pencher de manière déguisée, et à distance prudente, sur leurs névroses autour du sexe, du genre et de la sexualité. Ce furent les femmes, bien sûr, qui en firent les frais, ce pour quoi je m'intéressai à elles lorsqu'on me proposa de m'appuyer sur un classique pour la collection « Bellatrix ».

Si je n'ai découvert le récit de Stoker que tardivement, il infusait déjà ma conscience depuis des années. À travers les films, les émissions, les déguisements d'Halloween, la musique, son influence en tant qu'emblème des vampires s'est largement répandue de par le monde. Du fait de cette ubiquité, son histoire est devenue poreuse et se plie facilement aux réinterprétations, en particulier en ce qui concerne les personnages des « maîtresses » de Dracula. Stoker ne les évoque pas exactement en ces termes, mais il est évident que trois femmes puissantes et sexualisées ne pouvaient mener une existence indépendante dans l'esprit du public. Stoker les décrit brièvement comme « deux brunes et une blonde », les deux brunes ayant « de hauts nez aquilins ». Dès que j'ai lu leurs portraits, j'ai imaginé des sœurs, et j'ai su que j'avais trouvé l'histoire dans laquelle je voulais planter mes dents pour le projet de « Bellatrix ».

Mes sœurs sont Kizzy et Lil, jumelles et Voyageuses. Leur culture a été persécutée de tout temps et plonge ses racines dans le nord de l'Inde, d'où ma famille est originaire. En raison de leur mode de vie et de leur apparence, les Voyageurs furent calomniés et asservis dans toute l'Europe pendant des siècles. L'un des esclavagistes les plus célèbres fut un prince roumain du XVe siècle, Vlad Tepes, également connu sous le nom de Vlad l'Empaleur, ou Vlad Dracul.

Stoker reprit ce surnom dans son roman, et c'est autour de ce lien que mon histoire s'articule, une histoire de persécution, de danger, d'injustice, mais avant tout d'amour. En exploitant les zones sombres de l'Histoire et en y mêlant le flamboiement du fantastique, j'ai voulu donner à mes personnages chéris une place qui leur permettait de lutter contre le sort, la lubricité, la mort et le mal. Et surtout, j'espère avoir réussi à rendre justice aux admirables ambitions de « Bellatrix », et à offrir à ces femmes une vie plus riche que celle à laquelle les cantonnait *Dracula.*

Kiran Millwood Hargrave

REMERCIEMENTS

Ce livre doit énormément à Helen Thomas, mon éditrice. Merci pour la confiance qu'elle m'a manifestée en me passant cette commande, et pour la manière dont elle a soutenu mon histoire, de ses premières étincelles jusqu'aux flammes et à l'incandescence. Kizzy et Lil n'existeraient pas sans elle et sans « Bellatrix ».

Merci à Sarvat Hasin, Daisy Johnson et Tom de Freston, les trois personnes qui constituent les premières sources d'inspiration de mon écriture, et qui sont aussi mes meilleurs amis. C'est une grande joie pour moi de les connaître, de lire leurs créations et de leur faire lire les miennes. Mais je leur suis avant tout reconnaissante de leur amour et de leur amitié.

Merci aux super écrivains et amis Katie Webber, Kevin Tsang, Lucy Ayrton et Laura Theis, qui ont lu mes premières versions alors que je cherchais encore mes repères dans la littérature pour jeunes adultes. Merci à Cat Doyle, Melinda Salisbury, Louise O'Neill, Samantha Shannon et Francesca Simon. Leurs encouragements et leur bienveillance (ainsi que leurs propres écrits) m'ont poussée à persévérer, à écrire mieux, à ouvrir mon cœur et mon esprit. Une mention spéciale à Evie Tsang, qui devra encore attendre quelques années avant de pouvoir lire ce livre, mais qui, je l'espère, sait combien sa petite présence enrichit ma vie.

Merci à mon agente, Hellie Ogden, qui sait toujours à quoi je dois dire oui ou non. Merci à elle d'être une guide constante et une amie fidèle.

Merci à Alison et Olga pour la couverture, qui n'a pas peu fait pour inciter les lecteurs à choisir ce livre ! Merci à Catinca Untaru pour la gentillesse, la diligence et la patience avec lesquelles elle m'a aidée à combler mes lacunes en roumain.

Merci pour tout à ma super équipe chez Hachette, des révisions aux couvertures en passant par la négociation des droits et les argumentaires de vente, sans oublier les nouvelles épreuves après passage intempestif du chat. Je suis si heureuse que *Les Filles qui ne mouraient pas* ne soit que le début de nos aventures ensemble !

Merci à ma famille, mes humains préférés, et aux chats du monde entier.

Merci à toi, lectrice, lecteur, d'avoir choisi de passer du temps avec ce livre. Les histoires ne vivent que si elles sont lues, dites ou entendues. J'espère que ce que tu auras trouvé dans ces pages valait la peine d'être partagé.

Merci à Tom, pour tout, toujours.

Composition

PRESS·PROD

IMPRIM'VERT®

PEFC™ 10-31-1510

Imprimé en France

par Corlet Imprimeur

14110 Condé-en-Normandie

N° d'impression : 21060339

Dépôt légal : octobre 2021

ISBN : 978-2-7499-4703-7

LAF 3090